-er-
-re-
hyper-

徐薇
影音教學書

英文字根大全（上）

-age

學會一招單字拆解法
鍛鍊英文真功夫！

-orexi-

-ery

og-
-tory

字根 -bio-
biography 傳記
-bio-   -graph-   -y

本書介紹
立即掃
搶先看

◆一招快拆法，
410個延伸進階單字
一網打盡

◆一掃QR碼，
播放徐薇老師親授
125段影音解析

見字拆字
放碼過來

一日速成英語學霸
一本全年齡英語控
的部首全書

◆一生必學的
字根字首字尾：
陌生單字
一看就懂 一學就會

-dur-

序言

乍看到書名「影音教學書」，您可能會好奇，這本書又沒有 DVD，哪來的「影音」？答案就在這本書裡的 QR-code ！

我教英文三十年，看過太多原本立定志向要好好學英文的人，不是推託沒時間、就是買了一堆書，沒看幾頁就束之高閣，因為太枯燥又難懂，怎麼讀都提不起勁。任何學習本來就應該伴隨著老師的教學，才會事半功倍，所以這套「徐薇影音教學書」，就是要透過我的影音教學，幫您破除英文學習障礙。跟著這套有老師在教的書來學，就可以把我這三十年的英文功力都接收起來！

坊間各式英文學習書，除了羅列單字句子外，大多只附上老外的字句朗讀 MP3，對英文學習的幫助效果有限；但這套「徐薇影音教學書」裡，有我親自錄製的影音教學，幫您將艱澀的觀念、難懂的單字，轉化為易懂、簡單、好上手的英文知識，透過 QR-code 影像教學傳授給各位認真的英文學習讀者們。

最棒的是，您還不用大費周章準備電腦或是 DVD，只要用手機掃描書上的 QR-code，輕輕鬆鬆、隨時隨地，都能「把徐薇老師帶著走」，不論坐車、等人還是排隊，三、五分鐘的空檔就是學英文的最佳時機。（現在就翻到後面立即掃碼、即刻學習吧！）

「徐薇影音教學書」系列是全新的出版概念，以 reader-friendly 為出發點，將影音教學與紙本結合，讓您用最省力省事的方式，不需要到補習班，就能跟著徐薇老師學好英文，首先推出的就是「英文字首字尾大全」與「英文字根大全」。

介紹完影音教學的優點，接下來就要介紹這本書的字根重點了。

英文就像中文一樣有「部首」：放在單字前面的叫「字首」，放在單字

後面的叫「字尾」，這個部分我們在字首字尾書已介紹過了。但或許你會問：「我字首字尾都認識了，可是中間那部分還是看不懂怎麼辦？」不怕，徐薇老師跟你說，那不是英文字，而是英文字的「字根」。

　　字根就是「單字的根源」。英文字源遠流長，現在的英文字大多是由古拉丁文或希臘文演變而來，它們都具有特定的意義，只要掌握了字根，你就能快速背下任何英文單字。

　　比方說有個字根 -bio- 表示 life 生命，加上 technology 科技，biotechnology 就是很流行的「生物科技」；或是在 -bio- 後面加上表示學科名稱的字尾 -logy，biology 生命的學科，就是「生物學」；或是用 -bio- 加上字根 -graph- 表示「書寫、畫畫」，biography 寫畫出生命樣貌的東西，就是一個人的「傳記」；若再將 biography 前面加上字首 auto- 表示「self 自己」，autobiography 自己寫的傳記，就是「自傳」。

　　再舉個例子：有個字根 -spect- 表示「look 看」，前面加上字首 re- 表示「一再、回來」，respect 一再地看回來就表示你很「尊敬」；字首 in- 表示「在裡面」，inspect 進到裡面去看個仔細，就是在「檢查」；還有個字首 ex- 表示「out 向外」，expect 一直向外看，表示你很「期待、預期」。

　　這些字根，加上字首與字尾，正是打造無敵單字力的必要三元素。這套英文字根大全共分為 (上)、(下) 兩本，我精心挑選了 250 個能幫您快速提升單字力的必學字根，並且依使用頻率分為三個 Level：「Level One 翹腳輕鬆背」、「Level Two 考試你要會」、「Level Three 單字控必學」；每一個字根也都有我親自錄製的獨門記憶法影音教學，帶您記字根、拆單字，背一個字就能同時背上好幾個字，讓您舉一反三、反三十、甚至反三百都不成問題！

　　徐薇影音教學書之後還會陸續出版各式英文學習出版品，隨書您都可看得到徐薇老師的獨家影音教學。讓徐薇老師帶您一路過關斬將，不只讓您的單字力 Level Up，英文實力更能一路 UP、UP、UP！

徐薇♡

Contents

1 LEVEL ONE 翹腳輕鬆背

和「事物」有關的字根

2 LEVEL TWO 考試你要會

和「事物」有關的字根

使用說明

① 依字根不同詞性、用途分類，方便記憶！

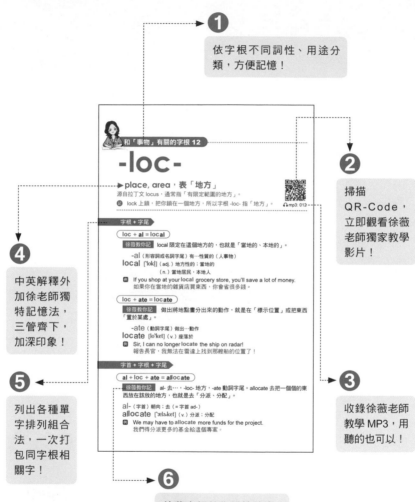

② 掃描 QR-Code，立即觀看徐薇老師獨家教學影片！

④ 中英解釋外加徐老師獨特記憶法，三管齊下，加深印象！

⑤ 列出各種單字排列組合法，一次打包同字根相關字！

③ 收錄徐薇老師教學 MP3，用聽的也可以！

⑥ 徐薇老師教你記憶訣竅：字根、字首、字尾，見招拆招最有效！

單字元素併列呈現，一看就知單字怎麼背！

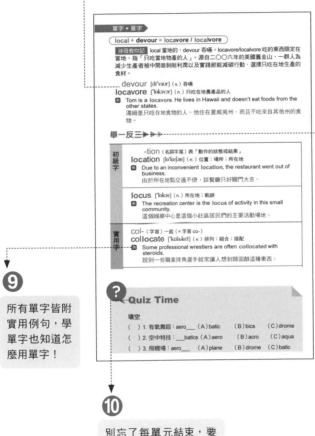

單字 + 單字

local + devour = locavore / localvore

徐薇教你記 local 當地的，devour 吞嚥。locavore/localvore 吃的東西限定在當地，指「只吃當地物產的人」。源自二〇〇六年的美國舊金山，一群人為減少生產者被中間商剝削利潤以及實踐節能減碳行動，選擇只吃在地生產的食材。

devour [dɪ'vaʊr] (v.) 吞嚥
locavore ['lokəvɔr] (n.) 只吃在地農產品的人
例 Tom is a locavore. He lives in Hawaii and doesn't eat foods from the other states.
湯姆是只吃在地食物的人。他住在夏威夷州，而且不吃來自其他州的食物。

舉一反三 ▶ ▶ ▶

初級字	-tion（名詞字尾）表「動作的狀態或結果」 location [lo'keʃən] (n.) 位置；場所；所在地 例 Due to an inconvenient location, the restaurant went out of business. 由於所在地點交通不便，該餐廳只好關門大吉。
	locus ['lokəs] (n.) 所在地；軌跡 例 The recreation center is the locus of activity in this small community. 這個娛樂中心是這個小社區居民們的主要活動場地。
實用字	col-（字首）一起（= 字首 co-） collocate ['kɑləˌket] (v.) 排列；組合；搭配 例 Some professional wrestlers are often collocated with steroids. 說到一些職業摔角選手就常讓人想到類固醇這種東西。

相關單字分初級、實用、進階三級，讓你快速舉一反三、單字量快速升級！

所有單字皆附實用例句，學單字也知道怎麼用單字！

? Quiz Time

填空
( ) 1. 有氧舞蹈：aero___ (A) batic　　(B) bics　　(C) drome
( ) 2. 空中特技：___batics (A) aero　　(B) acro　　(C) aqua
( ) 3. 飛機場：aero___ (A) plane　　(B) drome　　(C) batic

別忘了每單元結束，要做練習，加深印象喔！

LEVEL ONE
翹腳輕鬆背

1

Ruby

和「事物」有關的字根 1

-aero-

▶air，表「空氣」

🎧 mp3: 001

字根 + 單字

aero + acrobatics = aerobatics

徐薇教你記 acrobatics 雜技表演，aerobatics 在空中表演的雜技，也就是「空中特技、飛行特技」。

acrobatics [ˌækrəˈbætɪks] (n.) 特技；雜耍
aerobatics [ˌɛrəˈbætɪks] (n.) 空中特技、飛行特技
例 She is so good at **aerobatics** that she used to be in a circus.
她很會空中特技，因此她曾在馬戲團待過。

字根 + 字尾

aero + al = aerial

-al（形容詞字尾）有關…的
aerial [ˈɛrɪəl] (adj.) 航空的；大氣的
例 Every year I go to watch an **aerial** show with my dad at the air force base.
每年我都和我爸爸去空軍基地看航空飛行秀。

字根 + 字根 + 字尾

aero + bio + ics = aerobics

徐薇教你記 aerobics 用氧氣來促進生命力的技術，就是「有氧舞蹈」囉！

-bio-（字根）生命、生物的
aerobics [ˌeəˈrobɪks] (n.) 有氧舞蹈
例 Studies show that doing **aerobics** is the best way to stay healthy.
研究顯示，做有氧舞蹈是維持健康最好的方法。

和「事物」有關的字根 **-aero-**

初級字

-drome（名詞字尾）跑道
aerodrome [ˈɛrəˌdrom]（n.）飛機場；航空站

例 We landed at the **aerodrome** after the training exercise.
我們在訓練後降落在飛機場。

plane [plen]（n.）平面；（口語）飛機
aeroplane [ˈɛrəˌplen]（n.）（英）飛機（= 美 airplane）

例 The **aeroplanes** all landed on the ship safely after the battle.
在戰役過後，所有的飛機都平安地降落在船艦上。

實用字

dynamics [daɪˈnæmɪks]（n.）動力學
aerodynamics [ˌɛrədaɪˈnæmɪks]（n.）空氣動力學；航空動力學

例 The blue race car won due to better **aerodynamics**.
那輛藍色賽車因為有更好的空氣動力系統而獲勝。

solution [səˈluʃən]（n.）（1）解決方法（2）溶液；溶劑
aerosol [ˈɛrəˌsɑl]（n.）氣溶膠；煙霧劑

例 Never put an **aerosol** can close to a fire.
絕對不要將煙霧劑鐵罐靠近火源。

進階字

ballistics [bəˈlɪstɪks]（n.）彈道學
aeroballistics [ˌɛrəbəˈlɪstɪks]（n.）空中彈道學

例 The airplane wasn't used in this battle due to problems with its **aeroballistics**.
這架飛機不能服役，因為它在航道控制上有問題。

nautical [ˈnɔtəkl̩]（adj.）航海的；海上的
aeronautics [ˌɛrəˈnɔtɪks]（n.）航空學；飛行術

例 Any pilot must take several **aeronautics** courses to better understand the aircraft.
任何一位飛行員都要學習一些航空飛行課程，以便能更瞭解飛機。

填空

( ) 1. 有氧舞蹈：aero＿＿ （A）batic 　　（B）bics 　　（C）drome

( ) 2. 空中特技：＿＿batics （A）aero 　　（B）acro 　　（C）aqua

( ) 3. 飛機場：aero＿＿ 　　（A）plane 　（B）drome 　（C）batic

( ) 4. 航空術：aero＿＿ 　　（A）dynamics （B）ballistics（C）nautics

( ) 5. 煙霧劑：aero＿＿ 　　（A）sol 　　（B）ial 　　（C）bics

解答：1. B 2. A 3. B 4. C 5. A

和「事物」有關的字根 2

-anim-

▶breath, mind，表「氣息；心」

🎧 mp3: 002

字根 + 字尾

anim + al = animal

徐薇教你記 會呼吸、有氣息的東西，就是「動物」。

　　-al（名詞字尾）表「動作的本身」

animal [`ænəm!]（n.）動物

例 There are many kinds of **animals** in the zoo.
動物園裡有許多種類的動物。

(anim + **ation** = anim**ation**)

-ation（名詞字尾）表「動作的狀態或結果」

animation [ˌænəˋmeʃən] (n.) 生氣；活潑；動畫

例 When Disney **Animation** Studio released the trailer of Frozen 2, it excited many Frozen fans.
迪士尼動畫工作室推出冰雪奇緣 2 的預告片，讓許多冰雪迷都很興奮。

字首 + 字根 + 字尾

(un + anim + ous = unanimous)

徐薇教你記 un- 單一的，-anim- 心思，-ous 充滿…的，大家心裡所想的只有一種，就是「全體一致的、無異議的」。

un-（字首）單一的

-ous（形容詞字尾）充滿…的

unanimous [juˋnænəməs] (adj.) 一致同意的；全體一致的；無異議的

例 The board members reached a **unanimous** agreement on the new project.
董事會成員全體一致同意新的企劃。

舉一反三 ▶▶▶

初級字	-ate（動詞字尾）使變成… animate [ˋænəmet] (v.) 賦予生命；使有活力 例 The teacher told a joke to **animate** his teaching. 老師說了個笑話讓他的教學更活潑。
	animus [ˋænəməs] (n.) 敵意，惡意 例 The woman felt an **animus** toward her new neighbor. 那位婦人對她的新鄰居懷有敵意。
實用字	electronics [ˌɪlɛkˋtrɑnɪks] (n.) 電子學 animatronics [ˌænəməˋtrɑnɪks] (n.) 電子動畫技術；電子模型偶製造術 例 Peter's dream is to be a top engineer of **animatronics**, so he works very hard. 彼得夢想成為一名頂尖的電腦動畫工程師，所以他很努力。

-equ- (字根) 均等的

equanimity [͵ikwə`nımətı] (n.) 平靜；鎮定

例 The girl accepted her parents' death in an air crash with **equanimity**.
那女孩鎮定地接受她的雙親在空難中罹難。

進階字

pusillis (拉丁文) 虛弱的；微小的

pusillanimous [͵pjusl`ænəməs] (adj.) 膽怯的；懦弱的；
優柔寡斷的

例 Ken is so **pusillanimous** that he doesn't dare to fight back against the bullies.
肯恩很怯懦，他不敢回擊那些惡霸。

-magn- (字根) 巨大的

magnanimity [͵mægnə`nımətı] (n.) 寬大；雅量

例 It is very respectable of the victim's mother to show **magnanimity** to the murderer.
受害者的母親對兇手展現寬宏大量實在令人尊敬。

Quiz Time

拼出正確單字

1. 動畫 ＿＿＿＿＿＿＿＿＿＿＿＿＿＿＿

2. 動物 ＿＿＿＿＿＿＿＿＿＿＿＿＿＿＿

3. 全體一致的 ＿＿＿＿＿＿＿＿＿＿＿＿＿＿＿

4. 使有活力 ＿＿＿＿＿＿＿＿＿＿＿＿＿＿＿

5. 電腦動畫 ＿＿＿＿＿＿＿＿＿＿＿＿＿＿＿

解答：1. animation 2. animal 3. unanimous 4. animate 5. animatronics

-aqua-
▶water，表「水」

🎧 mp3: 003

字根 + 單字

aqua + marine = aquamarine

徐薇教你記 aqua 水，marine 海洋（如：submarine 潛水艇，sub- 在⋯的下面）。aquamarine 指海洋的顏色，也就是「藍綠色」。

marine [mə`rin]（n.）海洋
aquamarine [ˌækwəməˈrin]（n.）藍綠色；藍綠玉

例 The **aquamarine** ship was docked for several days.
那艘藍綠色的船停泊在碼頭好幾天了。

字根 + 字尾

aqua + rium = aquarium

徐薇教你記 有水的地方，指「魚缸」或「水族館」。

-ium（名詞字尾）⋯地點；⋯地方
aquarium [əˈkwɛrɪəm]（n.）魚缸；水族館

例 There is a large **aquarium** on Main Street with many tropical fish.
在大街那有一間水族店有許多熱帶魚。

舉一反三▶▶▶

初級字

farm [fɑrm]（n.）農場
aquafarm [ˈækwəˌfɑrm]（n.）水產養殖場

例 We have many fish here on the **aquafarm**.
我們這兒的水產養殖場有許多的魚。

Aquarius [əˈkwɛrɪəs]（n.）水瓶座 →原指運送水的人 water carrier

例 In today's paper, it says that anyone who is an **Aquarius** should bet on the number five.
今天的報紙說，水瓶座的人應該押五號。

實用字	lung [lʌŋ] (n.) 肺 **aqualung** [ˈækwəlʌŋ] (n.) 水肺;水中呼吸器 例 When deep sea diving, you should use an **aqualung**. 在深海潛水時,你要用水中呼吸器。
	duct [dʌkt] (n.) 導管;輸送管 **aqueduct** [ˈækwɪdʌkt] (n.) 導水管 例 The entire pipeline had to be shut down due to the leak in the **aqueduct**. 因為導水管上有裂縫,整個輸送管都要關閉。
進階字	cavalcade [ˌkævl̩ˈked] (n.) 騎兵隊;騎兵遊行 **aquacade** [ˈækwəked] (n.) 水中歌舞表演 例 I think that the **aquacade** this year was loud and exciting. 我覺得今年的水中歌舞秀盛大又刺激。
	-fer- (字根) 載運;承受 **aquifer** [ˈækwəfɚ] (n.) 含水土層;地下蓄水層 例 The toughest part of the construction of this tunnel was to pass through the **aquifer** of the mountain. 建造這條隧道最困難的部份就是要穿過這座山的地下含水土層。

❓ **Quiz Time**

將下列選項填入正確的空格中

（A）farm （B）rium （C）marine （D）lung （E）duct

（　）1. 水中呼吸器 = aqua + ＿＿＿＿＿＿＿＿

（　）2. 水產養殖場 = aqua + ＿＿＿＿＿＿＿＿

（　）3. 導水管　　 = aque + ＿＿＿＿＿＿＿＿

（　）4. 水族館　　 = aqua + ＿＿＿＿＿＿＿＿

（　）5. 藍綠色　　 = aqua + ＿＿＿＿＿＿＿＿

解答：1. D 2. A 3. E 4. B 5. C

和「事物」有關的字根 4

-bar-

▶bar，表「橫木」

bar 這個字本來是「橫木條」，後來引申為「限制」。

🎧 mp3: 004

衍生字

bar

徐薇教你記 bar 本指橫條的木塊或木板，酒吧都有長長的木板做成的吧台，所以 bar 後來衍生為「酒吧」。bar 也可以指「法律界、司法界」。

bar [bɑr] (n.) 酒吧

例 This **bar** shows all kinds of sports, so I often hang out here.
這間酒吧會播放各式各樣運動比賽，所以我經常耗在那裡。

字首 + 字根 + 字尾

em + bar + rass = embarrass

徐薇教你記 用木板架著，把你放在木板的後面，你就會覺得很尷尬，表示「使你困窘、讓你很糗」。

em-（字首）使成為；使進入…狀態（= 字首 en-）
embarrass [ɪmˈbærəs] (v.) 使困窘

例 I **embarrassed** myself at the company party when I got drunk.
當我喝醉的時候，我讓自己在公司的聚會上出糗了。

舉一反三▶▶▶

初級字	**barrel** [ˈbærəl] (n.) 大木桶 例 While Jim hid in the apple **barrel**, he heard the entire evil plan. 正當吉姆躲在那個裝蘋果的大木桶裡時，他聽到了整個邪惡的計畫。

	tool [tul] (n.) 工具 **toolbar** [ˋtul͵bɑr] (n.)（電腦上的）工具列 例 You can download the new Google **toolbar** by clicking here. 你可以點這裡下載新的 Google 工具列。
實用字	**barista** [bɑrˋɪstə] (n.) 咖啡師；咖啡館的服務員 例 The beautiful **barista** attracts many customers to the small café where she works. 這個漂亮的咖啡師吸引了許多顧客光顧她工作的咖啡館。
	bartender [ˋbɑr͵tɛndə] (n.) 酒保；酒吧侍者 例 The **bartender** made the woman a special sky-blue drink called "My Angel." 那名酒保為那女士調了一杯特別的天藍色飲料叫做「我的天使」。
進階字	**barrier** [ˋbærɪr] (n.) 障礙 例 There is a language **barrier** between my Chinese and American grandmothers. 我中國的祖母和我美國的祖母之間有語言障礙。
	embargo [ɪmˋbɑrgo] (v.) 禁運 記 木架一架上去之後，就禁止一切動作了。 例 The USA has a strict **embargo** on any goods being sent to Cuba. 美國有一項嚴格的禁運規定，禁止任何貨物運送至古巴。

❓ Quiz Time

拼出正確單字

1. 酒吧　　　＿＿＿＿＿＿＿＿＿＿

2. 咖啡師　　＿＿＿＿＿＿＿＿＿＿

3. 使困窘　　＿＿＿＿＿＿＿＿＿＿

4. 障礙　　　＿＿＿＿＿＿＿＿＿＿

5. 電腦工具列　＿＿＿＿＿＿＿＿＿＿

解答：1. bar 2. barista 3. embarrass 4. barrier 5. toolbar

和「事物」有關的字根 5

-bio-

▶life，表「生命」

🎧 mp3: 005

字根 + 單字

(bio + **sphere** = bio**sphere**)

徐薇教你記 sphere 球體，引申為「…層面、圈子、業界」。biosphere 就是「生物圈」。

sphere [sfɪr] (n.) 球體；圓球；…層
biosphere [ˋbaɪəˏsfɪr] (n.) 生物圈；生物界

例 The problem with living on Mars is that no real **biosphere** exists-- humans would have to make one.
住在火星上會有的問題是那裡沒有真正的生物圈存在，人類得自己創造一個。

字根 + 字尾

(bio + **logy** = bio**logy**)

-logy (名詞字尾) …學科
biology [baɪˋɑlədʒɪ] (n.) 生物學

例 She got an A in **biology**.
她生物拿了 A。

字根 + 字根

(bio + **cid** = bio**cide**)

徐薇教你記 把生物殺掉的東西，就是指「殺蟲劑」。

-cid- (字根) 殺；砍
biocide [ˋbaɪəsaɪd] (n.) 殺蟲劑

例 Farmers prefer to use some kinds of **biocide** to deter insects from gobbling up all their crops.
農夫寧可用一些殺蟲劑來驅蟲，免得牠們吃光所有作物。

bio + graph + y = biography

> **徐薇教你記** 將一個人的人生呈現的樣子寫下來、畫下來，就是「傳記」。

-graph-（字根）畫；寫

biography [baɪ`ɑgrəfɪ]（n.）傳記

例 Ruby likes to read the **biographies** of great people.
露比喜歡讀偉人的傳記。

比 auto- + biography = autobiography 記錄自己一生的圖表→自傳

舉一反三▶▶▶

初級字	fuel [`fjuəl]（n.）燃料 **biofuel** [`baɪəfjuəl]（n.）生物燃料；生質燃料 **例** To use less gas, people are starting to use **biofuel** to fill up their cars. 為了減少石油使用，人們開始將生物燃料運用在汽車上。
	-ic（形容詞字尾）屬於⋯的；關於⋯的 **biotic** [baɪ`ɑtɪk]（adj.）生物的 **例** This ecosystem has a lot of **biotic** diversity. 這個生態系統有豐富的生物多樣性。
實用字	chemistry [`kɛmɪstrɪ]（n.）化學；化學反應 **biochemistry** [ˌbaɪo`kɛmɪstrɪ]（n.）生物化學，簡稱「生化」 **例** There will be a seminar on the latest development of **biochemistry** next month. 下個月將舉行一場關於生物化學最新發展的研討會。
	technology [tɛk`nɑlədʒɪ]（n.）科技 **biotechnology** [ˌbaɪotɛk`nɑlədʒɪ]（n.）生物科技（簡寫為 biotech） **例** **Biotechnology** has been widely used in agriculture, pharmacy, and many other industries. 生物科技已被廣泛應用於農業、製藥以及其他許多產業。
進階字	degradable [dɪ`gredəbl]（adj.）可分解的 **biodegradable** [ˌbaɪodɪ`gredəbl]（adj.）生物可分解的 **例** You shouldn't use so many plastic bottles, since they are not **biodegradable**. 你們不應該用這麼多塑膠瓶，因為它們是生物無法分解的。

lysis [`laɪsɪs] (n.) 病勢減退；菌體溶解、分解
biolysis [baɪ`ɑləsɪs] (n.) 生物分解
例 Some of the toxic chemicals are destroyed through **biolysis**.
　一些有毒化學物質可透過生物分解來破壞毒性。

mass [mæs] (n.) 大量；團、塊
biomass [`baɪoˌmæs] (n.) 生物質能；可做燃料的死亡動植物有機體
例 The dead trees were destroyed and cut up, to be used later as **biomass**.
　這些枯樹被破壞然後切碎，之後可當有機生物質能使用。

? **Quiz Time**

依提示填入適當單字

直↓　1. Tom teaches _____ in a junior high school.

　　　2. There is no real _____ on Mars.

橫→　3. This ecosystem has a lot of _____ diversity.

　　　4. I just read a _____ of Winston Churchill.

　　　5. He used the _____ to kill insects.

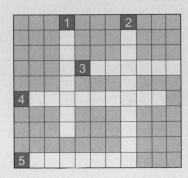

解答：1. biology　2. biosphere　3. biotic　4. biography　5. biocide

和「事物」有關的字根 6

-circ-/ -cycl-

▶ring，表「環」

🎧 mp3: 006

衍生字

circus [ˋsɝkəs]（n.）馬戲團

例 I still remember when my parents took me to the **circus** for the first time. It was amazing.
我依然記得我爸媽第一次帶我去馬戲團。那真的很棒。

字根 + 字尾

> cycl + le = cycle

-le（名詞字尾）小的東西

cycle [ˋsaɪkl̩]（n.）(1) 循環；(2) 一周；(3) 腳踏車

例 The life **cycle** of cells is about twenty-eight days.
細胞的生命周期大約為二十八天。

字首 + 單字

> bi + cycle = bicycle

徐薇教你記 bi- 兩個，cycle 圓圈，有兩個圓圈狀的東西就是「腳踏車」。

bi-（字首）兩個

bicycle [ˋbaɪsɪkl̩]（n.）腳踏車

例 I like to ride on my **bicycle** along the riverbank on weekends.
週末時我喜歡沿著河岸騎我的腳踏車。

字首 + 字根 + 希臘文

en + cycl + paideia = encyclopedia

徐薇教你記 en- 在⋯裡面，-cycl- 圓圈，-ped- 兒童，希臘文 paideia 就是指「教育、養育兒童」；encyclopedia 原指進入藝術領域、科學領域等不同的圈子裡，這些圈子就形成了教育兒童最基本的知識，後來就衍生為將所有學問都包含進來，具有學習、參考性質的「百科全書」。

en-（字首）在⋯裡面
-ped-（字根）兒童
paideia（希臘文）教育；養育
encyclopedia [ɪnˌsaɪkləˋpidɪə]（n.）百科全書

例 Wikipedia is known as the most popular online **encyclopedia**.
維基百科以最受歡迎的線上百科全書聞名。

舉一反三 ▶▶▶

初級字	uni-（字首）單一的 **unicycle** [ˋjunɪˌsaɪk!]（n.）單輪車 例 It's not that easy to keep balance on the **unicycle**. 在單輪車上保持平衡沒那麼容易。
	re-（字首）再次；回來 **recycle** [rɪˋsaɪk!]（v.）回收；再次循環 例 We should **recycle** paper to save trees. 我們應該要回收紙類以保護樹木。
實用字	-it-（字根）走 **circuit** [ˋsɝkɪt]（n.）電路；巡迴 例 It's useless to change the switch because there is a defect in the electrical **circuit**. 更換開關是沒有用的因為電路中有缺陷。
	-ation（名詞字尾）表「動作的結果或狀態」 **circulation** [ˌsɝkjəˋleʃən]（n.）循環 例 It is said that pomegranates are helpful for blood flow and **circulation**. 據說石榴有助於血液流動和循環。

semi-（字首）一半的；半個的

semicircle [ˌsɛmɪˈsɝkḷ]（n.）半圓形

例 This classroom was designed in a **semicircle** so that the students can see the teacher clearly.
這間教室設計成半圓形，讓學生可以清楚地看到老師。

-sta-（字根）站立

circumstance [ˈsɝkəmˌstæns]（n.）條件；情況；環境

例 Child abuse is intolerable under any **circumstances**.
兒童虐待在任何情況下都是不可容忍的。

? Quiz Time

拼出正確單字

1. 百科全書 _____

2. 馬戲團 _____

3. 回收 _____

4. 電路 _____

5. 半圓形 _____

解答：1. encyclopedia 2. circus 3. recycle 4. circuit 5. semicircle

和「事物」有關的字根 **7**

-cor-

▶heart，表「心」

變形包括 -cord-, -cour-。

🎧 mp3: 007

字首 + 字根

ac + cord = accord

徐薇教你記 朝著同一個中心進行，也就是大家的動作都很「調和、一致」。

ac-（字首）朝向（= 字首 ad-）
accord [əˋkɔrd]（v.）一致；符合；調和

例 The two politicians are in **accord** on this issue.
這兩位政治人物在這個議題上取得共識。

補充 according to 根據…

字根 + 字尾

cour + age = courage

徐薇教你記 放在心中的東西，就是「勇氣」。

　-age（名詞字尾）表「集合名詞或總稱」
courage [ˋkɝɪdʒ]（n.）膽量；勇氣；英勇

例 Barney doesn't have the **courage** to go on the super-tall roller coaster.
巴尼沒有勇氣坐上那個超高的雲霄飛車。

字首 + 字根 + 字尾

dis + cour + age = discourage

徐薇教你記 courage 勇氣，discourage 把心中的勇氣拿掉，表示「使洩氣」。

dis-（字首）去除
discourage [dɪsˋkɝɪdʒ]（v.）使洩氣；勸阻；打消

例 I want to **discourage** you from scribbling in your textbook.
我勸你別在教科書上亂塗亂寫。

舉一反三▶▶▶

初級字

cord [kɔrd]（n.）細繩，粗線索

例 The electrical **cord** could not reach all the way from the TV to the electrical outlet.
這條電線無法從電視一路拉到電源插座。

core [kor]（n.）水果的果核；核心；中心部分

例 Your insulting comments cut him to the **core**.
你羞辱的言論正中他的要害。

補充 電腦主機上常可看到貼一個 Core 2 Quad 的貼紙，quad= four 四核心，表示電腦有四個 CPU。

re-（字首）一再；返回
record [rɪˋkɔrd]（v.）記載，記錄；錄製影像或聲音

例 She sings so well that she is being asked to **record** a CD.
她歌唱得非常好，因此被詢問要不要出 CD。

實用字

accordingly [əˋkɔrdɪŋlɪ]（adv.）相符的；相應的

例 You took so many things from others in the past; I believe you should give **accordingly** to others now.
你過去從其他人身上拿走太多東西了，我相信你現在應該要相對回報他們。

con-（字首）一起（= 字首 co-）
concord [ˋkɑnkɔrd]（n.）一致；協調

例 It is said that Sally and Jason live in complete **concord**.
據說莎莉與傑森相處和睦。

en-（字首）使成為；使進入…狀態
encourage [ɪnˋkɝɪdʒ]（v.）鼓勵；慫恿

例 Let's **encourage** kids to try again when they fail.
當孩子失敗的時候，我們就鼓勵他們再試一次吧！

進階字

-al（形容詞字尾）和…有關的情況

cordial [ˈkɔrdʒəl]（adj.）熱忱的；友好的；(n.) 興奮劑

例 Even after their marriage collapsed, the couple maintained a **cordial** relationship.
即便在他們的婚姻觸礁後，這對夫妻還是維持一個友好的關係。

-ous（形容詞字尾）充滿…的

courageous [kəˈredʒəs]（adj.）英勇的，勇敢的

例 Soldiers must be **courageous** enough to go to war.
士兵們必須夠勇敢才能上戰場。

dis-（字首）表「否定、不」

discordant [dɪsˈkɔrdn̩t]（adj.）不一致的；不協調的；不和諧的

例 As they are often **discordant**, Tom and Barry try to avoid each other.
由於湯姆和巴瑞常常不對盤，因此他們試著避開彼此。

? Quiz Time

中翻英，英翻中

( ) 1. 核心　　　　（A）core　　（B）cord　　（C）courage

( ) 2. accordingly （A）友好的　（B）相應的　（C）不協調的

( ) 3. 鼓勵　　　　（A）courage（B）discourage（C）encourage

( ) 4. courageous（A）勇敢的　（B）不一致的　（C）相符的

( ) 5. 錄製　　　　（A）accord　（B）concord　（C）record

解答：1. A 2. B 3. C 4. A 5. C

-dent-

▶teeth，表「牙齒」

🎧 mp3: 008

字根 + 字尾

dent + ist = dentist

-ist（名詞字尾）…的專家

dentist [`dɛntɪst]（n.）牙醫

例 I have an appointment with my **dentist** for a regular check-up this afternoon.
我今天下午預約了牙醫做定期檢查。

單字 + 字尾

indent + ure = indenture

indent [ɪn`dɛnt]（v.）刻成鋸齒狀
indenture [ɪn`dɛntʃə]（n.）舊時的契約；僱傭契約；印據

徐薇教你記　早期的契約書是由訂立契約的各方持有邊緣呈現鋸齒狀的憑據，藉由鋸齒是否能夠密合來確立契約書的真實性。

例 The apprentices have received their **indentures** on completion of their first-stage training.
這些學徒們已收到第一階段訓練完成的憑據。

衍生字

dandelion

徐薇教你記　蒲公英 dandelion 這個字是從古法文 dent de lion 演變而來，字面上的意思是「獅子的牙齒（tooth of a lion）」，因為蒲公英的葉子是鋸齒狀，就像獅子的牙齒一樣。

dandelion [`dændɪˌlaɪən]（n.）蒲公英

例 Children love to blow fluffy **dandelion** heads and watch the seeds floating in the air.
孩子們喜歡吹絨毛狀的蒲公英花冠，然後看著種子在空中飛。

舉一反三 ▶▶▶

初級字	**-al**（形容詞字尾）有關…的 **dental** [ˋdɛntḷ]（adj.）牙齒的；牙科的 例 Remember to use **dental** floss to remove food particles and plaque between teeth. 記得要用牙線來清潔牙齒間的食物殘渣和牙菌斑。
	-ure（名詞字尾）表「過程、結果、上下關係的集合體」 **denture** [ˋdɛntʃɚ]（n.）假牙 （adj.）假牙的 例 Grandpa always takes out his **dentures** for cleaning after he finishes his meals. 爺爺吃完飯後總是會把假牙拿下來清潔。
實用字	**-ine**（名詞字尾）具…性質的事物 **dentine** [ˋdɛntin]（n.）象牙質；牙本質 例 Studies have shown that chewing gums containing potassium chloride is helpful in reducing **dentine** hypersensitivity. 研究顯示嚼食含有氯化鉀的口香糖對減少牙本質敏感有幫助。
	peri-（字首）環繞 **periodontal** [ˌpɛrɪoˋdɑntḷ]（adj.）牙周的 例 **Periodontal** disease is the main cause of tooth loss for many adults or elderly people. 牙周病是許多成人或老年人掉牙的主要原因。
進階字	**tri-**（字首）三個的 **trident** [ˋtraɪdṇt]（n.）三齒魚叉；三叉戟 例 Poseidon was the god of the Sea and was often depicted as a broad-chested man with his **trident** in one hand. 波塞頓是海神，而且常被描繪成有寬闊胸膛、一手拿著三叉戟的男人。

-tion（名詞字尾）表「動作的狀態」

dentition [dɛn'tɪʃən]（n.）齒列

例 Archaeologists often use **dentitions** to identify ancient species.
考古學家常用齒列來辨認古代物種。

masto-（字首）乳房

mastodon ['mæstə͵dɑn]（n.）乳齒象

例 It is said that **mastodons** were hunted to extinction by humans ten thousand years ago.
據說乳齒象在一萬年前絕跡是因為人類捕獵的關係。

? Quiz Time

依提示填入適當單字

1. 牙線 ＿＿＿＿＿＿＿＿＿＿＿ floss

2. 牙周病 ＿＿＿＿＿＿＿＿＿＿＿ disease

3. 一副假牙 a set of ＿＿＿＿＿＿＿＿＿＿

4. 去看牙醫 go to the ＿＿＿＿＿＿＿＿＿＿

5. 蒲公英種子 ＿＿＿＿＿＿＿＿＿＿ seeds

解答：1. dental 2. periodontal 3. dentures 4. dentist 5. dandelion

-eco-

▶house, nature, environment，表「家；自然；環境」

源自拉丁文，意思是 house「房子」，後引申為「和環境、生態有關的」。

比　bio- 指「和生命有關的」，兩者意義不同。

🎧 mp3: 009

字根 + 單字

eco + tourism = ecotourism

徐薇教你記　tourism 旅遊，ecotourism 和生態有關的旅遊。指這幾年很流行的「生態旅遊」，以對地球傷害限度最低的方式來進行的旅遊，其旅費的一部分會用來作為保護當地環境及動物的經費。

tourism [ˋturɪzəm]（n.）旅遊
ecotourism [ikoˋturɪzəm]（n.）生態旅遊

例　**Ecotourism** can be a bad idea because people can catch previously unknown diseases.
生態旅遊可能不是個好主意，因為人們可能會得到之前從未聽過的疾病。

字根 + 字尾

eco + logy = ecology

-logy（名詞字尾）…學科
ecology [ɪˋkɑlədʒɪ]（n.）生態；生態學

例　Killing off the grey wolves has damaged the **ecology** of this state, as it has caused the deer population to explode.
殺害這些灰狼已破壞了這個州的生態，因為它造成這個地方的鹿群數目暴增。

eco + cid = ecocide

徐薇教你記 對生態的殺伐、殺害，就會導致「生態滅絕」。

-cid- （字根）殺；砍
ecocide [ˋɪkəsaɪd] （n.）生態滅絕

例 Due to increasing deforestation, humans are committing **ecocide**.
由於森林不斷被砍伐，人類已造成了生態滅絕。

字根 + 字根 + 字尾

eco + nom + ize = economize

徐薇教你記 -eco- 家庭，-nom- 規律，-ize 使…化。economize 使家庭運作規律化，靠的就是對家庭經濟收支的「節約運用」。

-nom- （字根）秩序；規律
-ize （動詞字尾）使…化
economize [ɪˋkɑnəmaɪz] （v.）節約

例 We can **economize** by buying one larger bottle instead of thirty smaller ones.
我們可以藉由買一瓶大瓶裝代替買三十個小瓶裝來省錢。

舉一反三 ▶▶▶

初級字	
	chic [tʃɪk] （adj.）時尚的；流行的 （n.）時尚正妹 **ecochic** [ˋɛkoˏtʃɪk] （adj.）時尚環保的 （n.）有環保意識的正妹 例 Her **ecochic** dress was made out of 100% recycled materials. 她的時尚環保裝百分之百用回收材料做成。
	friendly [ˋfrɛndlɪ] （adj.）友善的 **eco-friendly** [ˋikoˏfrɛndlɪ] （adj.）對地球友善的；環保的 例 This **eco-friendly** house only uses solar power to provide all the electricity. 這棟環保綠建築只以太陽能做為所有電力的來源。

實用字

-nom- （字根）秩序；規律
economy [ɪˈkɑnəmɪ] （n.）經濟
例 The American **economy** is in shambles now, and many believe it may never recover.
美國的經濟現在是一團混亂，而許多人相信它永遠無法恢復。

system [ˈsɪstəm] （n.）系統
ecosystem [ˈikoˌsɪstəm] （n.）生態系統
例 If you were to put dinosaurs into the **ecosystem** today, few other animals would survive.
如果你將恐龍放到現在的生態系統中，極少有其它生物可以存活。

進階字

phobia [ˈfobɪə] （n.）恐懼症
ecophobia [ˌikoˈfobɪə] （n.）恐家症；害怕待在家裡的人
例 The man could not move from his sofa due to his **ecophobia**.
那男人因為恐家症而無法起身離開沙發。

sphere [sfɪr] （n.）球體；圓球；…層
ecosphere [ˈikoˌsfɪr] （n.）生態圈
例 Humans need machines to breathe once they exit the **ecosphere**.
一旦離開生態圈，人類就得靠機器才能呼吸。

? Quiz Time

拼出正確單字

1. 生態學 ＿＿＿＿＿＿＿＿＿＿

2. 對地球友善的 ＿＿＿＿＿＿＿＿＿＿

3. 生態系統 ＿＿＿＿＿＿＿＿＿＿

4. 經濟 ＿＿＿＿＿＿＿＿＿＿

5. 節約 ＿＿＿＿＿＿＿＿＿＿

解答：1. ecology 2. eco-friendly 3. ecosystem 4. economy 5. economize

-electr-

▶amber，electrical，表「琥珀；電的」

源自拉丁文 electrum 表「琥珀」。古地中海地區很早就有記載將琥珀棒與貓毛摩擦後會吸引羽毛一類的物質，是目前已知最早有關電的敘述。

-electr- 依後方所接的字母又可變形為 -electro- 或 -electri-。

🎧 mp3: 010

字根 + 字尾

electr + ic = electric

　　-ic（形容詞字尾）與…相關的

electric [ɪˋlɛktrɪk]（adj.）通電的

例 The **electric** blankets always sell well during winter season.
電毯在冬季總是賣得很好。

electr + ician = electrician

徐薇教你記 精通和電有關的設備的人，就是「電工」。

　　-ician（名詞字尾）精通…的人；做…的能手

electrician [ɪlɛkˋtrɪʃən]（n.）電工

例 The fridge is broken. We should call an **electrician** for help.
冰箱壞了。我們應該打電話請電工來幫忙。

字根 + 單字

electro +（exe）cute = electrocute

　　execute [ˋɛksɪˌkjut]（v.）實施；執行死刑

electrocute [ɪˋlɛktrəˌkjut]（v.）通電致死；用電擊處死

例 It is reported that a man was **electrocuted** due to the lightning yesterday.
據報導有人因昨天的閃電被電擊身亡。

舉一反三 ▶▶▶

初級字	**-ity**（名詞字尾）表「狀態、情況」 **electricity** [ˌɪlɛkˋtrɪsətɪ]（n.）電力 例 Life without **electricity** might be a nightmare to most people. 沒有電力的生活對大部分的人來說可能是惡夢。
	-al（形容詞字尾）與⋯有關的 **electrical** [ɪˋlɛktrɪkl]（adj.）與電有關的；用電的 例 The technician is checking the **electrical** system of my car because I couldn't start it this morning. 技師正在檢查我車子的電路系統，因為今早我車子發不動。
實用字	**-on**（名詞字尾）表「物理學上的粒子或基本物質」 **electron** [ɪˋlɛktrɑn]（n.）電子 例 Electric current is the movement of **electrons** from one atom to another in a conductor. 電流就是電子在導體中從一端移動到另一端的現象。
	-ics（名詞字尾）學術或技術用語 **electronics** [ˌɪlɛkˋtrɑnɪks]（n.）電子學；電子產品 例 According to a report, the world market for consumer **electronics** will reach US$1787 billion by 2024. 根據一份報告指出，全球消費性電子產品市場到二〇二四年將達一兆七千八百七十億美金。
進階字	**-fy**（動詞字尾）做⋯，使⋯ **electrify** [ɪˋlɛktrəˏfaɪ]（v.）使電氣化；使激動，使興奮 例 They **electrified** the ranch fences to guard their cattle and sheep. 他們將圍欄通電以守護他們的牛群和綿羊。
	magnetic [mægˋnɛtɪk]（adj.）磁的；有磁性的 **electromagnetic** [ɪˋlɛktromægˋnɛtɪk]（adj.）電磁的 例 Microwaves are a type of **electromagnetic** wave that moves at the speed of light and are invisible. 微波是一種以光速移動、肉眼看不到的電磁波。

和「事物」有關的字根 11

-geo-

▶earth，表「土地；地球」

🎧 mp3: 011

衍生字

George

徐薇教你記 -geo- 土地，ergon 為希臘文，表「工作」。在土地上腳踏實地工作，所以叫 George 的男生應該是位實實在在的好青年喔！

George [dʒɔrdʒ]（n.）喬治（男子名）

例 I have two friends named **George**.
我有兩個叫做喬治的朋友。

字根 + 單字

geo + physics = geophysics

physics ['fɪzɪks]（n.）物理學
geophysics [ˌdʒɪo'fɪzɪks]（n.）地球物理學

例 This scientist is the leading expert in **geophysics** -- especially the Earth's magnetic fields.
這位科學家是地球物理學首屈一指的專家，特別是地磁的領域。

字根 + 字尾

(**geo + metry = geometry**)

徐薇教你記 -geo- 土地，-metry 測量技術。geometry 測量土地大小區塊的方法，就是「幾何學」囉！

-metry（名詞字尾）測量技術
geometry [dʒɪˋɑmətrɪ]（n.）幾何學

例 I'm good at math, but I failed **geometry** in the tenth grade.
我數學很好，但我十年級時幾何學考不及格。

字根 + 字根 + 字尾

(**geo + graph + y = geography**)

徐薇教你記 將地形地勢的樣貌描繪出來，就是「地理學」。

-graph-（字根）畫、寫
geography [dʒɪˋɑgrəfɪ]（n.）地理學

例 Since Mark didn't pay attention in **geography** class, he thought Thailand was in Europe.
因為馬克不重視地理課，導致他以為泰國是在歐洲。

補充 geography + -ic = geographic 地理的
→ National Geographic Channel 國家地理頻道

比 geology 研究土地土壤的學科，指「地質學」

舉一反三 ▶▶▶

初級字

chemistry [ˋkɛmɪstrɪ]（n.）化學；化學反應
geochemistry [ˌdʒɪoˋkɛməstrɪ]（n.）地球化學

例 My **geochemistry** professor asked me to collect soil samples.
我的地球化學教授要我去收集土壤樣本。

-logy（名詞字尾）學科
geology [dʒɪˋɑlədʒɪ]（n.）地質學

例 Knowing some basic facts about **geology** helps people appreciate the Earth more.
對地質構造有基本的瞭解可以使人們更愛護地球。

實用字	centric [ˈsɛntrɪk] (adj.) 中心的 **geocentric** [ˌdʒioˈsɛntrɪk] (adj.) 以地球為中心的 例 The **geocentric** model was disproved sometime in the late 16th century. 地球是宇宙中心的學說在十六世紀晚期時被推翻。
	political [pəˈlɪtɪkl̩] (adj.) 政治的 **geopolitical** [ˌdʒiopəˈlɪtɪkl̩] (adj.) 地理政治學的 例 The **geopolitical** situation in Germany made it possible for the Nazis to take power. 德國的地緣政治情況使納粹有辦法掌權。
進階字	morphology [mɔrˈfɑlədʒɪ] (n.) 形態學 **geomorphology** [ˌdʒiəmɔrˈfɑlədʒɪ] (n.) 地形學 例 Discussing the formation of a volcano is truly an exercise in **geomorphology**. 討論火山的形成的確是地形學的一種實行方式。
	spatial [ˈspeʃəl] (adj.) 空間的；空間性的 **geospatial** [ˌdʒioˈspeʃəl] (adj.) 地理空間的 例 One **geospatial** map was finally created by combining several maps together. 在結合了數個地圖後，一份有地理空間的地圖終於完工。

? Quiz Time

將下列選項填入正確的空格中

（A）physics （B）metry （C）graphy （D）chemistry （E）logy

（　）1. 地理學　　= geo + ＿＿＿＿＿＿

（　）2. 幾何學　　= geo + ＿＿＿＿＿＿

（　）3. 地質學　　= geo + ＿＿＿＿＿＿

（　）4. 地球化學　= geo + ＿＿＿＿＿＿

（　）5. 地球物理學 = geo + ＿＿＿＿＿＿

解答：1. C　2. B　3. E　4. D　5. A

-loc-

▶place, area，表「地方」

源自拉丁文 locus，通常指「有限定範圍的地方」。

🔢 lock 上鎖，把你鎖在一個地方，所以字根 -loc- 指「地方」。 🎧 mp3: 012

字根 + 字尾

loc + al = local

徐薇教你記 local 限定在這個地方的，也就是「當地的、本地的」。

-al（形容詞或名詞字尾）有…性質的（人事物）
local [ˈlokḷ]（adj.）地方性的；當地的
（n.）當地居民，本地人

例 If you shop at your **local** grocery store, you'll save a lot of money.
如果你在當地的雜貨店買東西，你會省很多錢。

loc + ate = locate

徐薇教你記 做出將地點畫分出來的動作，就是在「標示位置」或把東西「置於某處」。

-ate（動詞字尾）做出…動作
locate [loˈket]（v.）座落於

例 Sir, I can no longer **locate** the ship on radar!
報告長官，我無法在雷達上找到那艘船的位置了！

字首 + 字根 + 字尾

al + loc + ate = allocate

徐薇教你記 al- 去…，-loc- 地方，-ate 動詞字尾。allocate 去把一個個的東西放在該放的地方，也就是去「分派、分配」。

al-（字首）朝向；去（= 字首 ad-）
allocate [ˈæləˌket]（v.）分派；分配

例 We may have to **allocate** more funds for the project.
我們得分派更多的基金給這個專案。

単字 + 単字

(**local** + **devour** = **locavore** / **localvore**)

徐薇教你記 local 當地的，devour 吞嚥。locavore/localvore 吃的東西限定在當地，指「只吃當地物產的人」。源自二〇〇六年的美國舊金山，一群人為減少生產者被中間商剝削利潤以及實踐節能減碳行動，選擇只吃在地生產的食材。

devour [dɪˋvaʊr]（v.）吞嚥
locavore [ˋlokəvɔr]（n.）只吃在地農產品的人

例 Tom is a **locavore**. He lives in Hawaii and doesn't eat foods from the other states.
湯姆是只吃在地食物的人。他住在夏威夷州，而且不吃來自其他州的食物。

舉一反三▶▶▶

初級字	**-tion**（名詞字尾）表「動作的狀態或結果」 **location** [loˋkeʃən]（n.）位置；場所；所在地 例 Due to an inconvenient **location**, the restaurant went out of business. 由於所在地點交通不便，該餐廳只好關門大吉。
	locus [ˋlokəs]（n.）所在地；軌跡 例 The recreation center is the **locus** of activity in this small community. 這個娛樂中心是這個小社區居民們的主要活動場地。
實用字	**col-**（字首）一起（= 字首 co-） **collocate** [ˋkɑləˌket]（v.）排列；組合；搭配 例 Some professional wrestlers are often **collocated** with steroids. 說到一些職業摔角選手就常讓人想到類固醇這種東西。
	-ity（名詞字尾）表「狀態；情況」 **locality** [loˋkælətɪ]（n.）特定地區；場所，現場 例 According to the new law, factories cannot be built in rural **localities**. 根據新的法令，工廠不能蓋在農村地區。

44　徐薇影音教學書——英文字根大全（上）

進階字

motion [ˋmoʃən]（n.）運動；動作
locomotion [ˌlokəˋmoʃən]（n.）運動；移動；旅行

例 **Locomotion** across the country was a slow ordeal until the 1840s.
在一八四〇年代以前，要橫越這個國家真是漫長的折磨。

locum [ˋlokəm]（n.）醫師的臨時代理人（= 拉丁文 locum tenens）

例 As all the doctors were at a conference until 2:00, I was stuck with a **locum**.
因為所有醫生都要參加會議到兩點，所以我只能和醫生的代理人待在一起。

? Quiz Time

從選項中選出適當的字填入空格中使句意通順

local / locate / allocate / collocate / location

1. "Sweep" often _____s with "floor" .

2. The boss decided to _____ more funds for the project.

3. Our office is _____d near the school.

4. The store is in a good _____.

5. Many _____ shops were closed because a new mall was built.

解答：1. collocate 2. allocate 3. locate 4. location 5. local

-main-/-man-

▶hand，表「手」

記 人（man）有手（hand）才能做事。

🎧 mp3: 013

字根 + 單字

man + cure = manicure

徐薇教你記 -man- 手，cure 治療。manicure 整修手指，就是「指甲美容」的意思。

cure [kjʊr] (n.) 治療；治癒；療程
manicure [ˋmænɪ͵kjʊr] (n.) 修指甲；指甲護理；指甲美容

例 This beauty salon offers free **manicure** service.
這間美容店提供免費的指甲美容服務。

字首 + 字根

com + mand = command

徐薇教你記 com- 一起，-man- 手。以前的命令都要用手寫出來，所以又衍生出另一個字根 -mand- 命令。command 用手寫下命令然後一起公布出去，就是去「指揮、掌控」。

com-（字首）一起（= 字首 co-）
command [kəˋmænd] (v./n.) 命令；掌控；指揮

例 How dare you **command** your own mother to clean your house!
你好大膽居然命令你媽去清理你的房子！

字根 + 字尾

man + er = manner

徐薇教你記 源自拉丁字根 manus「手」，原指手去處理東西的方式，也就是「手法、方法」，後來衍生出「舉止、態度」的意思。

-er（名詞字尾）做…的人或事物
manner [ˋmænɚ] (n.) 方法；(複數 manners) 行為舉止、禮貌

例　Don't you have any **manners**?
你不能有點禮貌嗎？

字根 + 字根

main + tain = maintain

徐薇教你記　用手一直握著，就是「維持」；手裡握著的東西，就是你的「主張」。

-tain- (字根) 持、握

maintain [men`ten] (v.) 維持；保持；主張；斷言

例　You should **maintain** a heartbeat of 120 beats per minute when you exercise.
當你在運動時，你應該要保持心跳每分鐘一百二十下。

manu + script = manuscript

徐薇教你記　用手書寫下來的東西就是「原稿、手稿、手抄本」。

-script- (字根) 書寫

manuscript [`mænjə͵skrɪpt] (n.) 原稿；手稿；手抄本

例　The published form of my novel is quite different from the original **manuscript**.
我的小說出版形式和我原先的原稿很不同。

舉一反三 ▶▶▶

初級字	de- (字首) 向下；完全
	demand [dɪ`mænd] (n./v.) 要求；需要
	例　Railway tickets during the Lunar New Year are always in great **demand**.
	農曆新年期間的火車票需求量總是特別大。
	-age (名詞字尾) 表「集合名詞、總稱」
	manage [`mænɪdʒ] (v.) 管理；經營；控制
	例　Sam has been **managing** the travel agency for his father since he graduated from school.
	山姆自從學校畢業後，就開始替他爸爸經營這家旅行社。

-fest-（字根）擊、打

manifest [`mænəˌfɛst]（adj.）顯然的；明白的

（v.）表明；說明

㊟ 用手去敲擊東西就會引人注意，也就是「顯示出來」；會顯示出來的，當然就是「明顯的」。

㊟ He **manifested** no intention to compromise.
他絲毫看不出有妥協的意願。

-al（形容詞或名詞字尾）有關…的（狀況、事情）

manual [`mænjuəl]（adj.）手動操作的：手工的

（n.）手冊；說明書；操作指南

㊟ You should read the user's **manual** before you turn on the robot vacuum.
你在啟動掃地機器人前應該先看一下說明書。

counter-（字首）逆、反

countermand [ˌkaʊntɚˋmænd]（n./v.）收回命令；取消訂單

㊟ This order was **countermanded** due to the change in the unit price.
這張訂單因為單價有改變所以被取消了。

-ple-（字根）填滿

manipulate [məˋnɪpjəˌlet]（v.）操縱；運用

㊟ Eve learned to **manipulate** every man she met.
伊芙學會操縱每個她所遇到的男人。

? Quiz Time

依提示填入適當單字

直↓　1. It's bad _____s to eat with your mouth open.

3. The officer gave the _____ to shoot.

5. The superstar tries hard to _____ her popularity.

橫→　2. Read the user's _____ before you turn on the machine.

4. You have to learn to _____ your time well.

6. The angry customer _____ed to see the shop owner.

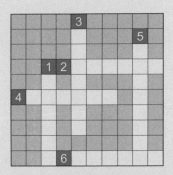

 和「事物」有關的字根 14

-ped-

▶foot，表「腳」

大家都知道 3C 產品 i-Pod，-pod- 其實就是字根 -ped- 的變形哦。　 mp3: 014

字首 + 字根

bi + ped = biped

bi-（字首）兩個的
biped [ˈbaɪˌpɛd]（adj.）兩足的
　　　　　　　　　　（n.）兩足動物

例 It is hard to believe that an ostrich is a **biped**, being that it can run so fast.
真難相信鴕鳥是兩足動物，因為牠可以跑那麼快。

tri + pod = tripod

tri- （字首）三個的

tripod [ˋtraɪpɑd]（n.）（相機或攝影機用的）三腳架；三腳凳

例 Now that I own this **tripod**, taking pictures is so much easier.
既然我有了這個三腳架，拍起照來就更容易了。

centi + ped = centipede

centi- （字首）百的

centipede [ˋsɛntəˌpid]（n.）蜈蚣；百足蟲

例 When I was gardening, I accidentally smashed a **centipede** which was crawling in the dirt.
當我在整理花園時，我不小心弄死了一隻正在土裡爬的蜈蚣。

字根 + 字尾

ped + al = pedal

徐薇教你記 要用到腳的東西，指腳踏車或鋼琴的「腳踏板」。

-al （名詞字尾）表「動作的過程；事情」

pedal [ˋpɛdḷ]（n.）踏板；腳蹬

例 Don't step on the brake **pedal** so hard when there is ice on the road!
路面結冰時不要用力踩煞車！

ped + ian = pedestrian

徐薇教你記 用腳走路的人、徒步者，就是指「行人」。千萬不要說 walkman，那是以前邊走邊聽音樂用的「隨身聽」喔！

-ian （名詞字尾）做…的人

pedestrian [pəˋdɛstrɪən]（n.）步行者，行人

（adj.）徒步的；平淡無奇的

例 The movie critic's review pans this film, calling it "**pedestrian**."
影評都抨擊這部電影，還稱它是「乏味至極」。

舉一反三▶▶▶

初級字

im- （字首）進入（= 字首 in-）

impede [ɪmˋpid]（v.）妨礙；阻礙；阻止

例 The drunk driver is **impeding** everyone by swerving in and out of lanes.
該名酒醉駕駛開著車子在車道間彎來彎去，阻礙了所有人的通行。

milli-（字首）千的
millipede [ˈmɪləˌpɪd]（n.）馬陸；千足蟲

例 Above all bugs, my sister detests **millipedes** the most because they are so disgusting.
在所有的昆蟲當中，我姊姊最討厭馬陸，因為牠們很噁心。

實用字

anti-（字首）反對
antipode [ˈæntɪˌpod]（n.）正相反的事物

例 Although we are twins, my brother and I are **antipodes** in character.
儘管我們是雙胞胎，我弟弟和我在個性上卻完全相反。

ex-（字首）向外
expedition [ˌɛkspɪˈdɪʃən]（n.）遠征；探險；考察

例 The queen cancelled her **expedition** to Africa due to problems in her home country.
女皇因為國內的問題而取消到非洲考察的行程。

進階字

degree [dɪˈgri]（n.）等級；地位、身份
pedigree [ˈpɛdəˌgri]（n.）家系譜；家世；名門世系

例 This champion horse comes from a **pedigree** of well-endowed stallions.
這隻冠軍馬來自有優良血統的名門種馬。

-iatry（名詞字尾）醫療；…療法
podiatry [poˈdaɪətri]（n.）足部醫療

例 Without good **podiatry**, the soldiers suffered from terrible foot rashes.
因為沒有良好的足部醫療，士兵們深受嚴重的皮疹之苦。

-ium（名詞字尾）地點；地方
podium [ˈpodɪəm]（n.）指揮臺；講臺；建築物的墩座

例 Just stand there at the **podium** and address the raucous crowd.
站上講臺，然後對喧嘩的群眾們發表演說吧。

填空

( ) 1. 三腳架：tri＿＿ （A）ped （B）pede （C）pod

( ) 2. 蜈蚣：＿＿pede （A）bi （B）centi （C）milli

( ) 3. 踏板：p＿＿l （A）eda （B）oda （C）ede

( ) 4. 行人：ped＿＿ （A）igree （B）estrian （C）ium

( ) 5. 妨礙：im＿＿ （A）ped （B）pede （C）pod

解答：1. C 2. B 3. A 4. B 5. B

和「事物」有關的字根 15

-phon-

▶sound, voice，表「聲音」

🎧 mp3: 015

字首 + 字根

(tele + phon = telephone)

tele-（字首）遠的
telephone [ˋtɛləˌfon]（n.）電話；電話機

例 Hang up the **telephone** next time a telemarketer calls you.
下次有推銷電話打來就把它掛掉。

(micro + phon = microphone)

徐薇教你記 使微小音量變大的東西，指「麥克風」。

micro-（字首）微小的
microphone [ˋmaɪkrəˌfon]（n.）擴音器；麥克風

例 The quality of your **microphone** is poor; I can't understand what you're saying.
你的麥克風音質很糟，我聽不懂你在說什麼。

(**homo** + **phon** = **homophone**)

徐薇教你記 相同的聲音，就是指「發音相同但表達的意思卻不同的字」。如：英文的 see（看）與 sea（海），中文的「儀容」與「遺容」。

homo-（字首）相同的
homophone [ˋhɑməˌfon]（n.）異義同音字
例 The words "to" and "too" are **homophones**.
英文的「to（去）」和「too（也）」是同音異義字。

字根 + 字尾

(**phon** + **ics** = **phonics**)

-ics（名詞字尾）學術、技術
phonics [ˋfɑnɪks]（n.）聲學；拼讀法
例 If you want to learn to read English, step one is studying **phonics**.
如果你想要學讀英文，第一步就是學拼讀法。

(**phon** + **graph** = **phonograph**)

-graph-（字根）畫畫、書寫
phonograph [ˋfonəˌgræf]（n.）留聲機，唱機
例 My grandfather still lets us listen to some classic songs on his **phonograph**.
我外公仍讓我們用他的留聲機聽一些經典歌曲。

單字 + 單字

(**cellular** + **phone** = **cell phone**)

徐薇教你記 cell 是細胞，cellular 是形容詞，表「細胞狀或蜂巢狀」，無線通訊的系統天線是以像蜂巢狀的六角形排列，因此稱為 cell phone 指「行動電話」。

cellular [ˋsɛljulə]（adj.）細胞的；蜂巢狀的
cell phone [sɛl][fon]（n.）手機
例 Please turn off all **cell phones** before the movie begins.
在電影開始前請先關掉手機。

和「事物」有關的字根 **-phon-**

sym + phon + y = symphony

徐薇教你記 sym- 一起，-phon- 聲音，-y 名詞字尾。symphony 由不同的樂器一起發出悅耳的音樂，指「交響樂」。

sym-（字首）一起

symphony [ˋsɪmfənɪ]（n.）交響樂，交響曲

例 Mozart was composing for **symphonies** before he was even fourteen years old.
莫札特甚至在十四歲前就已經開始編寫交響樂了。

舉一反三▶▶▶

初級字	**head** [hɛd]（n.）頭 **headphone** [ˋhɛdˏfon]（n.）頭戴式耳機 例 It's important that you get a good pair of **headphones** if you want to hear the music clearly. 如果你想聽清晰的音樂，你要有一副好的頭戴式耳機。
	mobile [ˋmobḷ]（adj.）可移動的 **mobile phone** [ˋmobḷ][fon]（n.）移動式電話；車用電話；手機 例 In the 1980s, **mobile phones** were very large and unattractive. 在一九八〇年代時，移動式電話很大台，而且很醜。
	-ic（形容詞字尾）屬於…的；關於…的 **phonetic** [foˋnɛtɪk]（adj.）語音的；語音學的 例 **Phonetic** symbols are tools which help you know how to pronounce a word. 語音符號是幫助你認識單字發音的工具。
實用字	**mega-**（字首）百萬的；超級的 **megaphone** [ˋmɛgəˏfon]（n.）擴音器；話筒 （v.）用擴音器傳達 例 His microphone broke, so he had to dust off the old **megaphone** to bark out instructions to the runners. 他的麥克風壞掉了，所以他得把舊的擴音器灰塵撣一撣然後對著跑者大聲喊口令。

saxophone [ˋsæksəˌfon]（n.）薩克斯風

例 This rock band is unique because they use a **saxophone**.
這個搖滾樂團很特別，因為他們用薩克斯風演奏。

xylon（希臘文）木頭
xylophone [ˋzaɪləˌfon]（n.）木琴

例 We need to use a **xylophone** to have an authentic Malaysian ceremony.
要舉辦真正道地的馬來西亞式典禮，我們需要用到一架木琴。

進階字

eu-（字首）好的
euphonious [juˋfonɪəs]（adj.）悅耳的；聲音和諧的

例 Great songwriters are badly needed for their **euphonious** compositions.
市場亟需這些厲害的作曲者所寫的優美悅耳的作品。

mono-（字首）單一的
monophony [məˋnɑfənɪ]（n.）單音音樂

例 When learning a new instrument, songs using pure **monophony** are preferred.
在學新的樂器時，使用純粹單音的歌曲較合適。

-logy（名詞字尾）學科
phonology [foˋnɑlədʒɪ]（n.）音系學；語音體系

例 In studying the **phonology** of the English language, we can see how American words evolved into what they sound like today.
在研究英語的語音學時，我們可以知道美語如何演變為今日的發音。

poly-（字首）很多的；超過一個的
polyphony [pəˋlɪfənɪ]（n.）多聲；複音

例 **Polyphony** is often found in the musical score of this horror film.
在這部恐怖片裡，常常可以聽到多重聲音的音效。

和「事物」有關的字根 **-phon-**

? Quiz Time

填空

（　　）1. 交響樂：＿＿phony （A）mono （B）poly （C）sym

（　　）2. 麥克風：＿＿phone （A）mega （B）micro （C）mobile

（　　）3. 留聲機：＿＿graph （A）phono （B）tele （C）photo

（　　）4. 頭戴式耳機：＿＿phone （A）homo （B）head （C）tele

（　　）5. 拼讀法：phon＿＿ （A）ology （B）etic （C）ics

解答：1. C 2. B 3. A 4. B 5. C

和「事物」有關的字根 16 ·············

-photo-

▶light，表「光」

🎧 mp3: 016

字首 + 字根

(tele + photo = telephoto)

tele-（字首）遠的

telephoto [ˈtɛlɪˌfoto]（adj.）遠距攝影的

（n.）傳真電報；攝遠鏡頭

例 This shot was taken with a **telephoto** lens to give the viewer a different perspective.

這個畫面是以長距離鏡頭拍的照片，讓觀賞者能看到不同的視角。

字根 + 字根

(photo + graph = photograph)

徐薇教你記 用光所描繪出來的圖片，就是「相片」。以前的相機都是利用光線感應到感光的底片上，再用底片沖印成照片而來的。

-graph-（字根）寫、畫

photograph [ˈfotəˌɡræf]（n.）照片

例 The first known **photograph** was taken in 1822.
世界上最早的照片是在一八二二年拍的。

photo + synthesis = photosynthesis

synthesis [ˈsɪnθəsɪs]（n.）合成作用

photosynthesis [ˌfotəˈsɪnθəsɪs]（n.）光合作用

例 Plants use **photosynthesis** to produce oxygen.
植物行光合作用來製造氧氣。

字根 + 字根 + 字尾

photo + gen + ic = photogenic

徐薇教你記 由光所產生出來的樣子，就是「發光的、發亮的」。能在相片或影片裡發光發亮，也就是「上相的、上鏡的、有 camera face 的」。

-gen-（字根）生產

photogenic [ˌfotəˈdʒɛnɪk]（adj.）適於攝影的；上相的

例 No wonder your son is in this commercial! He is so **photogenic**!
難怪你兒子能拍廣告！他真的好上相。

舉一反三▶▶▶

初級字	**photo** [ˈfoto]（n.）照片 例 We made it to the summit, and I took a **photo** to commemorate the occasion. 我們最後成功攻頂，而且我還拍了一張照片來紀念這個特別的時刻。
	electric [ɪˈlɛktrɪk]（adj.）電的；用電的 **photoelectric** [ˌfotoɪˈlɛktrɪk]（adj.）光電的 例 The **photoelectric** motor was charged by the rays of the sun. 這台光電馬達是用太陽光線來充電的。
實用字	**phobia** [ˈfobɪə]（n.）恐懼症 **photophobia** [ˌfotəˈfobɪə]（n.）畏光 例 **Photophobia** has long been a part of vampire lore. 畏光一直以來都是傳說中吸血鬼的部分特質。

receptor [rɪˋsɛptɚ] (n.) 受體；接受者

photoreceptor [ˏfotorɪˋsɛptɚ] (n.) 視覺受體

例 Due to damage of his **photoreceptor** cells, my uncle must have eye surgery.

我叔叔眼睛裡的視覺受體細胞受傷了，所以他必須接受眼部手術。

進階字

lithography [lɪˋθɑgrəfɪ] (n.) 平版印刷術

photolithography [ˏfotolɪˋθɑgrəfɪ] (n.) 照相平版印刷法

例 It took a long time to complete the film due to a heavy reliance on **photolithography**.

這部片子花了很長的時間才完成，因為它大量使用了平版照相印刷術，

photon [ˋfotɑn] (n.) 光子

例 **Photons** are most easily seen through the manifestation of a laser.

透過雷射我們很輕易就可以看到光子。

Quiz Time

將下列選項填入正確的空格中

（A）graph （B）phobia （C）genic （D）tele （E）electric

（ ）1. 照片 = photo + _____

（ ）2. 光電的 = photo + _____

（ ）3. 畏光 = photo + _____

（ ）4. 上相的 = photo + _____

（ ）5. 攝遠鏡頭 = _____ + photo

解答：1. A 2. E 3. B 4. C 5. D

-sal-

▶salt，表「鹽」

🎧 mp3: 017

衍生字

salt [`sɔlt]（n.）鹽

例 **Salt** and pepper are basic ingredients for cooking.
鹽和胡椒是烹飪很基本的調味料。

salad

徐薇教你記　古代羅馬人喜歡將各式各樣的生菜佐調味料食用，這些調味料常以鹽水構成，所以 salad 的名稱就是由 herba salata「鹹的蔬菜（salted vegetables）」簡化而來。

salad [`sæləd]（n.）沙拉

例 The macaroni was accompanied by a green **salad**.
這通心麵有附一份蔬菜沙拉。

字根 + 字尾

sal + ary = salary

徐薇教你記　salary 最早指古羅馬士兵們用來買鹽的津貼。在古代，鹽是非常貴重的日用品，只有臨海地區產鹽、內陸不易取得，所以政府會定期發給士兵津貼買鹽巴，這筆固定時間發放的津貼後來就衍生成 salary 指「薪水」了。

　-ary（名詞字尾）和…有關的東西
salary [`sælərɪ]（n.）薪水，薪資

例 My **salary** is paid on the first day of each month.
我的薪水是每月第一天入帳。

初級字	**sauce** [sɔs]（n.）調味醬；醬汁 例 Grandma poured a big scoop of meat **sauce** on my spaghetti. 奶奶在我的義大利麵上倒了一大杓的肉汁。
	-**er**（名詞字尾）做…的事物 **saucer** [`sɔsɚ]（n.）淺碟子 例 The soy sauce, the chili oil and the mustard are arranged in different **saucers**. 醬油、辣油和芥末醬被放在不同的小盤子裡。
實用字	**salsus**（拉丁文）用鹽醃的；含鹽的 **sausage** [`sɔsɪdʒ]（n.）香腸；臘腸 例 My grandma taught me how to make **sausages** from scratch. 我外婆教我如何從零開始做香腸。
	salsa [`sɑlsə]（n.）以番茄洋蔥做的辣調味汁；墨西哥莎莎醬 例 Onions, chilies, and herbs are basic ingredients for making **salsa**. 洋蔥、辣椒和香料是做莎莎醬的基本材料。
	-**ine**（名詞字尾）表「化學成分」 **saline** [`selaɪn]（n.）生理食鹽水 　　　　　（adj.）鹽的；含鹽的 例 You should cleanse the wound with **saline** solution before applying gel. 你在塗藥膏之前應該先用生理食鹽水清洗傷口。
進階字	**sous**（古法文）以鹽或醋保存 **souse** [saʊs]（v.）將…浸入水中 例 Mom diced the radishes and **soused** them with vinegar. 媽媽將白蘿蔔切丁然後浸泡到醋裡。
	-**ity**（名詞字尾）表「狀態」 **salinity** [sə`lɪnətɪ]（n.）鹽度；含鹽量 例 The **salinity** of the Great Salt Lake in the US is even higher than sea water. 美國大鹽湖的鹽水濃度甚至比海水還要高。

1

? Quiz Time

中翻英，英翻中

( ) 1. 生理食鹽水 （A）salinity （B）souse （C）saline

( ) 2. sausage 　　（A）醬汁 　（B）香腸 　（C）莎莎醬

( ) 3. 淺碟 　　　　（A）salsa 　（B）saucer （C）sauce

( ) 4. salary 　　　（A）薪水 　（B）沙拉 　（C）鹽度

( ) 5. salt 　　　　（A）鹽巴 　（B）鹹的 　（C）浸泡

解答：1. C 2. B 3. B 4. A 5. A

和「事物」有關的字根 18

-viv-

▶life，表「生命」

變形包括 -vig-, -vit-。

🎧 mp3: 018

衍生字

Vivian [ˋvɪvɪən]（n.）薇薇安（女子名）→ 涵義：活潑的

例 The new Taiwan pop star, **Vivian**, is coming to Taipei Arena.
台灣新流行之星薇薇安，即將來到台北小巨蛋。

字根 + 單字

(vit + amine = vitamin)

　　amine [əˋmin]（n.）（化學）胺類
vitamin [ˋvaɪtəmɪn]（n.）維他命，維生素

例 To maintain good health, you should take one **vitamin** every morning.
要維持良好健康，你得每天早上服用一顆維他命。

re + viv = revive

徐薇教你記 再次活過來、重新又有了生機，表示「恢復；復活」。

re- （字首）再次；返回
revive [rɪˋvaɪv] （v.）甦醒；復甦；使復原

例 The doctor will try every possible way to **revive** the patient.
醫生會嘗試各種可能的方法使病患甦醒。

sur + viv = survive

徐薇教你記 sur- 超越，-viv- 生命。survive 在災難後還繼續存活，表示「存活、倖免於難」。

sur- （字首）在…之上；超越
survive [səˋvaɪv] （v.）存活；倖存

例 When it's so cold outside, you must wear a coat to **survive**.
當外面天氣很冷時，你必須穿大衣保命。

survival [səˋvaɪvl] （n.）倖存

例 The **survival** of mankind is an important issue in the 21st century.
人類的生存是二十一世紀的重要議題。

字根 + 字尾

viv + id = vivid

徐薇教你記 處於有生命的狀態，也就是「有生氣的、活潑的」。

-id （形容詞字尾）表「狀態」
vivid [ˋvɪvɪd] （adj.）色彩或光線鮮明的；生動活潑的

例 Your brother has such a **vivid** imagination that he won the creative writing contest.
你弟弟有非常鮮活的想像力，所以他能贏得創意寫作比賽。

舉一反三▶▶▶

初級字

-able （形容詞字尾）可…的；能…的
vegetable [ˋvɛdʒətəbl] （adj.）植物的；提取自植物的
（n.）(1) 蔬菜；植物 (2) 植物人

例 If you don't eat more **vegetables**, your health will suffer.
如果你不多吃點蔬菜，你的健康會有問題。

和「事物」有關的字根 -viv-

-al（形容詞字尾）和…有關的

vital [ˋvaɪt!]（adj.）充滿活力的；極其重要的

例 Doing all your homework is a **vital** part of being a student.
做好你所有的功課是當一個學生很重要的一個部分。

-ity（名詞字尾）表「狀態、性質」

vitality [vaɪˋtæləti]（adj.）活力；生命力

例 This dance club has a certain **vitality**, so I often come here.
這個舞蹈俱樂部很有活力，所以我很常來這。

實用字

-ate（動詞字尾）做出…動作

vegetate [ˋvɛdʒəˎtet]（v.）像植物般生長；茫茫然地過日子

例 This Chinese New Year, I want to just stay at home and **vegetate**.
這個中國新年，我打算待在家裡無所事事。

-ous（形容詞字尾）充滿…的

vivacious [vaɪˋveʃəs]（adj.）活潑的；有生氣的

例 He is quite a **vivacious** actor, and he often chooses crazy characters to portray.
他是個非常有活力的演員，常會挑一些很瘋狂的角色來扮演。

進階字

-ant（形容詞字尾）具…性的

vigilant [ˋvɪdʒələnt]（adj.）警戒的；警惕的

例 To be a good police officer, you must be **vigilant** and never give in to laziness.
要當一名好警官，必須要時時警戒，千萬不要偷懶。

-or（名詞字尾）有…屬性的事物

vigor [ˋvɪgɚ]（n.）體力；精力；動植物的茁壯

例 He attacked the project with such **vigor** that he finished first among all the participants.
他非常積極進行該項計劃，因此他是所有參賽者中第一位完成的。

section [ˋsɛkʃən]（v.）把…分成段；把…切片

vivisection [ˎvɪvəˋsɛkʃən]（n.）活體解剖

例 There were some fierce arguments over animal **vivisection** in the conference.
在會議上，針對動物活體解剖有一些激烈的爭辯。

? Quiz Time

從選項中選出適當的字填入空格中使句意通順

vivid / vital / survive / vigor / vitamin

1. The plants cannot ＿＿＿＿＿＿＿＿＿ in very cold conditions.

2. Carrots are full of ＿＿＿＿＿＿＿＿ A.

3. They began the work with ＿＿＿＿＿＿＿＿ and enthusiasm.

4. Regular exercise is ＿＿＿＿＿＿＿ for your health.

5. I have a very ＿＿＿＿＿＿＿ picture of the first time I met her.

解答：1. survive　2. vitamin　3. vigor　4. vital　5. vivid

和「狀態」有關的字根 1

-cand-

▶**glowing, white**，表「**白亮的；閃亮的**」

🔖 candy 雪白閃亮的糖果棒

🎧 mp3: 019

字根 + 字尾

cand + id = candid

徐薇教你記 處於白白亮亮的狀態，所有東西就會一覽無疑，表示「坦率的、坦誠的」。

-id（形容詞字尾）表「狀態；性質」

candid [ˋkændɪd]（adj.）公正的；坦率的

📝 He had a rather **candid** conversation with the reporter about his personal relationships.
他和記者談他個人的戀情時態度相當地坦率。

(cand + le = candle)

徐薇教你記 會發出白色光亮的小東西，叫做「蠟燭」。

-le（名詞字尾）小東西
candle [ˋkændl̩]（n.）蠟燭

例 Let's use **candles**, because there is a power outage.
我們用蠟燭吧，因為停電了。

字根 + 字尾 + 字尾 ▶

(cand + id + ate = candidate)

徐薇教你記 candidate 原指「使變得白亮」，後來指「穿白色袍子的」。古代只有政府官員才能穿白袍，後引申為「想要穿白袍的人」，也就是想要當官職的「競選者、候選人」。

-ate（動詞字尾）使變成…
（名詞字尾）表「人」
candidate [ˋkændədet]（n.）候選人

例 After twenty interviews, I think we have finally found one suitable **candidate**.
在面試了二十個人之後，我想我們最後終於找到最適合的人選了。

舉一反三 ▶▶▶

初級字	**Candace** [ˋkændes]（n.）凱蒂斯（女子名） 例 My friend **Candace** just got back from Hong Kong. 我朋友凱蒂斯才剛從香港回來。 補充 迪士尼卡通《飛哥與小佛》裡面姊姊凱蒂絲就叫 Candace。
	light [laɪt]（n.）光亮 **candlelight** [ˋkændl̩ˌlaɪt]（n.）燭光；暗淡的人造光；薄暮 例 There is nothing more romantic than a dinner by **candlelight**. 沒有比燭光晚餐更浪漫的事了。
實用字	in-（字首）使進入（= 字首 en-） **incense** [ˋɪnsɛns]（n.）（宗教儀式焚燒的）香 例 **Incense** burning is a common ritual in many religious places of worship. 焚香是許多敬拜或祭祀場合都會有的常見儀式。

candor [ˈkændɚ] (n.) 公正；坦率；真誠

例 Hannah talked about her horrible experience in childhood with **candor**.
漢娜坦率地談論著她童年可怕的經歷。

進階字

candescent [kænˈdɛsṇt] (adj.) 白熱的

例 The **candescent** steel lighted up the blacksmith's shop.
燒得炙熱的鋼鐵照亮了鐵匠的工作坊。

-bulum（名詞字尾）器物或工具的名稱

candelabrum [ˌkændəˈlɑbrəm] (n.) 分枝燭臺

例 He led her up the stairs of the castle with a **candelabrum** in his hand.
他手拿著燭台，一邊帶她走上城堡的階梯。

? Quiz Time

拼出正確單字

1. 候選人　＿＿＿＿＿＿＿＿＿＿＿＿＿

2. 蠟燭　＿＿＿＿＿＿＿＿＿＿＿＿＿

3. 坦率的　＿＿＿＿＿＿＿＿＿＿＿＿＿

4. 燭光　＿＿＿＿＿＿＿＿＿＿＿＿＿

5. 坦率；真誠　＿＿＿＿＿＿＿＿＿＿＿＿＿

解答：1. candidate　2. candle　3. candid　4. candlelight　5. candor

-fort-

▶strong，表「強壯的」

🎧mp3: 020

衍生字

forte [fort]（n.）特長；專長

例 Repairing toys is one of his **fortes**.
修理玩具是他的專長之一。

字根 + 字尾

(fort + fy = fortify)

-fy（動詞字尾）做出…動作

fortify [ˋfɔrtəˌfaɪ]（v.）加強；增強；築堡壘於…

例 He **fortified** himself with a cup of expresso before hitting the road.
他上路前先喝了一杯濃縮咖啡來提振精神。

字首 + 字根

(ef + fort = effort)

徐薇教你記 將強大的力量往外散發，就是做出了「努力」。

ef-（字首）向外（= 字首 ex-）

effort [ˋɛfət]（n.）努力

例 The government should put more **effort** into solving the traffic jam problem.
政府應該更努力來解決交通堵塞的問題。

(com + fort = comfort)

徐薇教你記 大家一起來讓你變得堅強起來，就是在「安慰」你、讓你「感到舒適」。

com-（字首）一起，共同（= 字首 co-）

comfort [ˋkʌmfət]（n.）安逸；安慰（v.）安慰；慰問

例 The babysitter spent the whole afternoon **comforting** the crying baby.
那保姆花了一整個下午安撫那個哭泣的嬰孩。

初級字	**force** [fors] (n.) 力;力量 (v.) 強制;強迫 例 The manager was **forced** to resign from office due to the affair rumors. 那名經理因為緋聞纏身被迫辭職。
	-**able** (形容詞字尾) 可…的 **comfortable** [ˈkʌmfətəbl̩] (adj.) 舒適的 例 It is quite **comfortable** to stay inside, sitting in front of the fireplace in such cold weather. 這麼冷的天待在室內、坐在壁爐前面真的很舒服。
實用字	-**ful** (形容詞字尾) 充滿…的 **forceful** [ˈforsfəl] (adj.) 強有力的;有說服力的 例 The government pledged to take more **forceful** measures to combat drug trafficking. 政府誓言要採取更強有力的措施來打擊毒品走私。
	en- (字首) 使進入 **enforce** [ɪnˈfors] (v.) 執行;強制 例 The new law will be **enforced** next week to deter drunk driving. 新法將於下週開始執行以嚇阻酒駕。
進階字	-**less** (形容詞字尾) 缺乏…的 **effortless** [ˈɛfətlɪs] (adj.) 不費力的;輕鬆的 例 The player shot an **effortless** three-pointer that made the fans go crazy. 那名選手輕輕鬆鬆射出一記三分球讓球迷們為之瘋狂。
	re- (字首) 再次;回來 **reinforce** [ˌriɪnˈfors] (v.) 增援;強化 例 The bridge piers were **reinforced** with concrete and rebar. 橋墩以水泥和鋼筋強化。

Quiz Time

填空

( ) 1. 安慰：___fort 　　(A) com (B) ex (C) en

( ) 2. 有說服力的：force___ 　(A) ify 　(B) ful 　(C) less

( ) 3. 強迫：f___ 　　(A) ort (B) orte (C) orce

( ) 4. 執行：___force 　(A) in 　(B) en 　(C) rein

( ) 5. 努力：ef___ 　　(A) fort (B) ort (C) for

解答：1. A 2. B 3. C 4. B 5. A

和「狀態」有關的字根 3

-equ(i)-

▶equal，表「均等的」

🎧 mp3: 021

字根 + 字尾

equ + al = equal

　　-al（形容詞字尾）和⋯有關的

equal [ˋikwəl]（adj.）相等的、平等的

例　All men are created **equal**.
　　[諺語] 人生而平等。

equ + ate = equate

　　-ate（動詞字尾）做出⋯動作

equate [ɪˋkwet]（v.）等同⋯；使相等

例　She **equated** her sister with being a lazybones.
　　她把她妹妹和懶惰蟲劃上等號。

equi + lateral = equilateral

lateral ['lætərəl] (adj.) 側面的；橫向的

equilateral [ˌikwɪ'lætərəl] (adj.) 等邊的

例 An **equilateral** triangle should always have three angles of 60 degrees.
等邊三角形也就是三個角應該都是六十度。

舉一反三 ▶▶▶

初級字	ad- (字首) 朝向；去⋯
	adequate ['ædəkwɪt] (adj.) 足夠的
	例 Mom went to the supermarket because we don't have **adequate** food for tonight's guests. 媽媽去超市買東西了，因為我們沒有足夠的食物給今晚的客人們。
	un- (字首) 表「否定；不」
	unequal [ʌn'ikwəl] (adj.) 不公平的；不對等的
	例 There has been an **unequal** relationship between the two countries. 這兩國之間一直以來都有著不對等的關係。
實用字	-ion (名詞字尾) 表「動作的狀態或結果」
	equation [ɪ'kweʃən] (n.) 數學方程式；等式
	例 The teacher wrote an **equation** on the blackboard and asked the students to note it down. 老師在黑板上寫了一條等式，並要學生們把它記下來。
	-or (名詞字尾) 做⋯的事物
	equator [ɪ'kwetər] (n.) 赤道
	記 使地球上下兩邊均等的那條線，就是「赤道」。
	例 The **equator** crosses this country, so it is hot all year round. 赤道橫過這個國家，所以它整年天氣都很熱。

進階字

-ent（形容詞字尾）具…性的
equivalent [ɪˋkwɪvələnt]（adj.）相等的；等量的（n.）相等；等同
例 Doing drugs is the **equivalent** of frying your brain.
吸食毒品等同於把你的頭拿去油炸。

vocal [ˋvokl̩]（adj.）聲音的
equivocal [ɪˋkwɪvəkl̩]（adj.）模稜兩可的、曖昧的
例 The man gave several **equivocal** statements to confuse us.
那名男子給了一些模稜兩可的說詞來混淆我們。

? Quiz Time

中翻英，英翻中

（ ）1. 赤道 （A）equal （B）equator （C）equation

（ ）2. equivalent （A）等量的 （B）平等的 （C）等邊的

（ ）3. 使相等 （A）equal （B）equate （C）equation

（ ）4. adequate （A）相等的 （B）曖昧的 （C）足夠的

（ ）5. unequal （A）等式 （B）不足的 （C）不對等的

解答：1. B 2. A 3. B 4. C 5. C

-firm-

▶firm，表「堅固的」

🎧 mp3: 022

衍生字

firm [fʒm]（adj.）穩固的；堅定的
（v.）使堅實；使牢固
（n.）公司行號

例 She answered the question in a gentle but **firm** voice.
她以溫柔而堅定的語氣回答這個問題。

字首 + 字根

af + firm = affirm

徐薇教你記 去讓事情變得固定、明確，就是「證實、斷定」。

af-（字首）朝向；去（＝字首 ad-）
affirm [əˋfʒm]（v.）證實；斷言

例 The police **affirmed** that the escaped prisoner was arrested.
警方證實逃獄的犯人已被逮捕了。

con + firm = confirm

徐薇教你記 大家一起來讓不確定的事變固定，也就是去「確認、確定」。

con-（字首）一起；共同（＝字首 co-）
confirm [kənˋfʒm]（v.）確認；確定

例 You'd better **confirm** your flight reservation before departure.
你在出發前最好先確認一下你的航班訂位。

字首 + 單字

re + affirm = reaffirm

re-（字首）再次；返回
reaffirm [͵riəˋfʒm]（v.）重申；再次聲明

例 The CEO **reaffirmed** his promise to increase annual profit by 5%.
那名執行長重申他提升年盈收百分之五的承諾。

和「狀態」有關的字根 **-firm-**

初級字	software [ˈsɔftˌwɛr] (n.) 軟體 firmware [ˈfɜmˌwɛr] (n.) 韌體 例 You shouldn't download the app unless you upgrade the **firmware** of the smartphone. 除非你將手機韌體升級，不然你不應該下載這個應用程式。
	in- (字首) 表「否定；不」 infirm [ɪnˈfɜm] (adj.) 體弱的；不堅定的 例 The enterprise raised a fund to help those who were old and **infirm**. 這間企業成立一個基金來幫助老弱殘疾。
實用字	-ative (形容詞字尾) 有…性質的 affirmative [əˈfɜmətɪv] (adj.) 肯定的；贊成的 例 The CEO gave an **affirmative** answer to the proposal. 那名執行長對於該企劃案給了肯定的答覆。
	-ation (名詞字尾) 表「動作的狀態或結果」 confirmation [ˌkɑnfɚˈmeʃən] (n.) 確定；確認 例 Please sign on the **confirmation** so that we can proceed with your purchase. 請在確認單上簽名，以便我們繼續處理您的訂單。
進階字	-ity (名詞字尾) 表「狀態」 infirmity [ɪnˈfɜmɪtɪ] (n.) 體弱；衰弱；病弱 例 The homeless man was taken to the care center due to his **infirmity**. 那個遊民因病弱被帶往照顧中心。
	-ment (名詞字尾) 表「狀態；結果」 firmament [ˈfɜməmənt] (n.) 天空；蒼穹 例 You can see thousands of stars flashing across the **firmament** at night. 晚上你可以看到數萬顆星星在天空中閃爍著。

和「狀態」有關的字根 5

-magn-

▶great，表「巨大的」

變形包括 -maj-, -max-, -may-。

🎧 mp3: 023

字根 + 字尾

max + mum = maximum

-mum（拉丁文）拉丁名詞字尾

maximum [ˋmæksəməm]（n.）最大量；最大數；最大限度

例　This amplifier is already turned up to the **maximum** volume.
這台擴音器已經轉到最大音量了。

magn + fy = magnify

徐薇教你記　使東西變大，就是「放大、擴大、增強」。

-fy（動詞字尾）使做出…；使變得…
magnify [`mægnə‚faɪ] (v.) 放大；擴大；誇大
例 I would like to **magnify** this image for you now.
我現在要幫你放大這張圖像。

（ **magn + tude = magnitude** ）

徐薇教你記　有著大的狀態或性質，就是「巨大、重要」或「大的幅度」。

-tude（名詞字尾）表「性質」
magnitude [`mægnə‚tjud] (n.) 巨大；重大；強度
例 A 7.8 **magnitude** earthquake struck Hualien on Tuesday.
花蓮星期二發生了一場震度七點八級的地震。

（ **maj + or = major** ）

徐薇教你記　-maj- 大的，-or 源自拉丁比較級字尾 -ior，表「更…的」。
major 原指比小調音階再大半個調的音，後來衍生為「（年紀）較大的、成年
的；主要的」等字義，到十九世紀末、二十世紀初才產生「專業主科、主修」
的意思。

-or（形容詞字尾）拉丁比較級字尾，表「更…的」(= 字尾 -ior)
major [`medʒɚ] (adj.) 較大的；主要的；主修的
　　　　　　　（n.) 專業主科；主修學生
例 Spitting in public is a **major** crime in some countries.
在公共場所亂吐口水在某些國家是重罪。

舉一反三▶▶▶

初級字

-or（名詞字尾）做…動作的人
mayor [`meɚ] (n.) 市長；鎮長
例 The **mayor** of this city just proposed a 3% tax cut.
該市的市長剛提案減稅百分之三。

-ize（動詞字尾）使…化
maximize [`mæksə‚maɪz] (v.) 使增加至最大限度；達到最大值
例 If you want to **maximize** your experience, you should stay at
Walt Disney World for one week.
如果你想玩個徹底，你應該在迪士尼樂園待上一個星期。

-ent（形容詞字尾）具…性質的

magnificent [mæg'nɪfəsənt]（adj.）宏偉的；華麗的；極好的

例 All the critics agree that Anne Hathaway's performance in the film is **magnificent**.
所有的影評都同意安海瑟薇在這部影片中的演出非常棒。

magnify ['mægnə⋅faɪ]（v.）放大；擴大
magnification [⋅mægnəfə'keʃən]（n.）放大

例 **Magnification** of the cell shows us how fast the disease can spread.
將細胞放大可以讓我們了解疾病擴散的速度有多快。

magnate ['mægnet]（n.）實業界的巨頭；權貴

例 This singer has been a rock n' roll **magnate** for twenty years.
這名歌手在搖滾樂界稱霸了二十年。

maxim ['mæksɪm]（n.）格言；箴言；座右銘

例 The teacher read the **maxims** of the school to the students.
老師向學生朗讀了學校的校訓。

? Quiz Time

拼出正確單字

1. 放大，增強 _____

2. 宏偉的 _____

3. 最大量 _____

4. 主要的 _____

5. 市長 _____

解答：1. magnify 2. magnificent 3. maximum 4. major 5. mayor

和「狀態」有關的字根 6

-medi-/
-midi-

▶middle，表「中間」

🎧 mp3: 024

衍生字

middle [ˋmɪdl̩]（adj.）中間的；中級的
（n.）中間；中途

例 Two cars broke down in the **middle** of the road and it caused a terrible traffic jam.
兩輛車在路中間拋錨並造成後方交通大打結。

字首 + 字根

a + mid = amid

a-（字首）去；朝向（= 字首 ad-）

amid [əˋmɪd]（prep.）在…之中；被…包圍

例 The small coffee shop was like an oasis of peace **amid** the urban jungle.
這間小咖啡館就像是喧囂都市叢林中的寧靜綠洲。

字根 + 字尾

medi + ate = mediate

徐薇教你記 做出跑到兩人中間去的動作，就是要去「調解；居中斡旋」。

-ate（動詞字尾）做出…動作

mediate [ˋmidɪˌet]（v.）調解；居中斡旋

例 The prime minister volunteered to **mediate** a cease-fire between the two neighboring countries.
首相自願出面為交戰中的兩個鄰國居中協調停火協議。

> **medi + terr + an = Mediterranean**

徐薇教你記　在陸地之中、被陸地所包圍的地方就是「地中海沿岸的」，首字母 M 大寫就是指「地中海」。

-terr-（字根）土地，陸地

-an（形容詞或名詞字尾）和…有關的（人或物）

Mediterranean [ˌmɛdətəˈrenɪən]（adj.）地中海的；地中海沿岸國家的

（n.）地中海

例 The restaurant is famous for its **Mediterranean** cuisine.
這間餐廳以地中海料理聞名。

舉一反三▶▶▶

初級字	-a（拉丁名詞字尾）表「特定的種類或名稱」 **media** [ˈmidɪə]（n.）大眾傳播媒體；媒介 例 The singer's new love interest caught the **media's** attention. 那歌手的新歡吸引了媒體的注意。
	multi-（字首）多的；大量的 **multimedia** [ˌmʌltɪˈmidɪə]（n.）多媒體（adj.）多媒體的 例 The manager impressed the clients with his **multimedia** presentation. 那名經理以多媒體簡報讓客戶們印象深刻。
實用字	**medium** [ˈmidɪəm]（adj.）中間的；中等的（n.）媒介；手段 例 I'd like my steak **medium**, please. 我的牛排要五分熟。
	inter-（字首）在…之間 **intermediate** [ˌɪntəˈmidɪət]（adj.）中間的；居中的 （n.）程度中等的人 例 The new programing class is for **intermediates**, not for beginners. 這堂新開的程式課是給中間程度的人上的，不是新手。
	im-（字首）表「否定」（= 字首 in-） **immediate** [ɪˈmidɪət]（adj.）立即的；直接的 例 We offer **immediate** support for your needs when there is an accident. 意外發生時我們可立即提供您所需的協助。

進階字

midst [mɪdst] （n.）中間；當中

例 Many airports were closed in the **midst** of the hurricane.
在颶風之中許多機場都關閉了。

-ev- （字根）年紀；時期
medieval [͵mɪdɪˋivəl] （adj.）中古世紀的

例 There will be a **medieval** painting exhibition in the art museum this weekend.
這個週末在美術館有一個中古世紀畫作展覽。

? Quiz Time

依提示填入適當單字，並猜出直線處的隱藏單字

1. We offer _____ support for your needs when there is an accident.

2. Making use of social _____ to market the goods is a trend.

3. I wear _____-size clothing.

4. Don't walk in the _____ of the road. It's dangerous.

5. Negotiators were called in to _____ between the two sides.

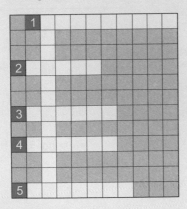

解答：1. immediate 2. media 3. medium 4. middle 5. mediate
隱藏單字：intermediate

和「狀態」有關的字根 7

-mini-

▶small，表「小的」

🔲 mini 迷你，就是「小的」。如：mini skirt 小件的裙子，指「迷你裙」。

🎧 mp3: 025

衍生字

minute

徐薇教你記 源自拉丁文 minuta 表「一小部分」。中世紀拉丁語衍生出數學上將一個圓分成六十個小單位的用法，後衍生出「時鐘的長針走一圈的時間等分為六十個小單位的第一個單位」，也就是「分鐘」。

minute [ˋmɪnɪt] (n.) 分鐘

例 In only two **minutes**, you will see a great fireworks show.
只要再兩分鐘，你就可以看見一場盛大的煙火秀。

字根 + 字尾

mini + ize = minimize

徐薇教你記 使變小，也就是「減到最小的程度、使變得不重要、貶低」。

-ize（動詞字尾）使⋯化

minimize [ˋmɪnəˌmaɪz] (v.) 使減到最少；使縮到最小；低估

例 We can **minimize** the damage to your reputation if we have a press conference.
如果我們舉辦一場記者招待會，就能將對你名譽的損害降至最低。

比 maximize (v.) 使增加至最大限度；達到最大值

mini + mum = minimum

-mum（名詞字尾）拉丁名詞字尾

minimum [ˋmɪnəməm] (n.) 最小量；最低限度

例 You must spend a **minimum** of 200 dollars in the store to park here for free.
你至少必須在店裡消費兩百元才能在這裡免費停車。

比 maximum (n.) 最大量

字首 + 字根 + 字尾

(di + mini + ish = diminish)

徐薇教你記 使東西向下縮小，表示「減少、縮減」的意思。

di-（字首）向下

diminish [də`mɪnɪʃ]（v.）減少；縮減；縮小

例 Let's not **diminish** Ms. White's contributions to our school.
我們可別小看懷特老師對我們學校的貢獻。

舉一反三▶▶▶

初級字	-al（形容詞字尾）和…有關的；有…性質的 **minimal** [`mɪnəməl]（adj.）最小的；極微的 例 This product's impact on the environment should be **minimal**. 這個產品對環境的衝擊應該是極微的。
	-or（形容詞字尾）拉丁比較級字尾，表「更…的」（= 字尾 -ior） **minor** [`maɪnɚ]（adj.）較小的；較少的；不重要的 例 I was only going a bit over the speed limit, so it was a **minor** infraction. 我只超速了一點點，所以只是輕微違法。
實用字	**minus** [`maɪnəs]（n.）不足；缺陷 （adj.）負的；減去的；略低一點的 例 Twelve **minus** ten equals two. 十二減掉十等於二。
	-ity（名詞字尾）表「性質」 **minority** [maɪ`nɔrətɪ]（n.）少數；未成年 例 A small **minority** of students protested the new rules. 少數學生對新的規定表示抗議。
進階字	**minister** [`mɪnɪstɚ]（n.）部長；牧師；大臣 **補充** minister 古時原指較低階的僕從或神父的助理，後引申為依上級授權來做事的人，也就是現在的「牧師」或「部長、大臣」。 例 The **Minister** of Education abolished the senior high school entrance exam. 教育部長廢除了高中入學考試制度。

administer [ədˈmɪnɪstə] (v.) 管理；實施
administration [ədˌmɪnəˈstreʃən] (n.) 監督；施政；行政機構

例 The **administration** at this school doesn't know what's happening in the classrooms.
這所學校的行政單位不知道教室裡發生了什麼事。

? Quiz Time

依提示填入符合敘述的單字

直↓　1. It means the smallest amount.

　　　3. It is the opposite of plus.

　　　5. It means being less or not as important.

橫→　2. It is a job title for officials.

　　　4. It is a time unit.

　　　6. It means to make things smaller in size.

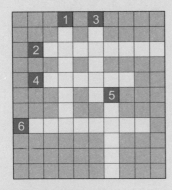

解答：1. minimum　2. minister　3. minus　4. minute　5. minor　6. diminish

-nov-

▶new，表「新的」

🎧 mp3: 026

衍生字

nova

徐薇教你記 指在短時間內突然變得很亮的星星，拉丁文原為 novus stella = new star，後合併縮寫為 nova。

nova [`novə]（n.）新星

例 We viewed the colorful **nova** with a telescope.
我們用望遠鏡來觀察那多彩的新星。

補充 bossa nova（葡萄牙文）巴薩諾瓦，由森巴舞曲與摩登爵士結合而成的新型態樂風，源自巴西。

novel

徐薇教你記 源自義大利文 novella，指「新種類的故事」。原指傳說或短篇故事的集結，直到十五世紀才開始用來指長篇的杜撰故事。

novel [`nʌvl̩]（n.）小說
　　　　　（adj.）新穎的

例 This is the fifth **novel** written by my favorite author.
這是我最愛的作者所寫的第五本小說了。

　　-ist（名詞字尾）…的專家
novelist [`nʌvl̩ɪst]（n.）小說家

例 As a prolific **novelist**, he often finishes writing a novel every two months.
身為一個多產的小說家，他通常每兩個月就可以完成一部小說。

nov + ice = novice

徐薇教你記 新來的、初來乍到的特質，就是「新手、初學者」。

-ice（名詞字尾）表「特質」
novice [`nɑvɪs]（n.）新手；初學者

例 While you are a **novice** hunter, I am a veteran.
你是個新手獵人，而我可是老手。

字首 + 字根 + 字尾

in + nov + ate = innovate

徐薇教你記 使進入新的狀態，就需要「創新、改革」。

in-（字首）進入
innovate [`ɪnəˌvet]（v.）創新；創始；革新

例 This company has been **innovating** the latest electronics for twenty years.
這家公司二十年來不斷創造最新的電子產品。

舉一反三▶▶▶

初級字	news [njuz]（n.）新聞 例 Have you heard the **news** about the poor girl who was bullied? 你有聽過那個被霸凌的可憐女孩的新聞嗎？
	-ty（名詞字尾）表「狀態」 novelty [`nʌv|tɪ]（n.）新穎的事物；新奇 例 Since I can't buy my wife an expensive gift, I'll give her a **novelty**. 既然我沒辦法買昂貴的禮物給我老婆，我就送她一個新奇的玩意兒。
實用字	-or（名詞字尾）做…動作的人 innovator [`ɪnəˌvetɚ]（n.）改革者 例 Steve Jobs of Apple Inc. was a famous **innovator** of new technologies when he was alive. 蘋果公司的史提夫賈伯斯生前是知名的新科技創造者。

-ette（名詞字尾）小東西

novelette [ˌnɑvɪ'lɛt]（n.）短篇、中篇小說

例 Realizing he didn't have a long enough story, the writer changed his novel to a **novelette**.
那作者發現他沒有夠長的故事後，就將他的小說改為短篇故事。

進階字

nouveau riche [ˌnuvɪ'riʃ]（n.）（法文）暴發戶

例 This area of the city has been flooded with **nouveau riches**.
城市的這個地區陸續有暴發戶湧入。

re-（字首）再次；返回

renovate ['rɛnəvet]（v.）更新；重做

例 After we bought the house, we **renovated** it to make it look more modern.
買了這房子之後，我們把它重新裝修一番好讓它看起來更現代。

renovation [ˌrɛnə'veʃən]（n.）更新；恢復活力

例 The entire second floor of our house is under **renovation**.
我們家整個二樓都在更新中。

? Quiz Time

中翻英，英翻中

( ) 1. 新手 　　（A）novice 　　（B）novelist （C）innovator

( ) 2. renovate （A）革新 　　（B）更新 　　（C）新奇

( ) 3. nova 　　（A）新聞 　　（B）小說 　　（C）新星

( ) 4. 新穎的 　（A）novelette （B）novel 　　（C）novelty

( ) 5. innovate （A）創始 　　（B）暴發戶 　（C）恢復活力

解答：1. A 2. B 3. C 4. B 5. A

-vac-

▶empty，表「空的」

變形有 -van-, -void-。

🎧 mp3: 027

字首 + 字根

a + void = avoid

a- （字首）朝向；去（= 字首 ad-）

avoid [ə'vɔɪd] (v.) 避開；避免

例 I usually **avoid** shopping at Christmas rush.
我通常會避開耶誕節購物人潮。

字根 + 字尾

vac + ation = vacation

徐薇教你記 放空的狀態，就是指不用工作的「假期」。度假時家裡空空的、沒有人，很適合小偷來闖空門喔！

-ation （名詞字尾）表「動作的狀態或結果」

vacation [ve'keʃən] (n.) 休假；假期

(v.) 度假

例 My **vacation** to Malibu was cut short by a family emergency.
我到馬里布度假的行程縮短了，因為家裡發生一些緊急狀況。

vac + uum = vacuum

vacuum [`vækjʊəm] (n.) 真空；跟外界隔絕的孤立狀態；

吸塵器（= vaccum cleaner）

例 If you want to suck up all the dirt, just use a **vacuum** -- don't bother with sweeping.
如果你想把所有的灰塵都吸起來，用吸塵器，不要用掃的那麼麻煩。

van + ity = vanity

徐薇教你記 本質是空的，也就是空虛、空泛，衍生就有「虛榮、自負」的意思。

-ity（名詞字尾）性格；性質

vanity [ˈvænətɪ]（n.）自負；虛榮心；無價值的東西

例 Mark cited **vanity** and selfishness as big reasons for his divorce from Emily.
馬克以艾蜜莉虛榮又自私做為離婚的主要理由。

字首 + 字根 + 字尾

> **e + vac + ate = evacuate**

徐薇教你記 做出向外清空的動作，指「撤離；疏散」。

e-（字首）向外（= 字首 ex-）

evacuate [ɪˈvækjuˌet]（v.）撤離；疏散

例 The building is on fire, so we need to **evacuate** immediately!
大樓著火了，我們得馬上撤離！

舉一反三▶▶▶

初級字	-ancy（名詞字尾）表「狀態」 **vacancy** [ˈvekənsɪ]（n.）空缺；空房；失神，心不在焉 例 The building across the street has a **vacancy**. 馬路對面的那棟建築物有空房。
	-ant（形容詞字尾）具…性的 **vacant** [ˈvekənt]（adj.）空缺的；空閒的；空虛茫然的 例 **Vacant** houses are attractive for criminals looking for a place to hide. 空房子對罪犯們尋找藏身處時很具吸引力。
	-ate（動詞字尾）做出…動作 **vacate** [ˈveket]（v.）空出；搬出；使撤退 例 You are to **vacate** the premises immediately. 你要立刻搬離這房子。
實用字	-ish（動詞字尾）做…；使… **vanish** [ˈvænɪʃ]（v.）突然不見；消失；絕跡 例 In the blink of an eye, the magician made the rabbit **vanish**. 才一眨眼的時間，魔術師就把兔子變不見了。

-id（形容詞字尾）表「狀態」

void [vɔɪd]（adj.）空的；閒散的；無用的

例 The coupon expired two months ago, so it is **void**.
這張折價券兩個月前就過期了，所以它沒用了。

進階字

-ous（形容詞字尾）充滿…的

vacuous [ˈvækjʊəs]（adj.）空虛的；無知的

例 The creative branch of this office is totally **vacuous**; they haven't had a good idea in years.
這間辦公室的創意部門形同虛設，他們幾年來都沒有提過一個好點子。

vain [ven]（adj.）愛虛榮的；徒然無功的；無益的

例 He tried in **vain** to free the heavily-guarded slaves.
他試著要釋放這些被嚴格看管的奴隸們，但無功而返。

? Quiz Time

中翻英，英翻中

（　）1. evacuate （A）消失　　（B）空出　　（C）撤離

（　）2. 空閒的　　（A）vain　　（B）vacant （C）vacuous

（　）3. vanity　　（A）虛榮心　（B）度假　　（C）空缺

（　）4. 避免　　（A）vacuum （B）void　　（C）avoid

（　）5. vacancy （A）自負　　（B）空房　　（C）空虛的

解答：1. C　2. B　3. A　4. C　5. B

和「動作」有關的字根 1

-act-

▶to act, to drive，表「行動」

變形包括 -ag-, -ig-

🎧 mp3: 028

字首 + 字根

ex + act = exact

徐薇教你記　往外去做動作是因有強烈的需求，所需要的就是那一個，所以表示「精確的」。

ex-（字首）向外
exact [ɪgˋzækt]（adj.）確切的；精確的

例　What is the **exact** location of the enemy ship?
敵船的確切位置在哪裡？

re + act = react

徐薇教你記　做出去的動作又返還回來，就是「反應」。

re-（字首）回來；再次
react [rɪˋækt]（v.）反應；起作用

例　The man had no time to **react** before his car exploded.
在車子爆炸前那男人沒時間反應過來。

字根 + 字尾

act + ion = action

-ion（名詞字尾）表「動作的狀態或結果」
action [ˋækʃən]（n.）行動；作用

例　We need to put this practice into **action** instead of just talking about it.
我們需要付諸行動，而不只是說說而已。

(act + al = actual)

徐薇教你記 具有動作的性質，也就是已經發生了，就是「實際的」，而不是假想的。

-al（形容詞字尾）有…性質的

actual [ˋæktʃʊəl]（adj.）實際的，事實上的

例 No one knows the **actual** year when Moses was born -- we can only guess.
沒有人知道摩西出生的確切年份，我們只能用猜的。

舉一反三▶▶▶

初級字	-ive（形容詞字尾）有…傾向的 **active** [ˋæktɪv]（adj.）活躍的；積極的 例 Debby is quite **active** in the community. 黛比在社區中還蠻活躍的。
	inter-（字首）彼此，互相 **interact** [ˌɪntəˋrækt]（v.）互相作用；互動 例 Reading with your child is a good chance to **interact** with him. 和小孩子一起閱讀是一個與他互動的好機會。
實用字	-ent（名詞字尾）做…的人 **agent** [ˋedʒənt]（n.）代理人；仲介 例 We are hiring an **agent** to sell our house. 我們要找一個仲介來幫我們賣房子。
	counter-（字首）表「相反」 **counteract** [ˌkauntəˋækt]（v.）對…起反作用；抵消 例 How are we going to **counteract** the threat of terrorists? 我們該如何抵制恐怖分子的威脅？
	en-（字首）使成為；使進入…狀態 **enact** [ɪnˋækt]（v.）制定；頒佈；扮演 例 Today, we will **enact** a new law prohibiting the disposal of any plastic bottles. 今天我們將頒布一項新的法令來杜絕各種塑膠瓶罐的棄置。

進階字

-ate （動詞字尾）使做出…動作
agitate [`ædʒəˌtet] （v.）使激動；鼓動；煽動

例 You shouldn't **agitate** that angry dog, or it will attack you.
你不應該激怒那頭發怒的狗，不然牠會攻擊你。

trans- （字首）穿越；橫過
transact [træns`ækt] （v.）處理；交易；談判

例 Today, we will finally **transact** the sale of our house.
我們今天終於要完成房子的買賣交易了。

? Quiz Time

填空

（　）1. 反應：___act　（A）ex　（B）re　（C）en

（　）2. 抵消：___act　（A）inter（B）trans（C）counter

（　）3. 積極的：act___　（A）ual　（B）ive　（C）ion

（　）4. 仲介：ag___　（A）ent　（B）itate（C）ient

（　）5. 精確的：ex___　（A）ist　（B）empt（C）act

解答：1. B　2. C　3. B　4. A　5. C

和「動作」有關的字根 2

-aud-

▶to hear，表「聽」

🎧 mp3: 029

字根 + 字尾

aud + ence = audience

徐薇教你記 -aud- 聽，-ence 情況、行為。audience 原指聽見、正式的聽聞、聆聽，後來衍生為在同一個範圍內進行聆聽動作的人們，也就是「聽眾、觀眾」。

-ence（名詞字尾）表「情況；行為」
audience [ˈɔdɪəns]（n.）聽眾、觀眾

例 The **audience** were on the edge of their seats when the magician stabbed a sword into a box that the woman was lying in.
當魔術師將劍刺進那女人躺著的箱子時，觀眾們都很緊張興奮。

字根 + 字根

aud + it = audit

徐薇教你記 -aud- 聽，-it- 行進。audit 去進行聽的過程，原指官方或法庭檢驗事實的流程。以前都是用口頭的方式進行檢驗，過程都用聽的，所以後來衍生出「審查、稽核」的意思。

-it-（字根）行進
audit [ˈɔdɪt]（v./n.）審查、稽核；旁聽

例 The inhabitants of this community are allowed to **audit** classes in this university.
這個社區的居民都可以去旁聽這所大學的課程。

字首 + 字根 + 字尾

in + aud + ible = inaudible

in-（字首）表「否定」
-ible（形容詞字尾）可…的
inaudible [ɪnˈɔdəbl]（adj.）聽不見的；無法聽懂的

例 The sound was **inaudible** on the DVD that you gave me.
你給我的 DVD 聽不到聲音。

舉一反三 ▶▶▶

初級字	-ible（形容詞字尾）可…的 audible [ˋɔdəbḷ]（adj.）可以聽得到的；聽得見的 例 Her screams were barely **audible** over the loud music. 她的尖叫聲在這麼吵的音樂中很難聽得到。
	audio [ˋɔdɪo]（adj.）聽的；聲音的 例 Grandpa gave me an **audio** cassette which had the voice of my grandma. 爺爺送給我一捲錄音帶，裡頭有我奶奶的聲音。 補充 audio book 有聲書
實用字	-ium（名詞字尾）表「地點」 auditorium [͵ɔdəˋtorɪəm]（n.）禮堂；（劇院的）聽眾席，觀眾席 例 The singing contest will be held at the auditorium. 歌唱比賽會辦在禮堂。
	-ion（名詞字尾）表「動作的狀態或結果」 audition [ɔˋdɪʃən]（n.）試演、試唱、試鏡 補充 作審查動作的狀態，就是「檢驗」，最早指在法庭上聆聽、審查的權力，直到十九世紀才衍生為「試演、試唱、試鏡」。 例 She went to the **audition**, but she didn't get the part. 她去參加試鏡，但沒有得到那個角色。
進階字	-phile（名詞字尾）愛…的人，有…特質的人 audiophile [ˋɔdɪə͵faɪl]（n.）高級音響迷、音樂發燒友 例 Being an **audiophile**, I have all the latest recording equipment. 身為一個音樂發燒友，我有所有最新的錄音設備。
	sub-（字首）在…之下 subaudition [͵sʌbɔˋdɪʃən]（n.）弦外之音；言外之意 例 When his girlfriend looked glum after his proposal, the **subaudition** was obvious to Tom. 湯姆的女朋友在他求婚後看起來悶悶不樂，那言外之意已經再明顯不過了。

拼出正確單字

1. 禮堂 _____

2. 試鏡 _____

3. 觀眾 _____

4. 聽得見的 _____

5. 聲音的 _____

解答：1. auditorium 2. audition 3. audience 4. audible 5. audio

和「動作」有關的字根 3 ┈┈┈┈┈┈┈┈┈┈┈┈┈┈

-bat-

▶to fight，表「打鬥、努力擊敗」

🎧 mp3: 030

衍生字

bat [bæt]（n.）球棒

（v.）以球棒擊球

例 The mysterious left-handed batter is at **bat** now.
神祕的左打者現在上場準備打擊了。

字首 + 字根

(**com + bat = combat**)

徐薇教你記　一群人一起打鬥就是在「戰鬥」，戰鬥就是為了要「打擊敵人」。

com-（字首）一起（= 字首 co-）

combat [ˋkɑmbæt]（v.）戰鬥；打擊；制止

例 The government pledged to **combat** drug trafficking.
政府誓言要打擊毒品走私。

字根 + 字尾

(**bat + er = batter**)

徐薇教你記 持續不斷地打，就是「接連猛打」；當名詞時，名詞字尾 -er 表示「做…動作的人或事物」，去進行打擊動作的人是「打擊手、擊球員」；不斷攪打做出來的東西就是「麵糊」。

-er（動詞字尾）表「持續快速的動作」
　　　（名詞字尾）做…的人或事物
batter [ˋbætɚ]（v.）接連猛打
　　　　　（n.）（1）擊球員，打擊手；（2）麵糊

例 The rocks along the seashore have been **battered** by sun, wind, rain, and waves for thousands of years.
沿岸的石頭千年來已歷經日曬、風雨和海浪的不斷擊打。

舉一反三 ▶▶▶

初級字	**battle** [ˋbætl̩]（n.）戰爭 　　　　　（v.）作戰 例 Edward finally won his twelve-year **battle** against cancer. 艾德華與癌症奮戰十二年，最後終於痊癒了。
	-ery（名詞字尾）表「整體事物或狀態」 **battery** [ˋbætərɪ]（n.）電池 例 Lithium-ion **batteries** should be kept in your carry-on baggage. 鋰電池須放在手提行李中。
實用字	de-（字首）向下、完全地 **debate** [dɪˋbet]（n./v.）辯論；爭論 例 All the candidates were invited to the public **debate** which was live-streamed online. 所有的候選人都受邀參加這場在網路上直播的公開辯論會。

em- （字首）使進入；使加入（= 字首 en-）
embattled [ɪmˈbætl̩d]（adj.）危機四伏的；處境艱難的

例 Despite the rumor of insider trading, the **embattled** CEO had to deal with the accusation of embezzlement.
除了內線交易的傳言，那位飽受質疑的執行長還得處理被指控挪用公款的事。

進階字

re- （字首）返回
rebate [ˈribet]（n.）部分退款；部分退稅
（v.）對…貼現；退還部分款項

例 I got a fifty-dollar cash **rebate** after I made some purchases online at Christmas.
我聖誕節在網路上買了些東西後得到五十元現金回饋。

a- （字首）朝向（= 字首 ad-）
abate [əˈbet]（v.）減少；減弱

例 The need for the new smartphones has **abated** recently.
對新型智慧手機的需求近期已減少了。

un- （字首）表「相反動作」
unabated [ˌʌnəˈbetɪd]（adj.）未減弱的；一直很激烈的

例 The band has released 20 albums and its popularity is still **unabated**.
這個樂團已經出了二十張專輯了，而且受歡迎的程度依然未減。

Quiz Time

中翻英，英翻中

（　）1. battery 　（A）打擊手 （B）電池 　　（C）部分退款

（　）2. 打擊；制止 （A）battle 　（B）abate 　（C）combat

（　）3. battle 　（A）辯論 　（B）戰爭 　（C）接連猛打

（　）4. 減弱 　（A）abate 　（B）rebate 　（C）debate

（　）5. embattled 　（A）好戰的 （B）未減弱的 （C）處境艱難的

解答：1. B 2. C 3. B 4. A 5. C

和「動作」有關的字根 4

-cap-

▶to take, to receive，表「拿取；接受」

可轉換成 -capt-, -ceiv-, -cept-, -cip-。

記 cap 是運動帽，要抓蝴蝶時用帽子去蓋，才抓得到。

🎧 mp3: 031

字首 + 字根

con + ceiv = conceive

徐薇教你記 con- 一起，-ceiv- 拿。conceive 一起拿來放進心裡的東西，就是「設想」；拿來放進身體的東西，指寶寶，也就是「懷孕」。

con-（字首）一起（= 字首 co-）
conceive [kən`siv]（v.）(1) 設想 (2) 懷孕

例 Ruby is the first that **conceived** the idea.
露比是第一個想到這個概念的人。

con + cept = concept

徐薇教你記 concept 來自 something conceived，被拿來設想的東西，也就是「概念、觀念」。

concept [`kɑnsɛpt]（n.）概念，觀念

例 I like the **concept** you have for the new ad.
我喜歡你為新廣告構思的概念。

re + ceiv = receive

徐薇教你記 拿回來了，也就是「接收到、收到」的意思。

re-（字首）再次；回來
receive [rɪ`siv]（v.）收到，接收

例 Marvin will **receive** a journalism award tonight.
馬文將在今晚獲頒新聞獎。

cap + able = capable

徐薇教你記 有辦法拿得到、可以去取得的，表示是「有能力的、能幹的」。

-able（形容詞字尾）可…的

capable [ˈkepəbl]（adj.）有能力的；能夠做…的

例 She seems **capable** of doing the work, so let's hire her.
她似乎能夠勝任這工作，所以我們就雇用她吧。

capt + ure = capture

-ure（名詞字尾）表「過程；結果；上下關係的集合體」

capture [ˈkæptʃɚ]（n./v.）俘虜；捕獲

例 If we can **capture** the other team's flag, we will win the game.
如果我們能夠奪得另一隊的旗幟，我們就會贏得比賽。

capt + ive = captive

-ive（名詞或形容詞字尾）具…性質的（事物）

captive [ˈkæptɪv]（n.）俘虜；捕獲的獵物
（adj.）被俘虜的；受監禁的

例 Nancy has been a **captive** of love since she met Jason.
南西自從碰上傑生後就成了愛情的俘虜了。

part + cip + ate = participate

徐薇教你記 去拿了其中的一部分，表示你「參與、參加」了。

part [pɑrt]（n.）部分

participate [pɑrˈtɪsəˌpet]（v.）參與；參加

例 If you want to **participate** in the contest, you must sign up by Tuesday.
如果你想參加這個競賽，你必須在星期二之前報名。

舉一反三 ▶▶▶

初級字

ac-（字首）朝向（= 字首 ad-）

accept [əkˈsɛpt]（v.）接受；應允

例 We would like to **accept** your offer to buy 20% of the company.
我們想接受你提出的條件來買下這家公司百分之二十的股份。

和「動作」有關的字根 **-cap-**

-ity（名詞字尾）表「狀態；性格；性質」
capacity [kə`pæsətɪ]（n.）容量；能力

例 All human beings have the **capacity** to care about one another.
所有的人類都有能力去關心彼此。

ex-（字首）向外
except [ɪk`sɛpt]（prep.）除⋯之外

例 Everyone here likes my cooking **except** you.
除了你之外，這裡的每個人都喜歡我煮的菜。

實用字

hand [hænd]（n.）手
handicap [`hændɪˌkæp]（n.）障礙
（v.）妨礙；使不利

例 In the 21st century, living without a cell phone is quite a **handicap**.
身處二十一世紀，沒有手機真的是很不方便的一件事。

de-（字首）向下
deceive [dɪ`siv]（v.）欺騙，蒙蔽

例 Don't **deceive** people just to get what you want.
別只為了獲得你想要的東西而欺騙人民。

inter-（字首）在⋯之間
intercept [ˌɪntɚ`sɛpt]（v.）攔截

例 We **intercepted** a secret message from Russia this morning.
我們今早攔截到一則從俄羅斯發出的祕密訊息。

進階字

anti-（字首）在⋯之前（= 字首 ante-）
anticipate [æn`tɪsəˌpet]（v.）預料；期望

例 I **anticipate** this stock to increase 5% this year.
我預期這支股票今年會漲百分之五。

per-（字首）徹底地、完全地
percept [`pɝsɛpt]（n.）認知

例 My **percept** of her answer is that she isn't very happy with your marriage.
我對她答覆的認知是她對於你們的婚姻並不滿意。

Quiz Time

依提示填入適當單字

直↓　1. We hired her because she is _____ of doing the work.

　　　3. Marvin will _____ a journalism award tonight.

　　　5. They _____ this stock to increase 5% this year.

橫→　2. Don't _____ people just to get what you want.

　　　4. Will you _____ in the contest?

　　　6. Freedom is an abstract _____.

解答：1. capable 2. deceive 3. receive 4. participate 5. anticipate 6. concept

和「動作」有關的字根 5

-cess-

▶to yield, to go，表「退讓；行進」

變形包括 -ced-, -ceed-。

🎧 mp3: 032

字首 + 字根

ac + cess = access

徐薇教你記 朝著人退讓的方向走，就是「進入、接近」，當名詞就是「進入使用或接近的權利」。

ac-（字首）朝向（= 字首 ad-）
access [ˋæksɛs]（n.）通道；使用；門路

例 Do you have **access** to the Internet at this café?
你們這間咖啡店可以上網嗎？

ex + ceed = exceed

徐薇教你記 行進到外頭去、跑到外面去了，表示「超越、超出」。

ex-（字首）向外
exceed [ɪkˋsid]（v.）超出；勝過

例 The students managed to **exceed** my expectations with their great test scores.
這些學生們極佳的考試成績遠遠超出了我的期望。

suc + ceed = succeed

徐薇教你記 王子在下方往上方的王位行進，就是要「繼位」為國王，後衍生出「成功」的意思。

suc-（字首）在…之下（= 字首 sub-）
succeed [səkˋsid]（v.）成功；接連；繼位

例 I hope you all **succeed** in your lives after college.
我希望你們大學畢業後都能夠有成功的人生。

pro + ced + ure = procedure

徐薇教你記 往前行進的過程，就是事情的「程序、步驟」。

pro-（字首）向前
procedure [prə`sidʒɚ]（n.）程序；步驟

例 If you follow the **procedure** correctly, you should be successful.
如果你正確地依循步驟，你應該會成功。

舉一反三▶▶▶

初級字	pro-（字首）向前 **process** [`prɑsɛs]（n.）過程；步驟；程序 （v.）處理；加工 例 The **process** of learning a language takes a long time. 學習語言的過程要花費漫長的時間。
	suc-（字首）在…之下（= 字首 sub-） **success** [sək`sɛs]（n.）成功；成就；勝利 例 The **success** of this franchise business is largely due to its uniqueness. 這個加盟事業的成功大部分是由於它的獨特性。
實用字	-ory（名詞字尾）具某種目的的事物 **accessory** [æk`sɛsərɪ]（n.）附件；配件；飾品 例 If you buy the iPad, I suggest you buy the extra **accessories**. 如果你買 iPad，我建議你要買額外的配件。
	-ion（名詞字尾）表「動作的狀態或結果」 **succession** [sək`sɛʃən]（n.）接續；繼任；繼承 例 The **succession** of corrupt leaders in some countries leaves the people in poverty. 某些國家腐敗領導人的連續執政讓人民處在貧困的生活中。
進階字	pre-（字首）在…前 de-（字首）向下；離開 **predecessor** [`prɛdɪ͵sɛsɚ]（n.）前任；前輩 例 Thanks to his **predecessor**, settling into his new role as the CEO was easy. 多虧他的前輩，他適應新任執行長的角色變得容易多了。

1

re-（字首）回來；向後
recession [rɪˋsɛʃən]（n.）後退；經濟衰退

例 The **recession** of 2008 hit America hard, and many people still don't have jobs.
二〇〇八年的經濟衰退重創美國，現在仍有許多人失業。

? Quiz Time

填空

( ) 1. 步驟：pro___ure （A）ced （B）cess （C）cede

( ) 2. 接近：ac___ （A）ceed （B）cess （C）cede

( ) 3. 勝過：___ceed （A）suc （B）pro （C）ex

( ) 4. 繼承：suc___ （A）cess （B）ceed （C）cede

( ) 5. 經濟衰退：___ion （A）success （B）predecess （C）recess

解答：1. A 2. B 3. C 4. B 5. C

和「動作」有關的字根 **6**

-cid-/-cis-

▶to kill, to cut，表「殺；切割」

🎧 mp3: 033

衍生字

scissors [ˋsɪzɚz]（n.）剪刀

例 Never run with **scissors** in your hands -- it's very dangerous.
手上拿剪刀的時候千萬不要跑，這樣是非常危險的。

de + cid = decide

徐薇教你記 把東西切除、切掉,表示「下決心、做決定」。

de-(字首)向下;離開
decide [dɪˋsaɪd](v.)決定

例 You need to **decide** which path you want to travel in life.
你必須決定你要選擇的人生道路為何。

字根 + 字根

bio + cid = biocide

徐薇教你記 將生命殺掉的東西,就是「殺生物劑、生物滅除劑」,像防腐劑就是一種生物滅除劑。

-bio-(字根)生命
biocide [ˋbaɪəsaɪd](n.)殺生物劑;生物滅除劑

例 Overuse of **biocide** will harm the environment.
過度使用殺生物劑將會危害環境。

單字 + 字根

pest + cid = pesticide

pest [pɛst](n.)害蟲
pesticide [ˋpɛstɪˏsaɪd](n.)殺蟲劑

例 Most people agree that applying biological pest controls is better and healthier than just using **pesticides**.
大部分人都同意運用生物性蟲害控制法會比用殺蟲劑更好更健康。

sui + cid = suicide

徐薇教你記 suicide 把自己殺掉,就是「自殺」。

sui(拉丁文)自己
suicide [ˋsuəˏsaɪd](n./v.)自殺

例 Japan has a high rate of teen **suicide** due to academic pressure.
由於學業壓力的關係,日本青少年的自殺比例很高。

字首 + 字根 + 字尾

circum + cis + ion = circumcision

徐薇教你記 環繞其中一部分來切割,指「宗教的割禮」。

circum- （字首）環繞
circumcision [ˌsɝkəmˈsɪʒən] （n.）宗教割禮
例 Jewish law calls for the **circumcision** of all males.
猶太教律法要求所有男性都要行宗教割禮。

舉一反三 ▶▶▶

初級字	con- （字首）一起 （= 字首 co-） ## concise [kənˈsaɪs] （adj.）簡明的；扼要的 記 把多的部分切掉、剩下的放在一起，東西就變得很「精簡扼要」。 例 The professor delivered a **concise** explanation of the dangers of smoking. 這位教授發表了吸煙危險性的簡要說明。
	pre- （字首）在…之前 ## precise [prɪˈsaɪs] （adj.）精確的；確切的 例 You must give a **precise** answer to this question. 你必須針對這個問題給一個確切的答案。
實用字	-hom- （字根）人 ## homicide [ˈhɑməˌsaɪd] （n.）殺人；兇殺案 例 The number of **homicides** in big cities is often high. 在大城裡的兇殺案數量通常都很高。
	in- （字首）進入 ## incise [ɪnˈsaɪz] （v.）切入；雕刻 例 Ancient people used stones to **incise** into the walls of caves. 古代人用石頭在洞穴的牆上雕刻。
進階字	ex- （字首）向外 ## excise [ɛkˈsaɪz] （n.）貨物稅；國內消費稅 （v.）向…徵收消費稅；割去 例 We should impose a higher **excise** on tobacco. 我們應該對香煙課徵更高的稅。
	frater （拉丁文）兄弟 ## fratricide [ˈfretrəˌsaɪd] （n.）殺兄弟或姊妹的行為 例 The mentally ill boy committed **fratricide** for no reason at all. 那個有精神疾病的男孩沒有任何理由就殺了自己的弟弟。

和「動作」有關的字根 7

-cit-

▶to start, to call，表「啟動；喚起」

🎧 mp3: 034

衍生字

cite [saɪt]（v.）引用；傳喚

例 The man was **cited** for hit-and-run driving.
那名男子因肇事逃逸被傳喚到庭。

字首 + 字根

(**re + cit = recite**)

徐薇教你記 再次喚起你的記憶、把記憶召喚回來，就是在「背誦、朗誦」。

re-（字首）再次；回來
recite [rɪˋsaɪt]（v.）背誦；朗誦；列舉

例 He can **recite** all the station names of the Taipei Metro transit system.
他會背台北捷運的所有站名。

字首 + 字根 + 字尾

(re + cit + al = recital)

-al（名詞字尾）表「狀況；事情」
recital [rɪˈsaɪtl̩]（n.）獨奏會；朗誦會
例 My daughter will give a piano **recital** of Mozart's works.
我女兒將要舉辦一場莫札特作品的鋼琴獨奏會。

(ex + cit + ed = excited)

徐薇教你記 被叫出去、往外跑出去，就是因為太「興奮」了。

ex-（字首）向外
excited [ɪkˈsaɪtɪd]（adj.）感到興奮的；激動的
例 We are **excited** about the upcoming field trip.
我們對即將到來的遠足感到很興奮。

舉一反三 ▶▶▶

初級字	-ing（形容詞字尾）表「主動的狀態」 exciting [ɪkˈsaɪtɪŋ]（adj.）令人興奮的；使人激動的 例 It was really **exciting** to go river-trekking with my friends. 和我的朋友一起去溯溪真的好刺激。
	-ation（名詞字尾）表「動作的狀態或結果」 citation [saɪˈteʃən]（n.）引用；引證 例 He included many Web **citations** in his new book. 他的新書中包含了許多來自網路的引證。
實用字	in-（字首）進入 incite [ɪnˈsaɪt]（v.）鼓動，煽動 例 The leader of the party was accused of **inciting** the crowd to violence. 該政黨的領袖遭指控煽動群眾採取暴力行動。
	sollus（拉丁文）全部的 solicit [səˈlɪsɪt]（v.）懇求；請求 例 The organization is **soliciting** donations to help victims of the wildfire. 該組織呼籲人們捐款以協助森林大火的災民。

re- （字首）再次；回來

sus- （字首）從下往上（= 字首 sub-）

resuscitate [rɪ`sʌsəˌtet]（v.）使甦醒；使復活

例 The man stopped breathing, but the paramedics **resuscitated** him by performing CPR.

那男人停止呼吸了，但醫療人員用 CPR 讓他甦醒過來了。

-ous （形容詞字尾）充滿…的

solicitous [sə`lɪsətəs]（adj.）關切的；關心的

例 The bone marrow donor was very **solicitous** for the health of the recipient.

那名脊髓捐贈者很關切受贈者的健康狀況。

-tude （名詞字尾）表「抽象的性質或狀態」

solicitude [sə`lɪsəˌtjud]（n.）焦慮；掛心

例 The caregiver checked the old man's wound with her brow furrowed in **solicitude**.

那名看護檢查老先生的傷口，眉頭都皺起來很擔心的樣子。

? Quiz Time

中翻英，英翻中

( ) 1. cite （A）啟動 （B）地點 （C）傳喚

( ) 2. 煽動 （A）recite （B）excite （C）incite

( ) 3. recital （A）獨奏會 （B）引用 （C）背誦

( ) 4. 令人興奮的 （A）excite （B）exciting （C）excited

( ) 5. solicit （A）懇求 （B）焦慮 （C）關切的

解答：1. C 2. C 3. A 4. B 5. A

-claim-

▶to cry out，表「呼叫」

變形為 -clam-。claim 當動詞時，表「宣稱或宣告」；clam 當名詞時，指「蛤蜊」。

記 clam chowder 蛤蜊濃湯→太好吃，要呼叫大家都來吃。

🎧mp3: 035

衍生字

clear

徐薇教你記 來自與 -claim- 同源的古印歐字根 *kele-，指呼喊出來的聲音很清亮，聽得很清楚。

clear [klɪr]（adj.）清晰的；清楚的；晴朗的

例 We can have a **clear** view of Taipei City when we are on the top of Taipei 101.
當我們在台北 101 的樓頂時，我們可以清楚地看見整個台北城。

calendar

徐薇教你記 也是來自古印歐字根 *kele-，最早是指由教會向大眾宣告一個月份的開始，並據以記錄聖人的紀念日與慶典日的東西，就是「日曆、月曆」。

calendar [ˈkæləndɚ]（n.）日曆，月曆

例 According to the lunar **calendar**, Autumn Festival is on the 15th day of the 8th month.
依照農曆，中秋節是在八月十五日。

字首 + 字根

ac + claim = acclaim

徐薇教你記 朝著表演的人去呼喊安可，就是「稱讚、喝采、給予掌聲」。

ac-（字首）朝向（= 字首 ad-）
acclaim [əˈklem]（n./v.）歡呼；喝采

例 The author earned critical **acclaim** for her new book.
那位作者的新書贏得了相當多的讚譽。

clam + or = clamor

徐薇教你記 叫喊出來的東西就是「吵鬧聲、喧囂」。

-or（名詞字尾）…的事物

clamor [ˋklæmɚ]（n./v.）吵鬧聲，喧囂

例 There was such a **clamor** in the attic that I went up to check it out.
頂樓的聲音太吵了，所以我上樓去看看。

ex + clam + ation = exclamation

徐薇教你記 向外呼喊的狀態，就是「叫喊；驚叫」。

ex-（字首）向外

exclamation [ˌɛkskləˋmeʃən]（n.）叫喊；驚叫；感歎

例 He was so angry that all of his sentences ended in an **exclamation** point.
他很生氣，所以他所有的句子都以驚嘆號結尾。

舉一反三 ▶▶▶

初級字	**claim** [klem]（n./v.）要求；主張；聲稱
	例 The boy's **claim** of abuse turned out to be false. 那個男孩聲稱遭凌虐，結果證實是捏造的。
	補充 baggage claim（機場的）領行李處
	ex-（字首）向外 **exclaim** [ɪksˋklem]（v.）大聲說出，叫喊著說出
	例 "I can't do that!" I **exclaimed** furiously. 我生氣地大喊道：「我辦不到！」
實用字	de-（字首）向下 **declaim** [dɪˋklem]（v.）慷慨陳詞；朗讀
	例 The professor **declaimed** the lines of the poem one by one. 教授一句一句地朗讀這首詩。

dis-（字首）表「相反動作」

disclaim [dɪsˋklem]（v.）放棄；否認；拒絕承認

例 Mark wrote a small article **disclaiming** his association with the company.
馬克寫了一篇簡短的文章否認他與這家公司的關係。

進階字

pro-（字首）向前

proclamation [ˌprɑkləˋmeʃən]（n.）宣佈；公告；聲明書

例 The court jester read the king's **proclamation** to the entire kingdom.
宮廷的弄臣向整個王國宣讀國王的聲明。

re-（字首）再次；返回

reclaim [rɪˋklem]（v.）要求恢復；試圖取回

例 After a great season, LeBron James **reclaimed** the MVP award.
在激烈的球季之後，詹皇取回了最有價值球員的獎項。

❓ Quiz Time

依提示填入適當單字

1. 領行李處　baggage ＿＿＿＿＿＿＿＿＿＿＿＿＿＿＿＿

2. 驚嘆號　　an ＿＿＿＿＿＿＿＿＿＿＿＿＿＿ point

3. 農曆　　　lunar ＿＿＿＿＿＿＿＿＿＿＿＿＿＿

4. 贏得讚譽　earn critical ＿＿＿＿＿＿＿＿＿＿＿＿＿

5. 城市的喧囂 the ＿＿＿＿＿＿＿＿＿＿＿＿＿＿ of the city

解答：1. claim　2. exclamation　3. calendar　4. acclaim　5. clamor

-clud-

▶to close, to shut，表「關閉」

變形包括 -claus-, -clus- 等。

🎧 mp3: 036

衍生字

close

徐薇教你記 　來自與 -clud- 同源的古印歐字根 *klau-，最早指勾狀或叉子狀的樹枝，用來當建築物的柵欄或門閂之用。

close [kloz]（v.）關閉；結束；終止

例 Please remember to **close** the window before you leave the office.
在你離開辦公室之前，請記得關窗戶。

字首 + 字根

con + clud = conclude

徐薇教你記 　要把事物結束掉，就要先把所有的人關在一起，大家一起來做出一個「結論」、做一個「結束」。

con-（字首）一起（= 字首 co-）
conclude [kənˋklud]（v.）結束；斷定；最後決定

例 What do you **conclude** after all that happened at the meeting?
對於在會議發生的一切你怎麼做結論？

conclusion [kənˋkluʒən]（n.）結論；結束

例 After a long discussion, they came to the **conclusion** that they would sell the company.
在漫長的討論之後，他們達成結論要賣掉公司。

字首 + 字根 + 字尾

ex + clus + ive = exclusive

徐薇教你記 　把東西丟到外面去、排除所有不需要的事物然後把門關起來，剩下在裡面的就是「獨家的、獨有的」。

ex-（字首）向外
exclusive [ɪkˋsklusɪv]（adj.）獨有的；獨家的；獨一無二的

例 We have an **exclusive** interview with the latest pop star on Channel 10.
我們在第十台播出當前最夯的流行歌手的獨家專訪。

舉一反三 ▶▶▶

初級字	**clause** [klɔz]（n.）文件的條款；子句
	記 來自拉丁文 clausula，原指句子或條文的結論、結尾，結尾關閉起來，表示終止、一個終點。
	例 Based on grammatical rules, a dependent **clause** can't exist as a separate sentence. 根據文法規則，從屬子句不能單獨成為一個句子。
	in-（字首）進入 **include** [ɪnˋklud]（v.）包括，包含
	例 Let's **include** all the family members in the celebration. 我們把所有家庭成員都找來加入慶祝活動吧！
實用字	en-（字首）使成為；使進入… **enclose** [ɪnˋkloz]（v.）圍住；圈起；把公文、票據等封入
	例 The materials are all **enclosed** in the package with everything else. 這些素材都和所有的東西一起封進包裹裡了。
	ex-（字首）向外 **exclude** [ɪkˋsklud]（v.）排除；排斥
	例 It is hard to **exclude** fat from the ordinary diet. 要把脂肪從日常飲食中排除很困難。
進階字	-phobia（字尾）…恐懼症 **claustrophobia** [ˌklɔstrəˋfobɪə]（n.）幽閉恐懼症
	例 You should get a bigger apartment due to your **claustrophobia**. 因為你有幽閉恐懼症，你得找一間大一點的公寓。
	re-（字首）返回；再次 **reclusive** [rɪˋklusɪv]（adj.）隱遁的；孤寂的
	例 He chooses to live in a **reclusive** manner because he thinks the world is such an unkind place. 他選擇過一種隱居的生活，因為他認為這個世界是如此地刻薄殘酷。

和「動作」有關的字根 **10** ···

-cours-

▶to run，表「跑；流」

這個字根也可以拼成 -cour-, -curr-, -curs-。

🎧 mp3: 037

字根 + 字尾

(curs + or = cursor)

徐薇教你記 在螢幕上跑來跑去的東西，稱為「游標」。

-or（名詞字尾）做…動作的事物

cursor [ˋkɝsɚ]（n.）螢幕上的游標

例 Be sure of where the **cursor** is on your computer screen before you start typing.
在你開始打字之前，要先確定你螢幕上的游標在哪個位置。

(curr + ent = current)

徐薇教你記 具備流動的性質，就是「水流；氣流」。看到水流、氣流在眼前流動，所以 current 有「當下的、目前的」之意。

-ent（形容詞或名詞字尾）具⋯性質的（事物）

current [ˋkɝˋənt]（adj.）現時的，當前的

（n.）趨勢，潮流

例 It is far easier to swim with the **current** rather than against it.
順流游泳比逆流游泳容易太多了。

(**cour + ier = courier**)

徐薇教你記 跑來跑去做工作的人，指「信差、快遞」。

-ier（名詞字尾）擔任⋯職業、身份的人

courier [ˋkʊrɪɚ]（n.）快遞的信差；導遊，嚮導

例 After we changed **couriers**, our packages always arrive right on time now.
自從我們換了快遞之後，我們的包裹現在都能準時到達。

字首 + 字根

(**oc + cur = occur**)

OC-（字首）朝向（＝字首 ob-）

occur [əˋkɝ]（v.）發生；出現

例 A car accident **occurred** at that intersection last night.
昨晚在那交叉路口發生了一宗車禍。

(**re + cur = recur**)

re-（字首）再次；返回

recur [rɪˋkɝ]（v.）再發生，復發

例 I had the same **recurring** dream four times last week!
我上個禮拜做了四次同樣的夢！

字首 + 字根 + 字尾

(**ex + curs + ion = excursion**)

徐薇教你記 往外跑的狀態，指「遠足、短途旅行」。

ex-（字首）向外

excursion [ɪkˋskɝˋʒən]（n.）遠足；短途旅行

例 This year, we've decided to take an **excursion** to Vietnam to check out the exotic scenery.
今年，我們已經決定要去越南作短程旅行，體驗異國風情。

舉一反三▶▶▶

初級字	**course** [kors] (n.) 路線;進程;課程,一道菜 例 The final **course** of a dinner at a fine restaurant is often a kind of dessert. 高級餐廳晚餐的最後一道菜通常是某種甜點。 -ency (名詞字尾)表「情況;性質;行為」 **currency** [ˋkɝənsɪ] (n.) 貨幣;通用,流通 例 Europe adopted a single **currency**, known as the euro, in 1999. 歐洲在一九九九年開始使用單一貨幣,稱為「歐元」。 in- (字首)進入…;在…上面 **incur** [ɪnˋkɝ] (v.) 招致;得到 例 Due to their illegal assembly, the protestors **incurred** a lot of fines. 因為這些遊行示威者違法集會,他們收到了許多罰單。
實用字	con- (字首)一起 (= 字首 co-) **concur** [kənˋkɝ] (v.) 同意,一致;同時發生 例 Doctor, I believe that this is only a benign tumor. Do you **concur**? 醫生,我相信這只是良性腫瘤,你同意嗎? **current** [ˋkɝənt] (adj.) 目前的;現今的 **concurrent** [kənˋkɝənt] (adj.) 同時發生的 例 The basketball and soccer championships are **concurrently** showing on separate channels. 籃球和足球的冠軍爭奪戰同時在兩個不同的頻道轉播中。 dis- (字首)分開的;相隔 **discourse** [ˋdɪskors] (n.) 對談,交流;演講 補充 discourse 原指到處跑來跑去、很忙碌的樣子,到處忙來忙去就是為了說明、讓別人聽懂,後來就引申為「對談」,或是以長篇論述讓人理解想法的「演講」了。 例 As a matter of public **discourse**, the Congress met for several hours about the new bill. 為進行公開對談,國會要開數個小時的會議來討論新的政府議案。

進階字

-ive（形容詞或名詞字尾）具…性質的（事物）

cursive [`kɜsɪv]（adj.）草寫的

（n.）草寫的字母；草寫體的文件

例 Students in the USA begin to write in **cursive** in the third grade.

美國的學生在三年級開始學寫草寫體。

---

inter-（字首）互相

intercourse [`ɪntəˌkors]（n.）往來，交往；思想、感情的交流

例 Due to constant **intercourse** about the matter, both sides were able to solve the problem.

由於雙方持續對這項事務進行交流，所以雙方都能夠解決這個問題。

---

pre-（字首）在…之前

precursor [prɪ`kɜsə]（n.）前導；先驅；前兆

例 Playing with BB guns is often a **precursor** to buying a real gun later in life.

玩 BB 槍通常是之後會買真槍的前兆。

? Quiz Time

填空

（　）1. 貨幣：___ency　（A）cour　（B）curr　（C）curs

（　）2. 游標：___or　（A）cour　（B）curr　（C）curs

（　）3. 招致：___cur　（A）in　（B）re　（C）con

（　）4. 談話：dis___　（A）course（B）close（C）corse

（　）5. 當前的：cur___　（A）sive　（B）rent　（C）rency

解答：1. B 2. C 3. A 4. A 5. B

crea(s)-

▶to grow，表「生長」

變形包括 -cresc-, -cru-。

記 crease 指「皺褶、摺痕」，皺褶的摺痕總是愈長愈多。

🎧 mp3: 038

衍生字

create

> 徐薇教你記　來自與 -creas- 同源的古印歐字根 *ker-，表「長大、生長」，後衍生出「製作、生產」的意思。

create [krɪˋet]（v.）創造；創作；產生

例　If you want to be a writer, you must learn how to **create** better stories.
如果你想要成為一位作家，你必須學習如何創作更好的故事。

字首 + 字根

in + creas = increase

> 徐薇教你記　進入生長的狀態，東西就會愈來愈多，也就是「成長、增加」。

in-（字首）進入
increase [ɪnˋkris]（v.）增大；增加；增強

例　Let's make the price of the toy higher to **increase** our profit.
我們把玩具的售價調高好增加營收吧！

單字 + 字尾

create + ure = creature

　　-ure（名詞字尾）表「過程；結果；上下關係的集合體」
creature [ˋkritʃɚ]（n.）生物；動物

例　There is an old story about a **creature** that lives in this lake.
有一則古老的傳說是關於住在這個湖裡的一種生物。

字首 + 字根 + 字尾

(ex + cresc + ent = excrescent)

徐薇教你記 生長到外面去了、多長出來的，就是指「多餘的」。

ex-（字首）向外

excrescent [ɪkˋskrɛsn̩t]（adj.）異常生長的；多餘的

例 There was an **excrescent** object growing on the side of the tree trunk.
這棵樹的樹幹側邊多長了一個奇特的東西。

舉一反三 ▶▶▶

初級字	-ive（形容詞字尾）有…性質的 **creative** [krɪˋetɪv]（adj.）有創意的 例 They bought many **creative** toys for their dear son. 他們為寶貝兒子買了許多能啟發創意的玩具。
	de-（字首）向下 **decrease** [dɪˋkris]（v.）減少，減小 記 從生長的狀態離開、不成長了，所以就「減少」了。 例 They have **decreased** their budget in training since the policy changed. 自從政策改變之後，他們已經減少在訓練方面的預算。
實用字	**creation** [krɪˋeʃən]（n.）創造；創作 **recreation** [ˌrɛkrɪˋeʃən]（n.）消遣；娛樂 例 The new **recreation** center has an indoor swimming pool and a spa. 這棟新的休閒中心有一個室內游泳池和 SPA 池。
	crescent [ˋkrɛsn̩t]（n.）新月；弦月 記 月亮從弦月到滿月，看起來就像月亮會長大一樣。 例 The moon tonight is a brightly shining **crescent**. 今晚的月亮是明亮的弦月。
進階字	ac-（字首）朝向（＝字首 ad-） **accrue** [əˋkru]（v.）產生；孳生；積累 例 How much interest will the money in my account **accrue**? 我戶頭的那些錢會產生多少利息？

pro- （字首）向前
procreation [prokrɪˋeʃən] （n.）生產；生殖

例 The country desperately needs more **procreation**, or there won't be enough children.
這個國家迫切需要民眾增產報國，否則將會沒有足夠的下一代。

❓ Quiz Time

依提示填入適當單字，並猜出直線處的隱藏單字

1. We want to _____ a warm and happy environment for kids.

2. It's a _____ moon, not a full moon.

3. How much interest will the money in my account _____?

4. Picasso is a _____ artist.

5. They made the price higher to _____ the profit.

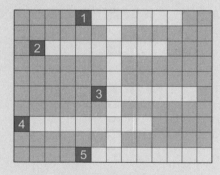

解答：1. create 2. crescent 3. accrue 4. creative 5. increase
隱藏單字：recreation

-cur-

▶to cure, to care，表「照料；掛念」

🎧 mp3: 039

字首 + 字根

se + cur = secure

> **徐薇教你記** 特別把東西分開來照顧，也就是「去保護；使安全無虞」。

se-（字首）分開

secure [sɪˋkjur]（v.）去保護；使安全

例 Please **secure** your belongings in the compartment directly above your head.
請確實將您的個人物品放好在您頭部上方置物櫃。

字根 + 字尾

cur + ious = curious

> **徐薇教你記** 充滿掛念、朝思暮想的狀態，就是「很好奇的、不尋常的」。

-ious（形容詞字尾）充滿…的

curious [ˋkjurɪəs]（adj.）好奇的；不尋常的

例 I read a lot of newspapers because I'm **curious** about world events.
我讀很多報紙，因為我對世上發生的事很好奇。

單字 + 字尾

curious + ity = curiosity

-ity（名詞字尾）表「狀態；性質」

curiosity [ˌkjurɪˋɑsətɪ]（n.）好奇心；求知欲

例 Just out of **curiosity**, why are you going on a date with *that* guy?
我只是好奇問問，為什麼你會和「那種」傢伙約會啊？

curio

徐薇教你記 curio 是由 curiosity 簡化而成，指十九世紀時從亞洲引進到歐美各地的珍稀古董小擺飾、裝飾品。

curio [ˋkjʊrɪˏo] (n.) 古董；珍品

例 Among the **curios**, we noticed several unique items.
在這些古董裡，我們發現了幾件獨特的物件。

舉一反三▶▶▶

<table>
<tr><td rowspan="2">初級字</td><td>ac- (字首) 朝向 (= 字首 ad-)
accurate [ˋækjərɪt] (adj.) 準確的；精確的

例 The first and most important trait to have if you want to be an archer is being **accurate**.
要當一名弓箭手，首先、同時也是最重要的特質就是要「精準」。</td></tr>
<tr><td>**cure** [kjʊr] (v.) 治癒

　　　　(n.) 治療；痊癒

例 Scientists still haven't been able to find a **cure** for cancer.
科學家們仍然無法找到癌症的治療方法。</td></tr>
<tr><td rowspan="2">實用字</td><td>-man- (字根) 手
manicure [ˋmænɪˏkjʊr] (n.) 修指甲

例 There is a place in the mall which offers great **manicures** for only NT$400!
這間購物中心裡有個很棒的地方，它們的指甲美容只要台幣四百塊！</td></tr>
<tr><td>pro- (字首) 向前
procure [proˋkjʊr] (v.) 努力取得，獲得

例 Be sure to go to the festival early if you want to **procure** a lot of free items.
如果你想要得到許多免費的東西，記得要早點去慶典會場。</td></tr>
</table>

-ity（名詞字尾）表「狀態、情況」

security [sɪ'kjʊrətɪ]（n.）安全；防護

例 Terrorists threaten the **security** of our nation.
恐怖份子威脅到我們的國家安全。

-ive（形容詞字尾）有…性質的

curative ['kjʊrətɪv]（adj.）治病的

例 Chinese herbs are thought to be **curative** for many ailments.
中藥被認為對許多疾病有治療的效果。

-tor（名詞字尾）做…的人

curator [kjʊ'retɚ]（n.）館長；管理者

例 It takes many years of training to become a **curator** for this art museum.
要擔任這間美術館的館長需要多年的訓練。

? Quiz Time

拼出正確單字

1. 準確的 ＿＿＿＿＿＿＿＿＿＿＿＿

2. 修指甲 ＿＿＿＿＿＿＿＿＿＿＿＿

3. 使安全 ＿＿＿＿＿＿＿＿＿＿＿＿

4. 好奇心 ＿＿＿＿＿＿＿＿＿＿＿＿

5. 治療 ＿＿＿＿＿＿＿＿＿＿＿＿

解答：1. accurate 2. manicure 3. secure 4. curiosity 5. cure

和「動作」有關的字根 13

-dic(t)-

▶to say，表「說」

🎧 mp3: 040

字首 + 字根

contra + dict = contradict

徐薇教你記 contradict 說與人相反的話，就是要「反駁；否認」。

contra-（字首）表「與…相反；對抗」
contradict [ˌkɑntrəˈdɪkt]（v.）否認；反駁；發生矛盾

例 These two laws seem to **contradict** each other.
這兩個法律似乎相互抵觸。

pre + dict = predict

徐薇教你記 事前就先說出來，也就是「預測、預言」。

pre-（字首）在…之前
predict [prɪˈdɪkt]（v.）預言；預料

例 It is impossible to **predict** the weather with 100 percent accuracy.
要百分之百準確預測天氣是不可能的。

字根 + 字尾

dict + ate = dictate

-ate（動詞字尾）使做出…動作
dictate [ˈdɪktet]（v.）口述，使聽寫；命令，規定

例 To be a strong leader, you need to **dictate** exactly what you want to your subordinates.
要當一個強有力的領導者，你必須對你的下屬下達精準的命令。

dict + ion = diction

徐薇教你記 說出來的結果，就是「用字遣詞、語法」。

-ion（名詞字尾）表「動作的狀態或結果」
diction [ˈdɪkʃən]（n.）措詞用語；發音方法

例 News anchors should practice their **diction** often in order to be well-understood by their viewers.
新聞主播應該常用新聞措詞使觀眾更能理解。

單字 + 字尾

diction + **ary** = diction**ary**

-ary（名詞字尾）具…性質的物品
dictionary [ˈdɪkʃənˌɛrɪ]（n.）字典，辭典

例 If you can't find the word in the **dictionary**, then it is newly-coined, such as "bullicide."
如果你在字典裡找不到這個詞，那有可能這個詞是新造的，例如「霸凌自殺」。

字首 + 字根 + 字尾

de + **dic** + **ate** = **dedicate**

徐薇教你記 一個個分開來說明，需要花許多時間、精力，衍生為「奉獻、將時間與精力用在…上」。

de-（字首）分開
dedicate [ˈdɛdəˌket]（v.）奉獻；把時間、精力用於…上

例 Teachers often **dedicate** their lives to helping their students.
老師們通常都將自己的一生奉獻於幫助他們的學生。

in + **dic** + **ate** = **indicate**

徐薇教你記 進去做說明的動作，就是在「指示；表明」。

in-（字首）進入；在…之上
indicate [ˈɪndəˌket]（v.）指示；表明；象徵

例 Mrs. Wang, our records **indicate** that you haven't paid your water bill yet.
王太太，我們的記錄顯示你還沒付水費。

舉一反三 ▶▶▶

初級字

ad-（字首）朝向
addict [ˈædɪkt]（n.）上癮；沉迷者
[əˈdɪkt]（v.）使沉溺；使成癮

例 I am a chocolate **addict**, so I must have a chocolate candy bar every morning.
我是個巧克力迷，所以我每天早上都得吃一條巧克力糖果棒。

-ion（名詞字尾）表「動作的狀態或結果」

indication [ˌɪndəˋkeʃən]（n.）指示；徵兆；跡象

例 These grammar errors should give you some **indication** of this student's English ability.
這些語法錯誤應該給了你一些關於這個學生英文能力的指標。

-or（名詞字尾）做…動作的人

dictator [ˋdɪkˌtetɚ]（n.）獨裁者；口述者；發號施令者

例 The President has taken over all the businesses in the entire country; therefore, he should now be considered a **dictator**.
總統已接管了整個國家的所有運作，因此，他現在應該被視為獨裁者。

-ion（名詞字尾）表「動作的狀態或結果」

dictation [dɪkˋteʃən]（n.）口述；聽寫；命令

例 This professor wants her students to take **dictation** every class so that they don't miss any of her words.
這名教授要她的學生每堂課都將她所說的記錄下來，以確定他們沒有漏掉任何字句。

-ver-（字根）真實的

verdict [ˋvɝdɪkt]（n.）陪審團的裁決，裁定

例 The jury handed the defendant a guilty **verdict** on the charge of murder.
陪審團對被告的謀殺罪名做出有罪的裁定。

bene-（字首）好的

benediction [ˌbɛnəˋdɪkʃən]（n.）祝福；祝願

例 The priest placed oil on the heads of the sinners at the **benediction**.
神父在祝禱時將油抹在教徒頭上。

mal-（字首）不好的

malediction [ˌmæləˋdɪkʃən]（n.）詛咒；憎惡

例 The judge threw the prosecutor out of the court, citing **malediction**.
法官以用詞惡毒之名將原告趕出法庭。

實用字

進階字

e-（字首）向外（= 字首 ex-）
edict [ˈidɪkt]（n.）官方命令；勒令

例 The king read his **edict** to all his subjects who were assembled at the castle.
國王對集合到城堡中的屬下們宣讀他的命令。

phone [fon]（n）電話
Dictaphone [ˈdɪktəˌfon]（n.）（商標）口述答錄機；語音答錄機

例 **Dictaphone** was a powerful company in the days before personal computers appeared.
在個人電腦出現之前，Dictaphone 語音答錄機公司是一家很大的公司。

syn-（字首）共同的
syndicate [ˈsɪndɪkɪt]（n.）企業聯合組織；理事會；犯罪組織

例 The crime **syndicate** in this area is notorious for drug dealing.
這個地區的犯罪組織因毒品交易而惡名昭彰。

? Quiz Time

中翻英，英翻中

( ) 1. contradict （A）使成癮 （B）預言 （C）反駁

( ) 2. 奉獻 （A）indicate （B）dedicate （C）syndicate

( ) 3. dictation （A）聽寫 （B）獨裁者 （C）措詞用語

( ) 4. 祝福 （A）indication（B）benediction（C）malediction

( ) 5. dictionary （A）裁定 （B）徵兆 （C）字典

解答：1. C 2. B 3. A 4. B 5. C

和「動作」有關的字根 **14**

-doc-

▶to teach，表「教導」

🎧 mp3: 041

字根 + 字尾

doc + or = doctor

-or（名詞字尾）做…動作的人

doctor [`dɑktɚ] （n.）醫生；博士

（v.）竄改；偽造

例 You've been coughing for days; go see a **doctor**.
你已經咳了好幾天了，去看個醫生吧。

doc + ment = document

徐薇教你記 教導的所有東西最後就集結成了「文件、記錄」。

-ment（名詞字尾）表「結果或狀態」

document [`dɑkjəmənt] （n.）文件；記錄

例 Those financial **documents** should be kept for at least seven years for tax reasons.
因稅務因素，那些財務文件至少應保留七年。

單字 + 字尾

doctor + ine = doctrine

徐薇教你記 和教導有關的東西，就是指「教義、信條、學說」。

-ine（名詞字尾）和…有關的東西

doctrine [`dɑktrɪn] （n.）宗教的教義；信條；學說

例 The young politicians questioned the outworn **doctrines** of the party.
年輕的政治人物質疑政黨的過時教條。

和「動作」有關的字根 **-doc-**

in + doctrine + ate = indoctrinate

徐薇教你記　做出將信條、教義等事物放入你大腦的動作，就是在向你「灌輸」想法。

in-（字首）進入

-ate（動詞字尾）使做出…動作

indoctrinate [ɪn`dɑktrɪˌnet]（v.）向…灌輸

例　Girls were **indoctrinated** that they were inferior to men and they should listen to their fathers or husbands in old times.
在古代，女孩們被灌輸她們比男人弱小、要服從爸爸或先生的話。

舉一反三▶▶▶

初級字	-ary（形容詞字尾）關於…的 documentary [ˌdɑkjə`mɛtərɪ]（adj.）紀實的 （n.）紀錄片 例　They spent two years filming the **documentary** on the sperm whale family. 他們花了兩年的時間拍攝這個抹香鯨家族的紀錄片。
	-ile（形容詞字尾）有…傾向的 docile [`dɑsḷ]（adj.）馴服的；溫順的 例　Sheep and deer are considered **docile** animals. 綿羊和鹿被認為是溫馴的動物。
實用字	-ity（名詞字尾）表「狀態、性格、性質」 docility [do`sɪlətɪ]（n.）順從，馴服 例　**Docility** is deemed a virtue of women in traditional Chinese culture. 女性的順服在傳統華人文化中被視為是一種美德。
	-ent（名詞字尾）做…動作的人 docent [`dɑsṇt]（n.）講師；解說員 例　My mother works as a zoo **docent** after retiring since she loves animals so much. 我媽媽在退休後到動物園當解說員，因為她很愛動物。

drama [`drɑmə]（n.）戲劇；舞台劇

docudrama [`dɑkjuˌdrɑmə]（n.）紀實性電視節目；劇情式紀錄片

例 "Meerkat Manor" on Discovery Channel is more like a **docudrama** than a pure documentary.
探索頻道的「狐獴大宅門」比較像是部紀實戲劇片而非純粹的紀錄片。

-aire （法文名詞字尾）有…特質的人

doctrinaire [ˌdɑktrɪ`nɛr]（n.）教條主義者
（adj.）教條主義的；脫離實際的

例 The young politician was quite a contrast to the other **doctrinaires** in the party.
那名年輕政客和黨內其他教條主義者相當不一樣。

❓ Quiz Time

拼出正確單字

1. 文件 ＿＿＿＿＿＿＿＿＿＿＿＿＿

2. 醫生 ＿＿＿＿＿＿＿＿＿＿＿＿＿

3. 教條 ＿＿＿＿＿＿＿＿＿＿＿＿＿

4. 紀錄片 ＿＿＿＿＿＿＿＿＿＿＿＿＿

5. 溫馴的 ＿＿＿＿＿＿＿＿＿＿＿＿＿

解答：1. document 2. doctor 3. doctrine 4. documentary 5. docile

和「動作」有關的字根 15

-duc-

▶to lead，表「引導」

變形包括 -duct-, -due-。

記 duck 鴨子。鴨子都是領頭的一隻走，就會引導後面一群鴨子跟著走。

🎧 mp3: 042

衍生字

duke

徐薇教你記 來自與 -duc- 同源的古印歐字根 *deuk- 表「帶領」。指公爵領導管轄的範圍，約一個省的大小。

duke [djuk]（n.）公爵；大公

例 During the 19th century, many of the smaller German and Italian states were ruled by **dukes**.
十九世紀期間，許多較小的德國和義大利的城邦是由公爵統治的。

字首 + 字根

intro + duc = introduce

徐薇教你記 向內引導進來，就是在「引進、介紹」。

intro-（字首）向內
introduce [ˌɪntrəˈdjus]（v.）介紹；引進；傳入

例 I would like to **introduce** you to my friend, George.
我想要把你介紹給我的朋友喬治。

字根 + 字根

via + duct = viaduct

-via-（字根）道路、途徑
viaduct [ˈvaɪəˌdʌkt]（n.）高架橋；高架道路

例 As we drove across the **viaduct**, we noticed the creeks and bike paths below.
當我們開車經過高架橋的時候，我們注意到底下有小河和自行車道。

字首 + 字根 + 字尾

e + duc + ate = educate

徐薇教你記 將一個人引導到外面，讓他知曉外面世界的事，就是在「教育、培育」。

e-（字首）向外（= 字首 ex-）
educate [ˋɛdʒəˌket]（v.）教育，培育

例 He was **educated** as an astronaut under his father's will.
他依據父親的意願被培育為一名太空人。

舉一反三▶▶▶

初級字	pro-（字首）向前 **produce** [prəˋdjus]（v.）製造；生產 例 The toilet paper we use now is **produced** by this company. 我們現在所使用的衛生紙都是這家公司所製造的。
	re-（字首）回來；向後 **reduce** [rɪˋdjus]（v.）減少 例 It is healthier to **reduce** your daily fat intake. 減少你的每日脂肪攝取量會比較健康。
實用字	con-（字首）一起（= 字首 co-） **conduct** [kənˋdʌkt]（v.）引導；處理；經營 例 Chris cherished his chance to **conduct** the London Symphony Orchestra. 克里斯非常珍惜他在倫敦交響樂團指揮的機會。
	in-（字首）進入 **induct** [ɪnˋdʌkt]（v.）引導；使正式就任；使入門 例 After forty years, he was finally **inducted** into the Hall of Fame. 經過四十年後，他終於被認可進入了名人堂。

進階字

in-（字首）進入
induce [ɪn`djus]（v.）引誘；引起；導致

例 The doctor wanted to **induce** labor because the baby's due date had passed.
醫生想要進行催生，因為這個嬰兒的預產期已經過了。

sub-（字首）在…下面
subdue [səb`dju]（v.）鎮壓；克制；抑制

例 I think we should **subdue** the patient before trying to administer the medicine.
我認為我們在嘗試投藥前應該先把病人的情緒緩和下來。

Quiz Time

填空

（ ）1. 介紹：___duce （A）in （B）intro （C）pro

（ ）2. 減少：___duce （A）sub （B）in （C）re

（ ）3. 處理：___duct （A）con （B）pro （C）in

（ ）4. 教育：___ate （A）educ （B）educt （C）edut

（ ）5. 高架橋：___duct （A）in （B）con （C）via

解答：1. B 2. C 3. A 4. A 5. C

-fac-

▶**to do, to make**，表「做」

這個字根也可轉換為 -fact-, -feas, -feat-, -fect-, -fic-, -fit- 等。

🎧 mp3: 043

字首 + 字根

ef + fect = effect

徐薇教你記 事情往外做出去了，就會有「影響；效果」。

ef-（字首）向外（= 字首 ex-）

effect [ɪˋfɛkt]（n.）結果；效果

例 The law had its desired **effect**, as fewer and fewer people are smokers.
這個法令有它的效果，因為愈來愈少人在抽煙了。

補充 side effect 副作用；aftereffect 後遺症

in + fect = infect

徐薇教你記 在身體內部去做的動作，表示「受到感染、傳染」。

in-（字首）進入

infect [ɪnˋfɛkt]（v.）感染

例 Mosquitos have been known to **infect** people with various illnesses.
我們已知蚊子會傳染各種疾病給人類。

per + fect = perfect

徐薇教你記 事情做得很全面、很徹底，就是「完美的」。

per-（字首）徹底地；完全地

perfect [ˋpɝfɪkt]（adj.）完美的；理想的

例 I think I found the **perfect** birthday present for Kate!
我想我找到了送給凱特的完美生日禮物。

字根 + 字尾

fac + t = fact

徐薇教你記 -fac- 做，-t 被⋯的結果。fact 被做出來的結果，也就是「事實」。

-t（拉丁字尾）表「被⋯的結果」（= 拉丁字尾 -tus）

fact [fækt]（n.）事實

例 This newspaper article is not based on **facts**, so don't read it.
這個報紙的文章不是事實，所以不要看。

fact + ory = factory

徐薇教你記 做出東西的地方，就叫做「工廠」。

-ory（名詞字尾）地點；地方

factory [`fæktərɪ]（n.）工廠，製造廠

例 The emissions from that **factory** are causing serious harm to the environment.
那間工廠的排放物對環境造成了嚴重的傷害。

字首 + 字根 + 字尾

pro + fic + ent = proficient

徐薇教你記 具有愈做愈向前進、愈做愈厲害的性質，就是「精通的、熟練的」。

pro-（字首）向前

proficient [prə`fɪʃənt]（adj.）精通的；熟練的

例 He is **proficient** in several languages, one of them being Spanish.
他精通很多語言，其中一種是西班牙語。

字根 + 字根 + 字尾

magn + fic + ent = magnificent

徐薇教你記 做出很大的效果、有很巨大的性質，指「壯麗的、宏偉的」。

-magn-（字根）大的

magnificent [mæg`nɪfəsənt]（adj.）壯麗的；宏偉的

例 She looked absolutely **magnificent** in the evening gown.
她穿那件晚禮服看起來真是棒極了。

舉一反三▶▶▶

<table>
<tr>
<td rowspan="3">初級字</td>
<td>

af-（字首）朝向（＝字首 ad-）

affect [əˈfɛkt]（v.）影響；使感動；假裝

例 My best friend's negative attitude is beginning to **affect** me.
我最好朋友的負面態度已經開始影響我了。

</td>
</tr>
<tr>
<td>

di-（字首）表「否定」

difficult [ˈdɪfəˌkəlt]（adj.）困難的；難熬的

例 It was **difficult** to insist at first, but now I don't watch any TV.
一開始要堅持不看電視很難，但現在我已經不看了。

</td>
</tr>
<tr>
<td>

-or（名詞字尾）做…的事物

factor [ˈfæktɚ]（n.）因素；要素

例 His daily smoking habit was a big **factor** which led to his death.
他每日都要抽煙的習慣是導致他死亡的主要因素。

</td>
</tr>
<tr>
<td rowspan="4">實用字</td>
<td>

art [ɑrt]（n.）工藝、藝術

artificial [ˌɑrtəˈfɪʃəl]（adj.）人造的

例 The reason this drink is cheap is due to the use of **artificial** sweeteners.
這種飲料之所以便宜是因為它用了人工甘味劑。

</td>
</tr>
<tr>
<td>

-ure（名詞字尾）表「過程、結果、上下關係的集合體」

feature [ˈfitʃɚ]（n.）特徵，特色

例 I like the color of this blue phone, but the white one has more **features**.
我喜歡這支藍色電話的顏色，但那支白色的更有特色。

</td>
</tr>
<tr>
<td>

-man-（字根）手

manufacture [ˌmænjəˈfæktʃɚ]（v.）大量製造，加工

例 The company **manufactures** big screen TVs.
該公司生產大型電視螢幕。

</td>
</tr>
<tr>
<td>

pro-（字首）向前

profit [ˈprɑfɪt]（n.）利潤；收益
（v.）有益於

例 The company has to turn a **profit** this year, or we will go out of business.
公司今年得要賺錢，不然我們就要倒閉了。

</td>
</tr>
</table>

進階字

suf- （字首）在…下（= 字首 sub-）
sufficient [sə`fɪʃənt] （adj.）足夠的，充分的
例 The earth does not have **sufficient** resources to support twenty billion people.
地球沒有足夠的資源養活二百億的人口。

sacred [`sækrɪd] （adj.）神聖的；神的
sacrifice [`sækrə͵faɪs] （n.）祭品；犧牲
例 The mother made a huge financial **sacrifice** by sending her child to a private school.
這位媽媽為了送她的孩子去私立學校花了大筆錢財。

bene- （字首）好的
benefactor [`bɛnə͵fæktɚ] （n.）捐助人；施主
例 Bill Gates is the **benefactor** of several scholarships.
比爾蓋茲是數個獎學金的資助人。

? Quiz Time

依提示填入適當單字

直↓　1. Mosquitos can ＿＿＿＿＿ people with various illnesses.

　　　3. Smoking will ＿＿＿＿＿ your health.

　　　5. He works in a car ＿＿＿＿＿.

橫→　2. She made a big ＿＿＿＿＿ from selling handmade accessories.

　　　4. Learning to swim is ＿＿＿＿＿ for me. I am afraid of water.

　　　6. He is looking for a ＿＿＿＿＿ woman to be his wife.

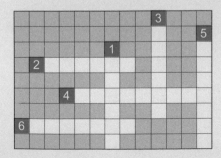

解答：1. infect　2. profit　3. affect　4. difficult　5. factory　6. perfect

和「動作」有關的字根 17

-fer-

▶to carry, to bear，表「載運；承載；忍受」 🎧 mp3: 044

字根 + 字尾

fer + ry = ferry

徐薇教你記 ferry 負責載運工作的東西，叫做「渡船」。

-ry（名詞字尾）表「事物或地方」

ferry [ˈfɛrɪ]（v.）渡運；運送
（n.）渡輪；擺渡

例 Although going by plane is quicker, many people prefer to take the **ferry** to the island.
儘管搭飛機快得多，但許多人寧願搭渡輪到該島。

fer + ile = fertile

徐薇教你記 有足以承載、生產、產出的能力，就是「肥沃的」。

-ile（形容詞字尾）具…能力的

fertile [ˈfɝtl̩]（adj.）動植物多產的；土地肥沃的

例 It was amazing that the sixty-year-old woman was still **fertile**.
這位六十歲的女士還能生產真的是令人驚訝。

字首 + 字根

di + fer = differ

徐薇教你記 往分開的兩個方向去載運，也就指「不一樣、彼此有差異」。

di-（字首）分開

differ [ˈdɪfɚ]（v.）相異

例 Boys **differ** from girls in a number of ways.
男孩在許多方面都與女孩不同。

of + fer = offer

徐薇教你記 朝著你載運而來，也就是「提供」。

of-（字首）向著（＝字首 ob-）
offer [`ɔfɚ]（v.）給予，提供

例 I want to **offer** you two pizzas for the price of one!
我要提供給你等同一份大披薩價格的兩個披薩。

pre + fer = prefer

徐薇教你記 事先就載運而來的東西，表示是「比較喜歡」。

pre-（字首）在…之前
prefer [prɪ`fɝ]（v.）寧可；更喜歡

例 I **prefer** to stay at home for Chinese New Year due to heavy traffic concerns.
因為擔心交通堵塞，我寧可待在家裡過新年。

trans + fer = transfer

徐薇教你記 由甲地要橫跨載到乙地，就需要「轉車；轉換」。

trans-（字首）橫過；穿越
transfer [træns`fɝ]（v.）轉換；轉變；轉車

例 Many students **transfer** out of this school because it is so stressful.
許多學生都轉出這個學校，因為壓力太大了。

字首 + 字根 + 字尾

di + fer + ent = different

徐薇教你記 具有彼此相異的性質，就是「不同的、有差異的」。

-ent（形容詞字尾）具…性質的
different [`dɪfərənt]（adj.）不同的

例 Gorillas and monkeys really aren't so **different**.
大猩猩和猴子真的沒那麼不一樣。

舉一反三 ▶▶▶

初級字 re-（字首）再次；返回
refer [rɪ`fɝ]（v.）把…歸因於；引…去詢問；論及、談到

例 The high school **refers** its students to Ruby's institute for extra English lessons.
該所中學引導它的學生到徐薇機構去上課後英文課。

suf- （字首）在…之下（= 字首 sub-）
suffer [ˋsʌfɚ] (v.) 遭受；受苦

例 When their parents died in the earthquake, the children were left to **suffer**.
當孩子們的雙親因地震過世，他們就被留下來受苦。

實用字

con- （字首）一起（= 字首 co-）
conference [ˋkɑnfərəns] (n.) 會議；討論會

例 All the employees are required to attend the **conference** this weekend.
所有的員工都被要求參加本週末的會議。

-ee （名詞字尾）做…的人
referee [ˏrɛfəˋri] (n.) 裁判員；仲裁人

例 This **referee** is always fair, so we shouldn't have any problems tonight.
裁判總是公平的，所以我們今晚應該不會有任何問題。

進階字

de- （字首）離開
defer [dɪˋfɜ] (v.) 推遲，延期；聽從

例 May I please **defer** my loan payments, as I am still a student?
我可以將我的貸款延期嗎？因為我還是個學生。

in- （字首）進入
infer [ɪnˋfɜ] (v.) 推斷，推論；意味著

例 I didn't mean to **infer** that you are lazy.
我並不是要說你很懶惰的意思。

? Quiz Time

將下列選項填入正確的空格中

(A) in　(B) dif　(C) re　(D) pre　(E) trans

(　) 1. 相異　= _____ + fer

（　）2. 轉換　＝ ＿＿＿＿＿＿＿ + fer

（　）3. 更喜歡 ＝ ＿＿＿＿＿＿＿ + fer

（　）4. 歸因於 ＝ ＿＿＿＿＿＿＿ + fer

（　）5. 推論　＝ ＿＿＿＿＿＿＿ + fer

解答：1. B 2. E 3. D 4. C 5. A

和「動作」有關的字根 18

-fin-

▶to end, to finish，表「結束；終結」

記 fin [fɑn] 在法文裡指「結束」，fin [fɪn] 在英文裡指「魚鰭」。鯊魚的魚鰭被割下來，生命就結束了！

🎧 mp3: 045

字首 + 字根

de + fin = define

徐薇教你記　向下寫出最後的結論，就是「下定義」。

de-（字首）向下
define [dɪˋfaɪn]（v.）定義；解釋；限定
例 Please **define** what you mean by "ridiculous."
請定義你所謂的「荒謬」。

字根 + 字尾

fin + al = final

-al（形容詞字尾）和…有關的
final [ˋfaɪn̩]（adj.）最後的；最終的
例 The **final** Harry Potter movie was released in 2011.
哈利波特系列電影的最後一部是在二○一一年上映的。

fin + ance = finance

徐薇教你記 原指將所有該付的款項或債務做個結束，這個情況就顯示出了個人的「財務狀況」。

-ance（名詞字尾）表「情況、性質、行為」

finance [faɪˋnæns]（n.）財政；金融；資金

例 Students in the field of **finance** at excellent universities will be paid well upon graduation.
頂尖大學金融領域的學生一畢業就能有不錯的待遇。

fin + ite = finite

徐薇教你記 具有結束的性質，就是「有限制的」。

-ite（形容詞字尾）具…性質

finite [ˋfaɪnaɪt]（adj.）有限的；有限制的

例 There is a **finite** amount of information that our company's server can hold.
我們公司伺服器能處理的資訊有一定的限量。

字首 + 字根 + 字尾

in + fin + ite = infinite

in-（字首）表「否定」

infinite [ˋɪnfənɪt]（adj.）無限的；極大的

例 Our brains can hold an **infinite** amount of words.
我們的大腦能夠儲存的字彙量是無限的。

舉一反三▶▶▶

初級字

fine [faɪn]（adj.）美好的；細微的；純淨的
　　　　　（n.）罰款；罰金

例 It's a **fine** line between creative and crazy.
創意和瘋狂之間的界線很微妙。

finish [ˋfɪnɪʃ]（v.）結束；完成

例 I think we should **finish** this book before we start a new one.
我認為我們在開始一本新書之前，必須先完成這本書。

<table>
<tr>
<td rowspan="2">實用字</td>
<td>

de- （字首）向下
definite [ˋdɛfənɪt]（adj.）確切的；肯定的
例 There is a **definite** presence of evil in this room -- I can feel it.
這個房間裡一定有不好的事發生，我可以感受到。

</td>
</tr>
<tr>
<td>

re- （字首）再次；返回
refined [rɪˋfaɪnd]（adj.）精製的；細膩的
例 My sense of smell is more **refined** than before.
我的嗅覺比以前靈敏多了。

</td>
</tr>
<tr>
<td rowspan="2">進階字</td>
<td>

af- （字首）朝向（= 字首 ad-）
affine [əˋfaɪn]（adj.）仿射的
例 The **affine** geometric model can be viewed on this computer.
那個仿射的幾何模型可以在電腦上觀看。

</td>
</tr>
<tr>
<td>

con- （字首）一起（= 字首 co-）
confine [kənˋfaɪn]（v.）限制；使局限
記 凡事都有結束，事物都有末端，在末端以內的部分就是「受限制的範圍、界限」。
例 Let's **confine** ourselves to the house until we finish our homework.
我們留在家裡直到我們完成作業吧！

</td>
</tr>
</table>

? Quiz Time

拼出正確單字

1. 確切的 ＿＿＿＿＿＿＿＿＿＿
2. 無限的 ＿＿＿＿＿＿＿＿＿＿
3. 最後的 ＿＿＿＿＿＿＿＿＿＿
4. 金融 ＿＿＿＿＿＿＿＿＿＿
5. 定義 ＿＿＿＿＿＿＿＿＿＿

解答：1. definite 2. infinite 3. final 4. finance 5. define

-fix-

▶to fasten，表「綁縛；固定」

🎧 mp3: 046

衍生字

fix [fɪks] (v.) 固定；修理；安排

例 The toilet was clogged and we need to get someone to **fix** it.
馬桶塞住了，我們得找個人來修理。

字首 + 字根

pre + fix = prefix

徐薇教你記 綁定在字的前面的，就是「字首、前綴詞」。

pre- (字首) 在…之前
prefix [ˈpriˌfɪks] (n.) 字首；前綴詞
　　　　　　　　　　(v.) 在字或數字前方加上符號或數字

例 The **prefix** "re-" means "again" or "back."
字首「re-」意思是「再次」或「回來」。

suf + fix = suffix

徐薇教你記 固定在字的後面的，就是「字尾、後綴詞」。

suf- (字首) 在…之下；次於… (= 字首 sub-)
suffix [ˈsʌfɪks] (n.) 字尾；後綴詞

例 Some adverbs are formed by adding the **suffix** "-ly" to the adjectives.
一些副詞是在形容詞後方加上字尾「-ly」而來的。

字根 + 字尾

fix + ate = fixate

-ate (動詞字尾) 做出…動作
fixate [ˈfɪkset] (v.) 產生不正常依戀；迷上，迷戀；對…異常關注

例 She was **fixated** by BTS and couldn't help thinking of marrying one of them in the future.
她迷戀上 BTS 而且無法自拔地想著以後要嫁給他們其中一人。

和「動作」有關的字根 **-fix-**

初級字	af- （字首）朝向；去（＝字首 ad-） **affix** [əˋfɪks]（v.）使固定；附上 　　　　 [ˋæfɪks]（n.）附加物；詞綴 例 You can use double-sided tape to **affix** the poster to the wall. 你可以用雙面膠將這張海報固定到牆上。
	in- （字首）使進入 **infix** [ɪnˋfɪks]（v.）鑲嵌；植入 　　　　 （n.）插入語 例 The actors' images have been **infixed** deeply in most Harry Potter readers. 那些演員的形象深深地烙印在哈利波特讀者的腦海中。
實用字	-ure （名詞字尾）表「過程、結果、上下關係的集合體」 **fixture** [ˋfɪkstʃɚ]（n.）房屋內的固定裝置 例 She didn't like the color of the bathroom **fixture**, so she decided to renovate it. 她不喜歡衛浴設備的顏色，所以她打算重新裝修。
	-ative （名詞字尾）有…性質的物品 **fixative** [ˋfɪksətɪv]（n.）固定劑；定色劑 例 Most of the birds tend to use their own saliva as a **fixative** when building nests. 大部分的鳥類在築巢時傾向用自己的唾液來當固定劑。
進階字	-er （名詞字尾）做…的人 **fixer** [ˋfɪksɚ]（n.）精於用不正當手段安排事物的人 例 It is reported that illegal immigrants paid thousands of dollars to **fixers** to get into Europe. 據報導，非法移民付數萬元給中間人好進入歐洲。
	trans- （字首）橫跨；跨越 **transfix** [trænsˋfɪks]（v.）使無法動彈；使呆住；以尖銳物刺穿 例 The girl was **transfixed** by her idol's hug. 那女孩被她偶像抱一下當場就呆住無法動彈了。

和「動作」有關的字根 20

-flu-

▶ to flow，表「流動」

flu（n.）流行性感冒、特定性的流感（如：bird flu 禽流感、swine flu 豬流感）

 🎧 mp3: 047

字首 + 字根

in + flux = influx

in-（字首）進入

influx [ˋɪnflʌks]（n.）湧進；匯集；注入

例　There has been an **influx** of complaints since Jay started working at the front desk.
自從杰開始在櫃台工作後，就有大批的抱怨湧入。

字根 + 字尾

flu + ency = fluency

徐薇教你記　具流動的性質，表示沒有阻礙，就是很「流暢、流利」。

-ency（名詞字尾）表「情況；性質；行為」

fluency [ˈfluənsɪ]（n.）流暢

例 I think you need to have better English **fluency** to get this job.
我覺得你英文要再更流利一點才能得到這份工作。

(**flu + id = fluid**)

徐薇教你記 處在流動的狀態，就是「液體的、流暢的」。

-id（形容詞字尾）表「狀態」

fluid [ˈfluɪd]（adj.）流動的；不固定的；流暢的
　　　　　　（n.）液體；流質

例 Dancers must have very **fluid** movement to be successful.
舞者們的動作要流暢才算成功。

字首 + 字根 + 字尾

(**af + flu + ent = affluent**)

徐薇教你記 有大量的錢財或名利朝向你流過來，指「富裕的；豐富的」。

af-（字首）朝向（= 字首 ad-）

affluent [ˈæfluənt]（adj.）富裕的；富饒的

例 **Affluent** families often send their children overseas to study.
富裕家庭通常會送他們的孩子出國唸書。

(**in + flu + ence = influence**)

徐薇教你記 東西流進去，就會對原本的事物產生「影響」。

in-（字首）進入

influence [ˈɪnfluəns]（n.）影響；作用

例 The **influence** of corrupt friends led the man to commit crimes.
受到貪錢壞朋友的影響導致那名男子去犯罪。

舉一反三 ▶▶▶

初級字

flu [flu]（n.）流行性感冒

例 Bobby has the **flu** again, so you should stay away from him.
巴比又得到流行性感冒了，所以你們應該離他遠點。

influenza [ˌɪnfluˈɛnzə]（n.）流行性感冒

例 Always wash your hands before eating to avoid getting **influenza**.
吃東西前一定要洗手，以免得到流行性感冒。

flush [flʌʃ]（v.）用水沖洗；臉紅

例 Don't forget to **flush** the toilet, or the bathroom will smell terrible!
別忘了沖馬桶，不然廁所會很臭！

實用字

-ate（動詞字尾）做出…動作
fluctuate [ˈflʌktʃuˌet]（v.）波動，變動；動搖

例 The price of oil **fluctuates** a lot due to the wars in the Middle East.
由於中東戰爭的關係，油價波動很大。

-al（形容詞字尾）有…特質的
influential [ˌɪnfluˈɛnʃəl]（adj.）有影響力的

例 Who is the most **influential** artist of the twentieth century?
誰是二十世紀最具影響力的藝術家？

進階字

con-（字首）一起（= 字首 co-）
confluence [ˈkɑnfluəns]（n.）河流的匯流處；聚集處；會合

例 There was a **confluence** of the nation's top scientists and doctors.
該國的頂尖科學家與醫師們都聚集在一起了。

re-（字首）再次；返回
reflux [ˈriˌflʌks]（n.）逆流；退潮

例 He can't eat hot pot often due to his recurring acid **reflux** disease.
因為他有胃食道逆流的問題，所以他不能常吃火鍋。

super-（字首）在…上面
superfluity [ˌsupɚˈfluətɪ]（n.）額外；過剩

例 We had a **superfluity** of shopping bags just scattered around the house.
我們家裡到處散落著多出來的購物袋。

❓ Quiz Time

拼出正確單字

1. 流動的　＿＿＿＿＿＿＿＿＿＿＿

2. 影響　　＿＿＿＿＿＿＿＿＿＿＿

3. 流暢　　＿＿＿＿＿＿＿＿＿＿＿

4. 用水沖洗　＿＿＿＿＿＿＿＿＿＿

5. 波動　　＿＿＿＿＿＿＿＿＿＿＿

解答：1. fluid　2. influence　3. fluency　4. flush　5. fluctuate

和「動作」有關的字根 21

-form-

▶to form，表「形成」

🎧 mp3: 048

衍生字

form [fɔrm]（v.）形成
　　　　　　（n.）形式

例 The plural **form** of "child" is "children."
「child」的複數形式是「children」。

format [ˋfɔrmæt]（n.）格式；模式
　　　　　　　　（v.）（電腦）將…格式化

例 Many novels are now available in both paper and electronic **formats**.
現在許多小說都有紙本和電子書兩種格式可以選。

uni + form = uniform

> 徐薇教你記　大家都穿單一的形式，就是「制服」。

uni- （字首）單一的
uniform [ˋjunəˏfɔrm] （n.）制服
　　　　　　　　　　　　　（adj.）整齊劃一的

例　Students have to wear **uniforms** to school in most Asian countries.
亞洲大部分國家的學生上學都要穿制服。

字首 + 字根 + 字尾

in + form + ation = information

> 徐薇教你記　進來幫你形成對某事物的概念，inform 就是來「通知、告知」，通知、告知的內容就是「資訊、情報」。

in- （字首）進入
　　　-ation （名詞字尾）表「動作的狀態或結果」
information [ˏɪnfəˋmeʃən] （n.）資訊；情報

例　If you are interested in this plan, please call HR for further
information.
如果你對這個計劃有興趣，請打給人事部索取更多資訊。

舉一反三▶▶▶

初級字	-al （形容詞字尾）有關…的 **formal** [ˋfɔrml̩] （adj.）正式的 例　The royal family will pay a **formal** visit to our country next month. 王室家庭下個月將到我國進行正式訪問。
	per- （字首）完全地；徹底地 **perform** [pɚˋfɔrm] （v.）表演；履行；做；施行 例　The transplant surgery will be **performed** by Dr. Wei and Dr. Lee. 這個移植手術將由魏醫師和李醫師一起進行。

左側（縦書き）
和「動作」有關的字根 -form-

實用字

re- （字首）再次；返回
reform [rɪˈfɔrm] （v.）改革；改進
（n.）改革；改良

例 The change of high-school curriculum guidelines was considered a sort of educational **reform**.
高中課綱的改變被視為是某種程度的教育改革。

trans- （字首）橫跨；跨越
transform [trænsˈfɔrm] （v.）轉化；變形；使徹底改變

例 The Internet and smartphones have completely **transformed** our ways of communication.
網路和智慧手機徹底地改變了我們的溝通方式。

進階字

-ule （名詞字尾）小東西
formula [ˈfɔrmjələ] （n.）配方；公式

例 Sheldon Plankton tried to steal the secret **formula** of the Krabby Patty, but failed again.
皮老闆想偷美味蟹堡祕方但是又失敗了。

-ate （動詞字尾）做出…動作
formulate [ˈfɔrmjəˌlet] （v.）制定；規劃

例 The patients' diet plans were **formulated** accordingly by our dieticians.
病患們各別的飲食計劃是由營養師所規劃出來的。

? Quiz Time

依提示填入適當單字，填入單數型態即可

直↓　1. By using makeup, we can _____ the boy into an old man.

　　　3. I won't give the secret _____ of my beef soup to anyone.

　　　5. You can read the novel in an electronic _____.

橫→　2. For further _____, please visit our website.

　　　4. The nurses have to wear _____s when they work.

　　　6. Don't wear T-shirts and jeans to a _____ dinner party.

解答：1. transform 2. information 3. formula 4. uniform 5. format 6. formal

 和「動作」有關的字根 22

-fus-

▶to pour，表「傾倒」

🎧 mp3: 049

衍生字

fuse

徐薇教你記　保險絲到了某個溫度，自然會融掉，就有「保險」的作用。

fuse [fjuz] （n.）保險絲
（v.）熔合；接合

例 My hairdryer has stopped working—I think the **fuse** has blown.
我的吹風機不會動了，我想應該是保險絲燒斷了。

fondue

徐薇教你記　將起司倒在一鍋一起煮到融化成濃稠狀，以麵包沾食，為法國和瑞士山區等地傳統特色飲食之一。這個字裡的 -fon-，是從字根 -fus- 演變而來的。

fondue [ˈfɑndu]（n.）起司火鍋

例 Cheese **fondue** is a special cuisine of the Alps.
起司火鍋是阿爾卑斯山區一種特殊的菜餚。

字首 + 字根

con + fus = confuse

徐薇教你記 全部的東西都倒在一起，就「混亂、混淆」了。

con-（字首）一起（= 字首 co-）
confuse [kənˈfjuz]（v.）使困惑；混淆；搞亂

例 The professor **confused** the students with his unclear explanation.
那位教授含糊不清的說明把學生都搞糊塗了。

字首 + 字根 + 字尾

trans + fus + ion = transfusion

徐薇教你記 跨出自己的身體把液體倒到另一邊去，就是「注入、輸血」的意思。

trans-（字首）橫跨；穿越
transfusion [trænsˈfjuʒən]（n.）注入；注射、輸血

例 The doctor gave the injured boy an immediate blood **transfusion**.
醫生立即為那名受傷的男孩進行輸血。

舉一反三▶▶▶

初級字

found [faʊnd]（v.）（1）發現（find 的過去式與過去分詞）
　　　　　　　　　　（2）熔鑄；鑄造

例 The bell was **founded** in 2000 to celebrate the coming of millennium.
這個鐘是二〇〇〇年時鑄造的，為的是慶祝千禧年的到來。

re-（字首）再次；回來
refuse [rɪˈfjuz]（v.）拒絕；拒受；不肯

記 把你倒過來的東西再倒回去給你，也就是「拒絕」。

例 Don't **refuse** to answer the question when the teacher calls your name.
當老師叫到你的名字時，不要拒絕回答這個問題。

和「動作」有關的字根 -fus-

實用字	in- （字首）進入 **infuse** [ɪnˋfjuz] （v.）將…注入；灌輸；使充滿 例 Let's **infuse** this society with more positive energy! 讓我們為這個社會注入更多正能量吧！
	pro- （字首）向前 **profuse** [prəˋfjus] （adj.）毫不吝惜的；充沛的 例 There was a **profuse** output of discussion when I brought up the movie "Twilight" with the students. 當我和學生提到電影「暮光之城」時，討論變得非常熱烈。
進階字	ef- （字首）向外（= 字首 ex-） **effusion** [ɪˋfjuʒən] （n.）瀉出；流出；吐露 例 An **effusion** of emotions poured out of Emma when she performed her speech. 艾瑪的情感在進行演說時表露無遺。
	suf- （字首）在…下面（= 字首 sub-） **suffuse** [səˋfjuz] （v.）遍佈；充滿 例 You should **suffuse** this painting with more vivid colors. 你必須在這幅畫上塗滿更鮮豔的色彩。

❓ Quiz Time

填空

（　）1. 混淆：___fuse　（A）re　（B）in　（C）con

（　）2. 輸血：___fusion　（A）trans （B）ef　（C）pro

（　）3. 拒絕：___fuse　（A）in　（B）re　（C）suf

（　）4. 起司火鍋：___ue（A）fus　（B）found（C）fond

（　）5. 保險絲：f___　（A）uss　（B）use　（C）ues

解答：1. C 2. A 3. B 4. C 5. B

-gen(er)-

▶to produce，表「生產；製造」

🎧 mp3: 050

字首 + 字根

en + gin = engine

en-（字首）使進入

engine [ˈɛndʒən]（n.）發動機；引擎

例 You really need to take your car into the shop to have the **engine** looked at.
你真的需要將你的車開到店裡，然後仔細檢查一下引擎。

字根 + 字尾

gener + ation = generation

-ation（名詞字尾）表「動作的狀態或結果」

generation [ˌdʒɛnəˈreʃən]（n.）世代

例 The next **generation** will have to deal with this mess.
下一代必須應付這場混亂。

補充 generation gap 代溝

字首 + 字根 + 字尾

con + gen + ial = congenial

徐薇教你記 genial 是形容詞，指「友好的、生性愉快的」，congenial 就是兩個人個性相投，就會是「友善的、令人愉快的」。

con-（字首）一起（= 字首 co-）

-ial（形容詞字尾）屬…類的；有…特質的

congenial [kənˈdʒinjəl]（adj.）個性相投的；友善的；令人愉快的

例 The attitude of the host was so **congenial** that I was shocked.
主人的態度是如此的友善，讓我感到很驚訝。

舉一反三 ▶▶▶

<table>
<tr>
<td>初級字</td>
<td>

gene [dʒin] (n.) 基因

例 Blond hair is a recessive **gene**.
金髮是一種隱性基因。

</td>
</tr>
<tr>
<td></td>
<td>

genius [ˋdʒinjəs] (n.) 天才

例 If you're such a **genius**, why did you get such a poor score on the test?
如果你這麼天才，為什麼你考試成績那麼差？

</td>
</tr>
<tr>
<td>實用字</td>
<td>

gender [ˋdʒɛndɚ] (n.) 性別

例 Melissa will undergo a test tomorrow to find out the **gender** of the baby.
梅莉莎明天要接受檢查以知道嬰兒的性別。

</td>
</tr>
<tr>
<td></td>
<td>

-OUS（形容詞字尾）充滿…的
generous [ˋdʒɛnərəs] (adj.) 慷慨的；寬厚的

例 You have been so **generous** with your donations over the years.
這些年來，您一直都很慷慨捐贈。

</td>
</tr>
<tr>
<td>進階字</td>
<td>

-ate（動詞字尾）使做出…動作
generate [ˋdʒɛnəˏret] (v.) 產生

例 I'm not sure if we can **generate** enough revenue to give the employees a bonus.
我不確定我們是否有足夠的營收來給員工獎金。

</td>
</tr>
<tr>
<td></td>
<td>

pathos（希臘文）疾病
pathogen [ˋpæθədʒən] (n.) 病原體

例 The water here is not clean enough, so it's a perfect way for **pathogens** to enter the human body.
這裡的水不夠乾淨，所以病原體很容易就會藉此進入人體。

</td>
</tr>
</table>

和「動作」有關的字根 24

-graph-

▶**to write, to draw，表「寫；畫」**

這個字根也可以拼成 -gram-。

🎧 mp3: 051

字首 + 字根

(**auto + graph = autograph**)

徐薇教你記　寫畫出代表自己的東西，就是「親筆簽名」。

auto- （字首）自己
autograph [ˈɔtəˌgræf] （n.）（尤指名人的）親筆簽名

例　The teenagers stood in line to get Lady Gaga's **autograph**.
青少年們排隊等著要索取女神卡卡的親筆簽名。

字根 + 字尾

gram + ar = grammar

徐薇教你記 grammar 原指書寫出來的字母，後衍生為語言的規則，也就是「文法」。

-ar（名詞字尾）具…性質的事物

grammar [ˈgræmɚ]（n.）文法

例 English **grammar** drives most students crazy.
英文文法讓大部份的學生抓狂。

字根 + 字根

photo + graph = photograph

-photo-（字根）光
photograph [ˈfotəˌgræf]（n.）照片
（v.）拍照

例 This **photograph** was taken in 1890 at the Empire State Building.
這張照片是一八九〇年在帝國大廈拍的。

字首 + 字根 + 字根 + 字尾

auto + bio + graph + y = autobiography

徐薇教你記 把自己的一生經歷寫畫出來，就是「自傳」。

biography [baɪˈɑgrəfɪ]（n.）傳記
autobiography [ˌɔtəbaɪˈɑgrəfɪ]（n.）自傳

例 Michael Jackson's **autobiography** sold out in only two days.
麥可傑克遜的自傳在兩天內銷售一空。

舉一反三 ▶▶▶

初級字

graph [græf]（n.）曲線圖；圖表；圖解

例 This **graph** shows the change in summer temperatures over the past ten years.
這張圖表顯示過去十年來的夏季溫度變化。

-ic（形容詞字尾）…似的；關於…的
graphic [ˋgræfɪk]（adj.）圖解的；生動寫實的

例 The movie has such **graphic** violence that children can't watch it.
這部電影的暴力畫面太寫實了，所以小孩子不能看。

pro-（字首）向前
program [ˋprogræm]（n.）節目；計劃；方案

例 After the ten-week **program**, he never touched fried food again.
在執行十週的計劃後，他再也不碰油炸的食物了。

實用字

dia-（字首）居中；穿越
diagram [ˋdaɪəˏgræm]（n.）圖表；圖解；曲線圖

例 If you follow this simple **diagram**, you can build the desk in just one hour.
如果你依照這個簡單的圖表做，你可以在一個小時內做出一張書桌。

tele-（字首）遠的
telegram [ˋtɛləˏgræm]（n.）電報

例 My great-grandfather sent a **telegram** to family members in the old days -- unlike just sending out a quick e-mail today.
以前我的曾祖父都會發電報給家庭的成員們，不像現在都是寄快速的電子郵件。

進階字

-litho-（字根）石頭
lithograph [ˋlɪθəgræf]（n.）平版印刷，石版畫

例 As an avid art enthusiast, his apartment was cluttered with **lithographs**.
身為一個狂熱的藝術愛好者，他的公寓塞滿了石版畫。

poly-（字首）許多
polygraph [ˋpɑlɪˏgræf]（n.）測謊器

例 To prove your innocence, why not take a **polygraph** test?
為了要證明你的清白，何不接受測謊？

Quiz Time

中翻英，英翻中

(　　) 1. 圖表　　　（A）program　　（B）diagram　　（C）telegram

(　　) 2. 測謊器　　（A）autograph　（B）photograph（C）polygraph

(　　) 3. graphic　　（A）生動寫實的（B）石版畫　　（C）計劃

(　　) 4. grammar　　（A）電報　　　（B）文法　　　（C）節目

(　　) 5. biography（A）傳記　　　（B）自傳　　　（C）親筆簽名

解答：1. B 2. C 3. A 4. B 5. A

和「動作」有關的字根 25

-gress-

▶to walk, to step，表「行走；踩踏」

這個字根也可以轉化為 -grad-, -gred-, -gree-。

🎧 mp3: 052

字首 + 字根

con + gress = congress

徐薇教你記　所有的人聯合起來，為了國家能向前進步而一起討論，這就是「國會」的功能。

con-（字首）一起（= 字首 co-）

congress [ˋkɑŋɡrəs]（n.）代表大會；國會

例　Our **congress** needs to do more work and argue less.
　　我們的國會需要多做事、少爭執。

pro + gress = progress

徐薇教你記　向前走，表示「有進步」囉！

pro-（字首）向前
progress [ˋprɑgrɛs]（n.）前進；進步；發展
例 I am happy with David's **progress** in Mr. Crane's science class.
我很高興大衛在克萊恩先生的科學課中有所進步。

(**trans + gress = transgress**)

徐薇教你記 從別的地方橫跨走過來，不應該跨越卻越界，表示「違法、侵犯」。

trans-（字首）穿越
transgress [trænsˋgrɛs]（v.）違法；侵犯
例 The evil child **transgresses** in a different way each day.
這個討人厭的孩子每天違反不同的規定。

字根 + 字尾

(**grad + ate = graduate**)

徐薇教你記 一步步往前走、年級不斷往上升，最後就可以「畢業」。

-ate（動詞字尾）做出…動作
graduate [ˋgrædʒʊˌet]（v.）畢業
例 If you don't **graduate** from high school, you can't get any job.
如果你沒有高中畢業，你沒辦法找到任何工作。

字首 + 字根 + 字尾

(**ag + gress + ive = aggressive**)

徐薇教你記 朝向別人踏步而去，表示是「積極的、有侵略性的、好鬥的」。

ag-（字首）朝向（ = 字首 ad-）
aggressive [əˋgrɛsɪv]（adj.）積極的；有侵略性的；好鬥的
例 If you want to win the basketball game, you need to be more **aggressive**.
如果你想贏得籃球比賽，你要更積極才行。

舉一反三 ▶▶▶

初級字 | de-（字首）向下
degree [dɪˋgri]（n.）程度；等級；度數
例 The high temperature today is thirty-seven **degrees**, so don't stay in the sun.
今天的最高溫是三十七度，所以別在太陽下逗留。

grade [gred] (n.) 等級；年級；成績
> 例 My final **grade** in the class was much lower than I expected.
> 我在班上最後的成績比我預想的還要差。

-al（形容詞字尾）和…有關的；有…性質的
gradual [ˋgrædʒʊəl] (adj.) 逐漸的，逐步的
> 例 The celebrity made many friends on her **gradual** ascent to superstardom.
> 該位名人在逐漸爬到巨星的地位時，也交到許多朋友。

實用字

in-（字首）進入
ingredient [ɪnˋgridɪənt] (n.) 烹調的原料；構成要素
> 例 The main **ingredient** of this popular drink is sugar.
> 這個流行飲料的主要原料是糖。

up [ʌp] (prep.) 向上
upgrade [ˋʌpˏgred] (v.) 升級；提高
> 例 It's time to **upgrade** to a better cell phone; this one is ancient.
> 該是升級到更好的手機的時候了，這支太古老了。

進階字

di-（字首）分開
digress [daɪˋgrɛs] (v.) 走向岔道；脫離主題
> 例 The speaker got so excited that he began to **digress** to his own personal story.
> 這個演講者談到激動之處，開始脫離主題講起自己的故事。

e-（字首）向外（= 字首 ex-）
egress [ˋigrɛs] (n.) 外出；出路
> 例 After the explosion, the three firefighters made **egress** from the building unharmed.
> 在爆炸之後，這三位消防員毫髮無傷地從大樓中走出來。

re-（字首）回來；向後
regress [rɪˋgrɛs] (v.) 逆行；回歸
> 例 As a society, we cannot **regress**; we must always move forward.
> 一個社會就是，我們不能倒退，我們必須總是向前走。

Quiz Time

拼出正確單字

1. 好鬥的 　＿＿＿＿＿＿＿＿＿＿＿＿

2. 進步 　＿＿＿＿＿＿＿＿＿＿＿＿

3. 升級 　＿＿＿＿＿＿＿＿＿＿＿＿

4. 逐漸的 　＿＿＿＿＿＿＿＿＿＿＿＿

5. 畢業 　＿＿＿＿＿＿＿＿＿＿＿＿

解答：1. aggressive 2. progress 3. upgrade 4. gradual 5. graduate

和「動作」有關的字根 26

-ject-

▶to throw，表「投擲」

jet（n.）噴射客機

🎧 mp3: 053

字首 + 字根

in + ject = inject

徐薇教你記 把東西投進去、丟進身體裡，就有「引入；注射」的意思。

in-（字首）進入

inject [ɪnˋdʒɛkt]（v.）注射；引入；投入

例 The monkey was **injected** with a special drug to help it sleep.
這隻猴子被注射了一種特別的藥物好幫助牠睡眠。

(ob + ject = object)

徐薇教你記　朝前方投擲出去，那個東西就是一個「物體」；向前方丟東西是為了表達「反對」。

ob-（字首）朝向
object [ˈɑbdʒɪkt]（n.）物體；對象；目標
　　　　[əbˈdʒɛkt]（v.）反對

例　The pool table is the largest **object** in the room, at three meters long.
這撞球檯是這個房間裡最大的物品，它有三公尺長。

(re + ject = reject)

徐薇教你記　把東西拋回去、丟還給人，表示「拒絕；駁回」。

re-（字首）返回
reject [rɪˈdʒɛkt]（v.）拒絕；丟棄；駁回

例　We had to **reject** most of the candidates for the position.
我們得回絕大部分想要這個位子的候選人。

字首 + 字根 + 字尾

(pro + ject + or = projector)

徐薇教你記　能向前投射東西的物品，就是「投影機」。

pro-（字首）向前
projector [prəˈdʒɛktɚ]（n.）投影機

例　More and more people are buying **projectors** instead of TVs.
愈來愈多人買投影機而不買電視了。

舉一反三▶▶▶

初級字	pro-（字首）向前 **project** [ˈprɑdʒɛkt]（n.）企劃；方案 　　　　[prəˈdʒɛkt]（v.）投擲，發射 例　If you want to complete the **project** on time, I suggest you start now. 如果你想要準時完成這個計劃，我建議你現在就趕快開始。
	sub-（字首）在…下面 **subject** [səbˈdʒɛkt]（v.）使隸屬；使遭遇；呈交 例　The defendant was **subjected** to harsh treatment from the prosecutor. 檢察官對該名被告提出嚴厲的控訴。

實用字	e- (字首) 向外 (= 字首 ex-) **eject** [ɪˋdʒɛkt] (v.) 噴射，吐出；逐出 例 Quick! **Eject** the CD now before the machine destroys it! 快！在機器毀了這張 CD 之前把它拿出來！
	inter- (字首) 在…之間 **interject** [͵ɪntɚˋdʒɛkt] (v.) 插話，插嘴 例 "That's not true!" the angry man **interjected**. 那生氣的男人插嘴道：「那不是真的！」
進階字	ad- (字首) 朝向 **adjacent** [əˋdʒesənt] (adj.) 毗連的；鄰接的 例 The criminal is in an **adjacent** building preparing to rob this bank. 該名罪犯就在他準備要去搶劫的那間銀行隔壁。
	con- (字首) 一起 (= 字首 co-) **conjecture** [kənˋdʒɛktʃɚ] (n.) 推測，猜測 例 The paramedic made an immediate **conjecture** about the man's injuries. 醫療人員對這男人的受傷做出立即的推測。

? Quiz Time

將下列選項填入正確的空格中

(A)in　(B)ob　(C)re　(D)sub　(E)pro

(　　)1. 呈交 = _____ + ject

(　　)2. 企劃 = _____ + ject

(　　)3. 注射 = _____ + ject

(　　)4. 拒絕 = _____ + ject

(　　)5. 物體 = _____ + ject

解答：1. D　2. E　3. A　4. C　5. B

和「動作」有關的字根 27

-join-

▶**to connect, to join**，表「連接；加入」

join 當動詞是「加入」，當字根時也表示「加入、連結」。-junct-
是它的變形。

🎧mp3: 054

字首 + 字根

dis + join = disjoin

dis-（字首）分離；分開
disjoin [dɪsˋdʒɔɪn]（v.）分開

例　I have finally **disjoined** the pieces of frozen bread.
　　我最後終於把結凍在一起的麵包給分開了。

字根 + 字尾

join + t = joint

徐薇教你記　joint 接合起來的地方，指「關節」或「兩河匯流處、兩條馬路
的交叉點」。

joint [dʒɔɪnt]（n.）接合點；關節

例　When people get older, their **joints** tend to hurt more often.
　　當人們年紀愈來愈大，他們的關節就愈常容易疼痛。

字首 + 字根 + 字尾

con + junct + ion = conjunction

徐薇教你記　連結在一起的狀態，就是「結合」；將兩個單字或句子結合起
來的東西，就是「連接詞」。

con-（字首）一起（= 字首 co-）
conjunction [kənˋdʒʌŋkʃən]（n.）連接詞；結合；關聯

例　Our national government is working in **conjunction** with local police.
　　我國政府和地方警察單位通力合作。

舉一反三 ▶▶▶

初級字	**ad-**（字首）朝向 **adjoin** [ə`dʒɔɪn]（v.）貼近；毗連 例 The Siamese twins are **adjoined** at the hip. 這對暹羅雙胞胎彼此臀部相連。
	join [dʒɔɪn]（v.）連結；參加；鄰接 例 Would you like to **join** the ski club this year? 你今年要加入滑雪社嗎？
實用字	**in-**（字首）進入 **injunction** [ɪn`dʒʌŋkʃən]（n.）命令；指令；法院禁止令 例 The man filed an **injunction** against his wife, stating that she had tried to kill him. 該名男子對他太太提出法院的禁止令，原因是他聲稱她試圖要殺害他。
	-ure（名詞字尾）表「過程、結果、上下關係的集合體」 **juncture** [`dʒʌŋktʃɚ]（n.）連結；接合處；緊要關頭 例 At this **juncture**, it is better that we take a break and resume the trial again at 4:00. 在這個節骨眼上，我們最好休息一下，然後四點後再繼續審訊。
進階字	**en-**（字首）使… **enjoin** [ɪn`dʒɔɪn]（v.）依法強制或禁止；囑咐 例 He was **enjoined** by the police from leaving the scene of the crime. 警察禁止他離開犯罪現場。
	sub-（字首）在…下方 **subjoin** [səb`dʒɔɪn]（v.）在最後增補，添加 例 We are required to **subjoin** our letter to the application. 我們被要求在申請書上補上我們的信。

和「動作」有關的字根 **-join-**

拼出正確單字

1. 參加　＿＿＿＿＿＿＿＿＿＿＿

2. 關節　＿＿＿＿＿＿＿＿＿＿＿

3. 連接詞　＿＿＿＿＿＿＿＿＿＿＿

4. 毗連　＿＿＿＿＿＿＿＿＿＿＿

5. 分開　＿＿＿＿＿＿＿＿＿＿＿

解答：1. join 2. joint 3. conjunction 4. adjoin 5. disjoin

和「動作」有關的字根 28

-jud-/-jur-/-jus-

▶to judge，表「判斷」

🎧 mp3: 055

衍生字

judge [dʒʌdʒ] (v.) 審判；裁決；判斷

(n.) 法官；裁判員

例 You need to **judge** which of these five posters is best.
你得要決定這五張海報哪一張最好。

字根 + 字尾

(**jur + y = jury**)

-y（名詞字尾）表「專有名詞的總稱」

jury [ˋdʒʊrɪ] (n.) 陪審團；競賽的評審委員會

例 Not everyone in the **jury** could agree on whether the man was guilty.
並非每一位陪審團成員都同意這男人有罪。

(jus + t = just)

-t（拉丁字尾）拉丁形容詞字尾（= 拉丁字尾 -tus）

just [dʒʌst]（adj.）公平正義的；合理的；恰當的

（adv.）剛好；僅

例 He cooked the noodles **just** right; not too hard, not too soft.
他把麵煮得剛剛好，不會太硬也不會太軟。

單字 + 字尾

(just + ice = justice)

-ice（名詞字尾）表「狀態；特質」

justice [ˈdʒʌstɪs]（n.）正義；公平；司法審判

例 The young girl's family wanted to see her killer brought to **justice**.
那女孩的家人想要看到殺害她的殺手受到司法制裁。

字首 + 字根 + 字尾

(pre + jud + ice = prejudice)

徐薇教你記 事先就先做了判斷，就是一種「偏見」。

pre-（字首）在…之前

prejudice [ˈprɛdʒədɪs]（n.）偏見，歧視

例 There can be some **prejudice** involved when two people of different backgrounds meet.
當來自不同背景的兩個人相遇時，其中可能會有一些偏見在裡面。

補充 世界名著《傲慢與偏見》的原名就是 *Pride and Prejudice*。

舉一反三 ▶▶▶

初級字	in-（字首）表「否定」 **injure** [ˈɪndʒɚ]（v.）傷害；損害；毀壞 例 I don't ride motorcycles because I'm afraid of being **injured**. 我不騎機車，因為我怕受傷。
	-y（名詞字尾）表「狀態，情況」 **injury** [ˈɪndʒərɪ]（n.）傷害；損害 例 We don't know the extent of his **injuries**, yet. 我們還不知道他受傷的程度。

實用字	**-ial**（形容詞字尾）和…有關的 **judicial** [dʒuˋdɪʃəl]（adj.）司法審判的；法官的；法院判定的 例 The **judicial** system needs to be cleansed of all corruption. 司法系統需要排除掉所有的貪腐問題。
	-fy（動詞字尾）使做出…；使…化 **justify** [ˋdʒʌstəˌfaɪ]（v.）證明合法；辯護 例 The CEO can't **justify** giving himself a raise when the company is nearly bankrupt. 該名 CEO 不能在這個公司快倒閉的時候，還合理化他自己的加薪。
進階字	**ab-**（字首）分開 **abjure** [əbˋdʒʊr]（v.）宣誓放棄 例 The prosecutor was forced to **abjure** his previous statement. 該名檢察官被迫放棄他先前的發言。
	ad-（字首）朝向 **adjure** [əˋdʒʊr]（v.）嚴令；懇請 例 The prosecutor **adjured** that the defendant answer the question. 該名檢察官命令被告要回答這個問題。

? Quiz Time

填空

（　）1. 偏見：pre＿＿ice　　（A）jud　（B）jur　（C）just

（　）2. 陪審團：j＿＿　　　（A）ust　（B）udge　（C）ury

（　）3. 辯護：just＿＿　　　（A）ize　（B）ify　　（C）ate

（　）4. 損害：＿＿jure　　　（A）ab　（B）ad　　（C）in

（　）5. 司法審判的：ju＿＿　（A）stice （B）dicial （C）dical

解答：1. A 2. C 3. B 4. C 5. B

和「動作」有關的字根 **29**

-lect-

▶to choose, to gather，表「選擇；收集」 🎧 mp3: 056

和「動作」有關的字根 **-lect-**

字首 + 字根

col + lect = collect

徐薇教你記 選擇東西後把他們放在一起，就是「收集」。

col-（字首）一起（= 字首 co-）
collect [kəˋlɛkt]（v.）收集；採集；使集合

例 When I was a newspaper carrier, I had to **collect** money from my customers.
當我做送報生時，我還必須跟客戶收錢。

se + lect = select

徐薇教你記 把東西篩選然後分開，也就是「挑選」。挑選好的東西，表示是「精選的、極好的」。

se-（字首）分開
select [səˋlɛkt]（v.）選擇；挑選；選拔
　　　　　　　　（adj.）精選的；最好的

例 Could you explain how you **selected** someone to represent the company?
你可以解釋一下你是如何選出公司代表的嗎？

inter + lect = intellect

徐薇教你記 能在兩者之間做出好的選擇，就是「智力」的展現。

inter-（字首）在…之間；互相
intellect [ˋɪntḷˌɛkt]（n.）智力；理解力；思維能力

例 He is a man more noted for his **intellect** than his charm.
他的才智比他的魅力更受人矚目。

字根 + 字尾

lect + ure = lecture

徐薇教你記 收集、篩選、閱讀所有的東西之後，就要進行「演講、講課」。

-ure（名詞字尾）表「過程；結果；上下關係的集合」
lecture ['lɛktʃɚ] (n./v.) 授課；演講

例 My father's **lecture** about dating lasted for two hours.
我爸爸對於約會這件事長篇大論地說了兩個小時。

字首 + 字根 + 字尾

se + lect + ion = selection

徐薇教你記 挑選的狀態，指「選擇、選拔」。

-ion（名詞字尾）表「動作的狀態或結果」
selection [sə'lɛkʃən] (n.) 選擇；選拔

例 Please make a **selection** from the choices we have available.
請從我們提供的選項中做出一個抉擇。

舉一反三 ▶▶▶

初級字	e-（字首）向外（= 字首 ex-） **elect** [ɪ'lɛkt] (v.) 選舉；推選；選擇 例 If you were **elected** President, what would you do differently? 如果你被推選為總統，你會有什麼不同的創舉？
	legend ['lɛdʒənd] (n.) 傳說；傳奇人物；圖例 例 This drama was adapted from several Chinese **legends**. 這齣戲是根據幾個中國傳說故事改編的。 補充 來自法文的 legenda，原指「在教堂裡被廣為閱讀、有關聖人們的故事」。
實用字	-ion（名詞字尾）表「動作的狀態或結果」 **collection** [kə'lɛkʃən] (n.) 收藏品 例 My dad has a great **collection** of old papers in his study. 我爸在書房裡收藏了一大堆的舊報紙。

re- （字首）再次；返回
recollect [ˌrɛkə'lɛkt] （v.）回憶，追憶，記起

例 I don't **recollect** what he said to me that night.
我想不起來他那晚對我說的話。

進階字

-ion （名詞字尾）表「動作的狀態或結果」
election [ɪ'lɛkʃən] （n.）選舉；推選；選擇

例 The latest poll showed that the youngest candidate could be the dark horse in the **election**.
最新民調顯示，最年輕的那名候選人有可能是選舉的黑馬。

-neg- （字根）表「否定」
neglect [nɪg'lɛkt] （v./n.）忽視，忽略；疏忽

例 This baby looks too skinny and dirty; it's obviously a case of **neglect**.
這個嬰兒看起來既瘦又髒，很明顯是一個疏於照顧的案例。

? Quiz Time

將下列選項填入正確的空格中

(A) se (B) col (C) neg (D) e (E) intel

(　) 1. 選舉 = ＿＿＿＿＿＿ + lect

(　) 2. 智力 = ＿＿＿＿＿＿ + lect

(　) 3. 收集 = ＿＿＿＿＿＿ + lect

(　) 4. 挑選 = ＿＿＿＿＿＿ + lect

(　) 5. 忽略 = ＿＿＿＿＿＿ + lect

解答：1. D 2. E 3. B 4. A 5. C

和「動作」有關的字根 30

-log-/-loqu-

▶to speak，表「說話」

🎧 mp3: 057

衍生字尾

log + y = logy

徐薇教你記 所說出的內容組成的東西，就是「學科、…學」。

biology [baɪˋɑlədʒɪ]（n.）生物學
zoology [zoˋɑlədʒɪ]（n.）動物學

例 **Biology** and **zoology** are both his obligatory courses.
生物學和動物學都是他的必修課程。

單字 + 字尾

logic + al = logical

徐薇教你記 -log- 說話，-al 形容詞字尾。logic 邏輯，logical 說話合乎道理或邏輯的。

logic [ˋlɑdʒɪk]（n.）邏輯
logical [ˋlɑdʒɪk!]（adj.）邏輯學的；合邏輯的；合理的

例 After several interviews of the witnesses, the detective made a **logical** argument.
面談過幾位目擊者之後，那位偵探做了一個合乎邏輯的推論。

字首 + 字根

cata + log = catalog

徐薇教你記 能夠把所有東西都說明得完整清楚，把商品和功能說得很完整的東西，就是「產品目錄」。

cata-（字首）向下；完整
catalog [ˋkætəlɔg]（n.）目錄；登記，記載
（v.）編入目錄；登記

例 The company mails their latest **catalog** to us every season.
那家公司每一季都會寄送他們最新的目錄給我們。

字首 + 字根 + 字尾

e + loqu + ent = eloquent

徐薇教你記 能對外說話的性質、很會說，表示「雄辯的、有說服力的」。

e-（字首）向外（= 字首 ex-）

eloquent [ˈɛləkwənt]（adj.）雄辯的；有說服力的

例 Debbie is such an **eloquent** speaker that she will probably win the contest.
黛比是一位如此有說服力的演說者，所以她應該很有可能贏得比賽。

舉一反三▶▶▶

初級字	dia-（字首）透過，貫穿 **dialogue** [ˈdaɪəˌlɔg]（n.）對話；對白 記 透過說話來進行的活動，就叫「對話」。 例 If you want to perform this drama in two weeks, you need to memorize the **dialogue**. 如果你兩週後想要表演這齣戲劇，你需要記下所有的對白。
	logo [ˈlogo]（n.）路標；標識；商標（logogram 或 logotype 的縮寫） 記 一家公司的商標能說出代表公司的形象與理念。 例 Most artists wore T-shirts with the **logo** of this anti-drug activity. 多數藝人穿著印有這次反毒活動標識的 T 恤。
實用字	apo-（字首）離開 **apologize** [əˈpɑləˌdʒaɪz]（v.）道歉；認錯；賠不是 例 I **apologize** for the misunderstanding; it won't happen again. 我為這個誤解道歉，以後再也不會發生了。
	mono-（字首）單一的 **monologue** [ˈmɑnəˌlɔg]（n.）獨白；獨角戲 例 The ending of the play calls for a ten-minute **monologue** from the leading actor. 這齣舞台劇最後由主角演出一段十分鐘的獨角戲做為結束。
進階字	col-（字首）一起（= 字首 co-） **colloquial** [kəˈlokwɪəl]（adj.）口語的；會話的 例 He often uses **colloquial** expressions instead of speaking simple sentences. 他通常使用口語的措詞來表達，而不只是簡單的句子。

pro- （字首）向前
prologue [ˈproˌlɔg]（n.）序言；開場白；序幕
例 If you want to write a book, I suggest that you ask someone else to write a **prologue** for you.
如果你想寫一本書，我建議你要找其他人為你寫序言。

? Quiz Time

中翻英，英翻中

（　）1. colloquial （A）口語的　（B）雄辯的　　（C）合邏輯的

（　）2. 獨角戲　（A）dialogue （B）monologue （C）prologue

（　）3. apologize （A）道歉　　（B）對話　　（C）有說服力的

（　）4. 商標　　（A）logic　　（B）logo　　（C）logical

（　）5. catalog　（A）序言　　（B）對白　　（C）目錄

解答：1. A 2. B 3. A 4. B 5. C

和「動作」有關的字根 **31**

-meter-

▶to measure，表「測量；估量」

記 meter 公尺。要測量看看才知道有多少公尺。

🎧 mp3: 058

衍生字

meter

徐薇教你記 由古印歐字根 *me-（測量）而來。十七世紀時法國科學院投入度量衡的制定，當時的一公尺原本要定義為將四分之一的地球子午線長度分為一千萬等分，每一等分長度即為 one meter。

meter [ˈmitɚ] (n.) 公尺

例 The pool was only one **meter** deep, but my brother was still afraid.
這個池子只有一公尺深,但我弟弟還是很怕。

(**measure**)

徐薇教你記 來自拉丁文 metiri 和過去分詞 mensus,表「衡量、測量」。

measure [ˈmɛʒɚ] (v.) 測量
(n.) 方法;措施

例 I would like you to **measure** the length of this table.
我要你測量一下這張餐桌的長度。

字根 + 字根

(**baro** + **meter** = **barometer**)

徐薇教你記 測量壓力的東西,也就是「氣壓計」。

-baro- (字根) 壓力
barometer [bəˈrɑmətɚ] (n.) 氣壓計;晴雨計

例 The **barometer** just moved above thirty, so I think the weather will improve.
晴雨表指針只到三十,所以我認為天氣會變好。

(**thermo** + **meter** = **thermometer**)

徐薇教你記 測量熱的東西,也就是「溫度計」。

-thermo- (字根) 熱
thermometer [θɚˈmɑmətɚ] (n.) 溫度計

例 The **thermometer** outside this window says that it is only seven degrees.
窗外的溫度計顯示現在只有七度。

字首 + 字根 + 字尾

(**sym** + **meter** + **y** = **symmetry**)

徐薇教你記 測量出來兩邊是相同的東西,也就有「對稱性」。

sym- (字首) 相同的
symmetry [ˈsɪmɪtrɪ] (n.) 對稱性

例 The building design exhibited total **symmetry**, with the right side looking exactly like the left side.
這棟建築的設計完全展現了對稱性,它的右邊和左邊看起來完全一樣。

舉一反三 ▶▶▶

初級字	**cent-**（字首）百的；百分之一的 **centimeter** [`sɛntəˌmitə] (n.) 公分 例 The boy is only in sixth grade, but he's already 175 **centimeters** tall. 那男孩才讀六年級，就已經有一百七十五公分高了。
	deci-（字首）十的；十分之一的 **decimeter** [`dɛsəˌmitə] (n.) 十分之一公尺；十公分 例 That basketball player is at least a **decimeter** taller than anyone else on our team. 該名籃球選手最少都比我們隊裡的任何一名球員高十公分以上。
實用字	**-opt-**（字根）眼睛 **optometry** [ɑp`tɑmətrɪ] (n.) 驗光；視力檢驗 例 Advances in **optometry** technology have given the visually impaired a reason to hope. 視力檢測技術的進步讓視力衰退的人可以重獲希望。
	-ped-（字根）腳 **pedometer** [pɪ`dɑmətə] (n.) 計步器 例 My dad carries a **pedometer** wherever he goes. 我爸不論走到哪裡都帶著一個計步器。
進階字	**-chrono-**（字根）時間 **chronometer** [krə`nɑmətə] (n.) 精密計時器 例 This isn't just any regular watch; it's a high quality **chronometer**. 這不是一般的手錶，它可是個高品質的精密計時器。
	gas [gæs] (n.) 瓦斯 **gasometer** [gæ`sɑmətə] (n.) 瓦斯儲放槽 例 It is dangerous to live next to **gasometers**. 住在瓦斯儲放槽隔壁是件很危險的事。

? Quiz Time

拼出正確單字

1. 溫度計　_____
2. 公分　_____
3. 測量　_____
4. 對稱性　_____
5. 驗光　_____

解答：1. thermometer 2. centimeter 3. measure 4. symmetry 5. optometry

和「動作」有關的字根 32

-miss-

▶to send，表「寄送」

🗒 miss 當動詞時，指「想念」。我把思念之情傳送出去給你。
變形包括 -mess-, -mis-, -mit- 等。

⚖ 字首 mis- = wrong 錯誤的。

🎧 mp3: 059

字首 + 字根

（ dis + miss = dismiss ）

徐薇教你記 把東西送走、送離開，就是「打發某人」，也有「解雇、解散」
的意思。

dis-（字首）分開；離開
dismiss [dɪsˋmɪs] (v.) 解僱；解散

📝 The principal **dismissed** the students after the ceremony.
校長在典禮過後請同學解散。

> **pro + mis = promise**

pro-（字首）向前
promise [ˈprɑmɪs]（v.）承諾

例 I won't tell anyone. I **promise**.
　我不會跟任何人說的。我保證。

字根 + 字尾

> **mess + age = message**

徐薇教你記　所傳送的東西全部集結起來，就是「訊息、口信、書信」。

-age（名詞字尾）表「集合名詞；總稱」
message [ˈmɛsɪdʒ]（n.）訊息；口信

例 Ruby is not available right now. May I take your **message**?
　露比現在沒空。我可以幫您留個言嗎？

> **miss + ion = mission**

徐薇教你記　呈現傳送的狀態，指傳送消息。傳送消息的人就是「使團、代表團」，而這些團體都負有「特殊任務」。

-ion（名詞字尾）表「動作的狀態或結果」
mission [ˈmɪʃən]（n.）使命；任務；外交使節團

例 I have a **mission** to help every child read in this country.
　我在這個國家有個任務就是協助每個孩童閱讀。

舉一反三▶▶▶

初級字	ad-（字首）朝向 **admit** [ədˈmɪt]（n.）認可、承認 例 **Admit** it! You killed the man, didn't you? 　承認吧！你殺了那男人，不是嗎？
	-er（名詞字尾）做…的人 **messenger** [ˈmɛsṇdʒɚ]（n.）使者；電報、郵件的信差 例 Millions of people use Facebook **Messenger** to communicate with friends. 　數以百萬計的人使用臉書的即時通來與朋友溝通聯絡。

實用字	**-ile**（名詞字尾）表「事物」 **missile** [`mɪsḷ]（n.）飛彈；投射物 例 Russia has just finished building a new **missile** defense system. 俄羅斯才剛建造完成一個新的飛彈防禦系統。
	o-（字首）相對於（= 字首 ob-） **omit** [əˋmɪt]（v.）忽略、遺漏 例 I'm afraid you were **omitted** from the guest list. 很抱歉，可能你的名字在客人名單中漏掉了。
進階字	**com-**（字首）一起（= 字首 co-） **compromise** [ˋkɑmprəˏmaɪz]（n./v.）妥協；折衷 記 我們來一起共同作出承諾，也就彼此互相「妥協」。 例 Instead of fighting all the time, let's just **compromise**. 為了取代整天爭鬥，我們就互讓一步吧。
	e-（字首）向外（= 字首 ex-） **emit** [ɪˋmɪt]（v.）散發；放射；發出 例 I can see that his chimney is **emitting** black smoke. 我可以看到他的煙囪正冒著黑煙。
	trans-（字首）穿越；橫過 **transmit** [trænsˋmɪt]（v.）傳送；傳達；傳播 例 It's easy to **transmit** diseases to others if you don't cover your mouth when you cough. 如果你咳嗽的時候不搗住嘴巴，這樣很容易將疾病傳染給別人。

? Quiz Time

依提示填入適當單字

直↓　1. You should _____ your mistake and say sorry to him.

　　　3. The teacher _____ed the class early because of the meeting.

　　　5. _____ me that you won't tell him my secret.

橫→ 2. Everybody watched the _____ launch on TV.

4. She is not available right now. May I take a _____?

6. He failed to _____ the signal, so no one could find him.

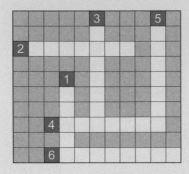

解答：1. admit 2. missile 3. dismiss 4. message 5. promise 6. transmit

和「動作」有關的字根 33 ....

-mov-

▶to move，表「移動」

變形包括 -mob-, -mot- 等。

記 mob 當名詞時指「暴民；烏合之眾」，暴民會到處移動作亂。 🎧 mp3: 060

字首 + 字根

(re + mov = remove)

徐薇教你記 把東西向後移開，也就是「移除、去除」。

re-（字首）往後；離開

remove [rɪˋmuv]（v.）移除、去除

例 The facial cream can **remove** extra oil from the skin.
這種臉霜可以移除皮膚上多餘的油脂。

字根 + 字尾

mov + ment = movement

> **徐薇教你記** 移動的結果、狀態，就是「動作、移動」。

-ment（名詞字尾）表「結果；狀態」

movement [`muvmənt]（n.）動作、移動；動向

例 The new dance we learned today involves a lot of quick **movements**.
我們今天學的這個新舞蹈有很多快動作。

字首 + 字根 + 字尾

e + mot + ion = emotion

> **徐薇教你記** emotion 想要向外移動的情況，就表示有強烈的「感情、情緒、情感」。

e-（字首）向外（= 字首 ex-）

emotion [ɪ`moʃən]（n.）感情；情緒

例 The mayor seldom expressed his **emotions** in public.
該名市長很少在公開場合表現他的情緒。

舉一反三 ▶▶▶

初級字	-ile（形容詞字尾）易於…的 **mobile** [`mobɪl]（adj.）可動的；移動式的；活動的 例 When **mobile** phones came out in the 1980s, only a few people got them. 當一九八〇年代行動電話剛出現的時候，只有少部分的人擁有。
	move [muv]（n./v.）移動；遷移 例 The young boy spent all day trying to learn Michael Jackson's dance **moves**. 那個年輕人花了一整天試著學習麥克傑克遜的舞步。
實用字	-ive（名詞或形容詞字尾）具…性質的事物 **motive** [`motɪv]（n.）動機；主旨；目的 例 The killer had no **motive** to commit the crime -- he just went crazy. 那個兇手沒有行兇動機，他只是發瘋了。

-ate（動詞字尾）做出…動作
motivate ['motə,vet]（v.）刺激；激發
例 We need to find new ways to **motivate** the soldiers to run faster.
我們需要找到新方法來激勵士兵們跑得更快。

進階字

-al（形容詞字尾）和…有關的
emotional [ɪ'moʃənl]（adj.）感情強烈的；激動的
例 The bride's parents became quite **emotional** during the wedding.
新娘的父母在婚禮中變得很激動。

pro-（字首）向前
promote [prə'mot]（v.）晉升；促進；宣傳推銷
例 Maria has to sing at many places to **promote** her new CD.
瑪莉亞必須在很多地方演唱來宣傳她的新專輯。

? Quiz Time

從選項中選出適當的字填入空格中使句意通順

mobile / emotion / motive / promote / remove

1. She insisted she had no _____ to kill the man.

2. He tends not to show much _____ in public.

3. Use this detergent to _____ the old stains.

4. The salesperson thought up some new ways to _____ the products.

5. He broke his bones, so he won't be _____ for a while.

解答：1. motive 2. emotion 3. remove 4. promote 5. mobile

和「動作」有關的字根 34

-par-

▶to arrange, to prepare，表「安排；準備」

記 pare（v.）削果皮，客人來之前要把水果先準備好。 mp3: 061

字首 + 字根

com + par = compare

徐薇教你記 把東西安排在一起，才能加以「比較」。

com-（字首）一起（= 字首 co-）
compare [kəmˋpɛr]（v.）比較；對照

例 Her beauty does not **compare** with my ex-girlfriend.
她的美貌比不上我的前女友。

pre + par = prepare

徐薇教你記 事前先去處理安排，就是「做準備」。

pre-（字首）在…之前
prepare [prɪˋpɛr]（v.）準備；籌備；籌劃

例 Many students cancelled all their activities to **prepare** for a big test.
很多學生取消了他們所有的活動來準備大考。

字首 + 字根 + 字尾

se + par + ate = separate

徐薇教你記 把東西分開來安排、準備，就是「使分開、使分離」。

se-（字首）分開
separate [ˋsɛpəˌret]（v.）使分開；使分離

例 You have to **separate** the egg whites from the yolks when making a cake.
做蛋糕的時候，你得要先把蛋黃和蛋白分開來。

舉一反三 ▶▶▶

初級字

parent [ˈpærənt] (n.) 父或母；雙親之一
例 Her **parents** wanted her to be a doctor, but eventually she became a famous musician.
她的雙親希望她成為醫師，但後來她成了一位知名的音樂家。

---

re- (字首) 再次；返回
repair [rɪˈpɛr] (v.) 修理；修補；彌補
記 把東西處理回原來的樣子，也就是「修理」。
例 How much will it cost to **repair** my car?
修理我的車要花多少錢？

實用字

ap- (字首) 朝向 (= 字首 ad-)
apparently [əˈpærəntlɪ] (adv.) 明顯地
例 **Apparently**, they don't want this man to be the chairperson.
很明顯地，他們不希望這個男人當主席。

---

despair [dɪˈspɛr] (n./v.) 絕望
desperate [ˈdɛspərɪt] (adj.) 危急的；絕望的；鋌而走險的
例 Rebecca grew so **desperate** that she asked any boy she met to date her.
蕾貝卡很心急，以至於她去問所有她遇到的男生與她約會。

進階字

im- (字首) 表「否定」(= 字首 in-)
impair [ɪmˈpɛr] (v.) 削弱；減少；損害
例 You should not wear anything that **impairs** your ability to swing the baseball bat.
你不應該穿戴任何會妨礙你施展揮棒能力的東西。

-ative (形容詞字尾) 有⋯傾向的；有⋯關係的
imperative [ɪmˈpɛrətɪv] (adj.) 必要的；極重要的；命令式的
例 It is **imperative** that you pay attention to today's lesson.
你必須要非常專心注意今天的課程。

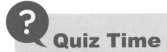

Quiz Time

拼出正確單字

1. 準備　＿＿＿＿＿＿＿＿＿＿＿＿

2. 比較　＿＿＿＿＿＿＿＿＿＿＿＿

3. 修理　＿＿＿＿＿＿＿＿＿＿＿＿

4. 分開　＿＿＿＿＿＿＿＿＿＿＿＿

5. 絕望的　＿＿＿＿＿＿＿＿＿＿＿＿

解答：1. prepare　2. compare　3. repair　4. separate　5. desperate

和「動作」有關的字根 35

-pend-

▶to hang, to weigh，表「懸掛；衡量」

-pens- 是這個字根的變形。

🎧 mp3: 062

字首 + 字根

de + pend = depend

徐薇教你記 掛在你的下面，也就是「靠著、依賴」。

de- （字首）向下

depend [dɪˋpɛnd] (v.) 依靠；依賴；取決於

例 Since you are twenty-five years old now, you shouldn't **depend** on your parents so much.
既然你現在已經二十五歲了，你不應該這麼依賴你的父母。

pens + ion = pension

徐薇教你記 懸掛起來衡量重量，以決定要補貼多少的錢，表示「津貼、撫恤金、養老金」。

-ion（名詞字尾）表「動作的狀態或結果」

pension [`pɛnʃən] (n.) 養老金

例 We find it difficult to live on such a small **pension**.
我們發現要靠這一丁點兒的養老金過日子很困難。

字首 + 字根 + 字尾

com + pens + ate = compensate

徐薇教你記 把得與失懸掛在一起來衡量，以決定要「補償」多少。

com-（字首）一起（= 字首 co-）

compensate [`kɑmpən͵set] (v.) 補償；賠償

例 John gave his wife a diamond ring to **compensate** for not having dinner with her on her birthday.
約翰送了一枚鑽戒給他太太，做為無法在她生日和她一起吃晚餐的補償。

舉一反三 ▶▶▶

初級字	ex-（字首）向外 **expend** [ɪk`spɛnd] (v.) 消費；花錢 例 Don't **expend** all your money on clothing and accessories. 別把你所有的錢都花在服裝和飾品上。  sus-（字首）在…下面（= 字首 sub-） **suspend** [sə`spɛnd] (v.) 懸掛；中止；吊銷執照 記 往下掛一個「休息中」的牌子，也就是「不再進行、暫時停止」。 例 After his third offense, the student was **suspended** for one week. 在第三次違反校規後，那個學生被罰停課一週。
實用字	ap-（字首）朝向（= 字首 ad-） **append** [ə`pɛnd] (v.) 添附；附加 例 Please **append** this memo to the packets you are handing out in the meeting. 請附加這份備忘錄到你要在會議中發放的資料袋裡。

pending [ˋpɛndɪŋ]（adj.）懸而未決的；迫近的

例 The sale is **pending** until tomorrow morning when the banks open.
那個交易會延到明天早上銀行開始營業的時候才會進行。

進階字

-ix（名詞字尾）學術或技術用語（= 字尾 -ic）

appendix [əˋpɛndɪks]（n.）附錄；附件；附加物

例 If you want to find the name of the sources the author used, check the **appendix**.
如果你想要找到作者使用的資料來源名稱，可以查閱附錄。

pendulum [ˋpɛndʒələm]（n.）擺錘；鐘擺

例 There was no sound in the room other than the swinging **pendulum** of the grandfather clock.
房間裡除了老爺鐘在搖動的鐘擺外，沒有其他的聲音。

? Quiz Time

依提示填入適當單字，並猜出直線處的隱藏單字

1. Dad got his _____ after he retired.

2. It's normal for little kids to _____ on their parents.

3. Flights to Paris were _____ed because of the storm.

4. Please _____ a short footnote to the text.

5. These cases are still _____.

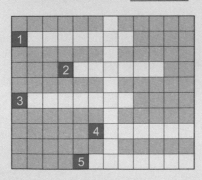

解答：1. pension 2. depend 3. suspend 4. append 5. pending
隱藏單字：compensate

和「動作」有關的字根 36

-pict-

▶to paint，表「畫畫」

🎧 mp3: 063

衍生字

pinto [`pɪnto] （adj.）黑白斑紋的；雜色的

例 The yummy burrito is filled with **pinto** bean paste, ground beef and cheese.
這個美味的墨西哥捲餅裡面包著滿滿的花豆泥、碎牛肉和起司。

補充 pinto bean 像被畫滿了斑點的豆子，就是「花豆」。

字根 + 字尾

(**pict + ure = picture**)

徐薇教你記 所畫出來的結果就是「圖畫」。

-ure （名詞字尾）表「過程、結果、上下關係的集合體」
picture [`pɪktʃɚ] （n.）圖畫 （v.）想像；設想

例 Can you **picture** how funny his new hairstyle is?
你能想像得到他的新髮型有多好笑嗎？

字首 + 字根

(**de + pict = depict**)

徐薇教你記 向下把東西畫下來，就是在「描述、描繪」。

de- （字首）向下
depict [dɪ`pɪkt] （v.）描述，描繪

例 Cupid is **depicted** as a boy with wings and carries a bow and arrows.
邱比特常被描繪成一個有翅膀的小男孩隨身帶著弓和箭。

單字 + 字尾

(**picture + esque = picturesque**)

徐薇教你記 具有像圖畫一般的風格就是「如圖畫般美麗的、古色古香的、迷人的」

-esque（形容詞字尾）具有…風格的

picturesque [͵pɪktʃəˋrɛsk]（adj.）美麗的；古色古香的；如畫般的

例 The tourists enjoyed walking around the **picturesque** narrow lanes in the old town.
遊客們很喜歡在古鎮如畫般美麗的小巷弄裡到處逛逛。

舉一反三▶▶▶

初級字	-ion（名詞字尾）表「動作的狀態或結果」 **depiction** [dɪˋpɪkʃən]（n.）描繪，描寫 例 The police doubted his **depiction** of the accident. 他對意外的描述讓警方感到懷疑。 -ize（動詞字尾）使…化，使變成…狀態 **picturize** [ˋpɪktʃərͺaɪz]（v.）將…想像成畫面；將故事或作品拍成電影 例 His story of wandering in the jungle alone has been **picturized** by the famous Hollywood director. 他獨自在叢林流浪的故事已由好萊塢知名導演拍成電影了。
實用字	-graph-（字根）書寫、畫 **pictograph** [ˋpɪktəͺgræf]（n.）象形文字；圖像符號 例 Archaeologists found a lot of mysterious **pictographs** in the underground cave. 考古學家們在這個地下洞穴裡發現了許多神祕的圖像符號。 -gram-（字根）書寫、畫出來的東西 **pictogram** [ˋpɪktəͺgræm]（n.）圖像標誌 例 The **pictogram** shows that this room is for nursing mothers. We should not enter. 這張圖畫標誌顯示這裡是哺乳室。我們不應該進去。 補充 pictograph 和 pictogram 兩個字的字根 -graph-/-gram- 都表「書寫（write）、畫畫（draw）」。pictograph 是 19 世紀出現的字，最早指古代美國印第安人用圖像表示意思的符號，也就是「象形文字」；pictogram 則是 20 世紀才出現的字，主要指用畫的方式將想法表示出來，也就是「圖像標誌」。
進階字	-ory（形容詞字尾）具有…性質的 　　-al（形容詞字尾）表「狀況、事情」 **pictorial** [pɪkˋtorɪəl]（adj.）畫的；圖畫的；用圖表示的 例 The speaker made a **pictorial** PowerPoint file for his speech next week. 那名演講者為下週的演講做了一個有很多圖片的簡報檔。

> **-ment**（名詞字尾）表「結果或手段、性質」
> **pigment** [ˋpɪgmənt]（n.）色素；顏料
> 例 I don't like foods with artificial **pigments**, even if they are edible.
> 我不喜歡有人工色素的食物，即便它們是可食用的也不行。

? Quiz Time

拼出正確單字

1. 圖畫　　　_____
2. 描繪　　　_____
3. 如畫般的　_____
4. 色素　　　_____
5. 象形文字　_____

解答：1. picture 2. depict 3. picturesque 4. pigment 5. pictograph

和「動作」有關的字根 37

-port-

▶to carry，表「攜帶；運載」

port 當單字時，指「港口」。港口本來就是運輸的重要地方，所
以 -port- 當字根表示「運輸」。

🎧 mp3: 064

字首 + 字根

(**ex + port = export**)

徐薇教你記　向外把東西帶出去、運送出去，就是「出口」。

ex-（字首）向外
export [ɪksˋport]（v.）輸出，出口
　　　　 [ˋɛksˏport]（n.）輸出品；出口商品

例 Right now, China **exports** most of the world's electronics and toys.
目前世上大部份的電子產品和玩具都是由中國出口的。

(**im + port = import**)

徐薇教你記 把東西帶進來、運送進來，就是「進口」。

im- （字首）進入（＝字首 in-）

import [ɪm`port]（v.）輸入，進口，引進
[`ɪmport]（n.）進口商品；進口

例 Due to a terrible drought, our nation must **import** more fruits than usual.
由於乾旱很嚴重，我們國家必須進口比平常更多的水果。

(**re + port = report**)

徐薇教你記 不斷把消息帶回來，就是指「報告」或「提供新聞」。

re- （字首）再次；返回

report [rɪ`port]（v./n.）報導；報告

例 If I don't hand in my history **report** by five o'clock tomorrow, I'll get a score of zero.
如果我沒辦法在明天五點前交出歷史報告，我會得零分。

字根 + 字尾

(**port + able = portable**)

徐薇教你記 可以帶來帶去、隨意拿著走來走去，就是「可攜帶式的、手提的、輕便的」。

-able （形容詞字尾）可…的

portable [`portəbl̩]（adj.）便於攜帶的；手提式的；輕便的

例 **Portable** toilets can be found at many large outdoor events, such as concerts.
許多大型的戶外活動場合都可以看到流動廁所，例如演唱會。

(**port + er = porter**)

-er （名詞字尾）做…動作的人

porter [`portɚ]（n.）搬運工人；雜務工；行李員

例 After we checked in to the hotel, a tiny **porter** came to take our bags to our room.
在我們入住飯店後，一個小個兒搬運工來拿我們的行李到房間。

re + port + er = reporter

徐薇教你記 一再把消息帶回來、做報告的人，指「記者」。

　　　-er（名詞字尾）做…動作的人
reporter [rɪ`portɚ]（n.）記者

例 The **reporter** is trying to interview the angry basketball coach.
記者試著要去採訪那名生氣的籃球教練。

舉一反三 ▶▶▶

初級字	-ant（形容詞字尾）具…性的 **important** [ɪm`pɔrtn̩t]（adj.）重要的，重大的 例 It's **important** that you listen closely to the professor's speech. 仔細聽教授的演講對你來說很重要。
	port [port]（n.）港口；機場 例 Shanghai quickly became the busiest **port** in the eastern hemisphere. 上海迅速成為東半球最忙碌的港口。
	sup-（字首）在…下面（= 字首 sub-） **support** [sə`port]（v.）支持；擁護；贊成；資助 例 Children need the **support** of their parents when they encounter obstacles. 孩子遇到困難時需要他們父母的支持。
實用字	trans-（字首）橫越；跨過 **transport** [træns`port]（v.）運送，運輸 例 Those gangsters often force poor, innocent people to **transport** their drugs across the border. 那些幫派份子通常會強迫貧窮且無辜的人們幫他們帶毒品越境。
	transportation [ˌtrænspɚ`teʃən]（n.）運輸；輸送 例 The public **transportation** in this city is a joke; just buy your own car. 這個城市的大眾運輸工具真是個笑話，你還是買台車好了。

de- （字首）離開

deport [dɪ`port]（v.）驅逐出境；放逐

例 If you don't show that you are here legally, you will be **deported**.
如果你不能證明你的合法居留權,你將會被驅逐出境。

進階字

com- （字首）一起（= 字首 co-）

comport [kəm`port]（v.）舉止;一致;合適

例 If the students **comport** themselves well, they can have a pizza party on Friday.
如果學生們都能舉止合宜,他們週五就可以來個披薩派對。

folio [`folɪo]（n.）對開本;文件的一頁

portfolio [port`folɪo]（n.）文件夾,卷宗夾;代表作品集;投資組合

例 You should include several different investments in your retirement **portfolio**.
在你的退休規劃裡,你應該要包含幾個不同的投資項目。

? Quiz Time

填空

( ) 1. 手提式的:port___ (A) ive (B) ant (C) able

( ) 2. 支持:___port (A) sup (B) trans (C) com

( ) 3. 放逐:___port (A) ex (B) de (C) dis

( ) 4. 搬運工:port___ (A) er (B) or (C) ar

( ) 5. 進口:___port (A) ex (B) im (C) re

解答:1. C 2. A 3. B 4. A 5. B

-pon-/-pos-

▶to put, to place，表「擺放」

pose 當名詞是「姿勢」，當動詞是「擺姿勢」。

🎧 mp3: 065

字首 + 字根

com + pos = compose

徐薇教你記 把所有的音符擺在一起，就是「作曲」；把各種文字擺在一起，就是「作文」。

com-（字首）一起（= 字首 co-）

compose [kəm`poz]（v.）作文，作曲；組成

例 Bryan wants to **compose** a new song for his girlfriend.
布萊恩想要為他女友做一首新歌。

ex + pos = expose

徐薇教你記 把東西放到外面去，事情就「曝光、揭發」了。

ex-（字首）向外

expose [ɪk`spoz]（v.）使曝露於；揭露，揭發

例 We should **expose** how corrupt this government official is.
我們應該要揭發這位政府官員有多麼腐敗。

post + pon = postpone

徐薇教你記 把事物往後放、放到後面的時間點去，就是「延期、延後」。

post-（字首）在…之後

postpone [post`pon]（v.）延期，延遲，延緩

例 It's raining so hard! Let's **postpone** the game until next week.
雨下得真大！我們把比賽延到下個禮拜好了。

補充 postpone 的 post- 是字首，不是字根 -pos- 哦！

字根 + 字尾

pos + tion = position

徐薇教你記 擺放東西的地方，就是事物的「位置」。

-tion（名詞字尾）表「動作的狀態或結果」
position [pə`zɪʃən]（n.）位置；立場
（v.）把…放在適當位置

例 One day, I want to get a higher **position** at this company.
總有一天，我要在這家公司爬到更高的位置。

字首 + 字根 + 字尾

com + pon + ent = component

徐薇教你記 會擺放在一起的東西，就是組成事物的「零件、成分」。

com-（字首）一起（= 字首 co-）
component [kəm`ponənt]（n.）構成要素；零件；成分

例 The controller is the most important **component** of a video game system.
這個控制器是這台電動最重要的零件。

ex + pos + tion = exposition

徐薇教你記 向外擺出成果、將東西擺到外面讓人一覽無遺，就是「闡述」或「展覽會」。

ex-（字首）向外
exposition [͵ɛkspə`zɪʃən]（n.）闡述；詳盡說明；展覽會

例 We should check out the flora **exposition**; I hear it's beautiful.
我們應該去看看花卉博覽會，我聽說很漂亮。

舉一反三▶▶▶

初級字	**pose** [poz]（n.）姿勢；裝腔作勢 （v.）擺姿勢 例 The **pose** we struck for the picture was hilarious. 我們為拍照擺的姿勢太好笑了。
	pro-（字首）向前 **propose** [prə`poz]（v.）提議，提出；求婚 例 I **propose** that we start the project right away. 我提議我們現在立刻開始進行這個計劃。

實用字	pur- （字首）完全地 **purpose** [ˋpɝpəs]（n.）目的；意圖；用途 例 What is the **purpose** of your visit to the United States? 你們來美國參訪的目的是什麼？
	sup- （字首）在…之下（= 字首 sub-） **suppose** [səˋpoz]（v.）猜想，料想；假定 例 I **suppose** I could give you twenty thousand dollars for the car. 我想我可以用兩萬元跟你買這台車。
	op- （字首）相對於（= 字首 ob-） **opposite** [ˋɑpəzɪt]（adj.）對立相反的；對面的；相對的 例 He has the **opposite** point of view from me, so we often argue. 他的觀點和我相反，所以我們常吵架。
進階字	com- （字首）一起（= 字首 co-） **compound** [ˋkɑmpaund]（n.）混合物；化合物 例 The **compound** acetaminophen is often found to relieve headaches. 頭痛藥裡常可看到可緩解頭痛的乙醯胺酚化合物。
	de- （字首）向下 **deposit** [dɪˋpɑzɪt]（v.）放置；寄存；沈澱 例 You should **deposit** the money into my account as soon as possible. 你應該盡快將錢存入我的銀行帳戶裡。

❓ Quiz Time

依提示填入適當單字

直↓　1. Mom moved the furniture. Everything is in a different _____ now.

　　　3. What is the _____ of this meeting?

　　　5. I will _____ the lucky money into my account.

横→ 2. The singer wants to _____ a new song for his wife.

4. It's still raining! Let's _____ the game until next week.

6. They drove away in _____ directions.

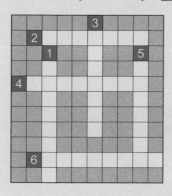

解答：1. position 2. compose 3. purpose 4. postpone 5. deposit 6. opposite

 和「動作」有關的字根 39

-press-

▶to press，表「按；壓」
按鈕上面的英文單字就是 press，指「按、壓」的意思。

 mp3: 066

字首 + 字根

(de + press = depress)

徐薇教你記 一直被人向下壓迫，人就會感到「沮喪」。

de-（字首）向下

depress [dɪˋprɛs]（v.）使沮喪，使消沈

例 There is no reason to be depressed; everyone has bad days.
沒有理由好沮喪的，每個人都有糟糕的日子。

(ex + press = express)

徐薇教你記 將想法向外推出去、擠壓出去，也就是「表達」。

ex- （字首）向外
express [ɪk`sprɛs] (v.) 表達；擠壓出

例 I want to **express** my deepest sympathy for your loss.
對你的損失我想表達我最深的同情。

(espresso)

徐薇教你記 義大利語的 espresso（濃縮咖啡），是以高壓蒸氣向外擠壓出來的咖啡。與 express 來自同一字根。

espresso [ɛs`prɛso] (n.) 義大利濃縮咖啡

例 Please fix one **espresso** with extra sugar for the tall gentleman.
請為那位高個兒先生做一份多加糖的濃縮咖啡。

(im + press = impress)

徐薇教你記 往心裡壓出一個印子，你就「留下印象」了。

im- （字首）進入（= 字首 in-）
impress [ɪm`prɛs] (v.) 對…印象深刻；壓印，蓋印於…

例 He failed to **impress** the job interviewer with his style of dress.
他無法以穿著品味來加深面試官的印象。

字根 + 字尾

(press + ure = pressure)

徐薇教你記 一直去擠壓的過程，就會造成「壓力」。

-ure （名詞字尾）表「過程、結果、上下關係的集合體」
pressure [`prɛʃɚ] (n.) 壓力；壓迫

例 The **pressure** of studying for his exams finally made the boy go crazy.
為考試唸書的壓力最後把那男孩給逼瘋了。

字首 + 字根 + 字尾

(im + press + ion = impression)

徐薇教你記 壓進去的結果，就會產生「壓痕」，壓進腦海裡的東西就是「印象」。

impression [ɪm`prɛʃən] (n.) 印象；印記；壓痕

例 It's a bad idea to give a poor **impression** of yourself on a first date.
在第一次約會時就給對方留下不好的印象是很糟的一件事。

舉一反三 ▶▶▶

右側直排：和「動作」有關的字根 **-press-**

初級字	**press** [prɛs]（v.）按，壓，擠 （n.）新聞；報紙 例 If you need service, just **press** this button and someone will come. 如果您需要服務，請按下這個鈕，就會有人來。
	-ion（名詞字尾）表「動作的狀態或結果」 **depression** [dɪˋprɛʃən]（n.）沮喪，意氣消沈；不景氣；低氣壓 例 The tropical **depression** hung over Taiwan for several days. 這個熱帶低壓籠罩台灣數天。
實用字	com-（字首）一起（= 字首 co-） **compress** [kəmˋprɛs]（v.）壓緊，壓縮；精簡 例 I would like to **compress** all these files into one folder. 我想要把這些檔案壓進一個資料夾裡。
	-ion（名詞字尾）表「動作的狀態或結果」 **compression** [kəmˋprɛʃən]（n.）壓縮，壓擠；壓抑 例 The **compression** of air was released suddenly, causing a gust of wind. 壓縮的空氣突然被釋放出來，造成一陣強風。
	-ion（名詞字尾）表「動作的狀態或結果」 **expression** [ɪkˋsprɛʃən]（n.）表達；表情；榨出，擠壓 例 The red flower is an **expression** of my feelings for you. 這朵紅色的花代表了我對你的感情。
進階字	re-（字首）再次；返回 **repress** [rɪˋprɛs]（v.）抑制；約束；鎮壓 例 I can't **repress** my feelings for you any longer. 我再也沒辦法壓抑我對你的感情。
	sup-（字首）在…下面（= 字首 sub-） **suppress** [səˋprɛs]（v.）鎮壓；抑制；封鎖 例 If you **suppress** your anger, you will finally explode one day. 如果你壓抑你的憤怒，你有一天就會爆發。

suppression [sə`prɛʃən] (n.) 壓制；鎮壓；抑制

例 The dictator of this poor nation supports the **suppression** of all anti-government opinions.
這個貧窮國家的獨裁者贊成對反政府意見進行鎮壓。

Quiz Time

將下列選項填入正確的空格中

(A) ex　(B) re　(C) im　(D) de　(E) com

(　) 1. 壓抑　　　= ＿＿＿＿＿＿ + press

(　) 2. 表達　　　= ＿＿＿＿＿＿ + press

(　) 3. 壓縮　　　= ＿＿＿＿＿＿ + press

(　) 4. 使沮喪　　= ＿＿＿＿＿＿ + press

(　) 5. 使印象深刻 = ＿＿＿＿＿＿ + press

解答：1. B 2. A 3. E 4. D 5. C

和「動作」有關的字根 **40** ·············

-prob-/ -prov-

▶to test，to try，表「測試；檢查」

🎧 mp3: 067

·············

衍生字

prove [pruv] (v.) 證明；證實

例 The latest experiment **proved** the new drug to be effective on the flu virus.
最新實驗證實這個新藥對流感病毒很有效。

probe [prob]（n.）探針；探查
（v.）探查；探究

例 The star walked away when the reporter tried to **probe** into his private life.
當記者開始要挖他的私生活時，那明星掉頭就走掉了。

字首 + 字根

(**im + prov = improve**)

徐薇教你記 進來做測試並檢查，就是為了要將原本的東西加以「改進、改善」。

im-（字首）進入（= 字首 in-）
improve [ɪm`pruv]（v.）改進；改善

例 You can **improve** your listening skills by watching English movies without subtitles.
你可以透過看沒字幕的英語電影來改善聽力技巧。

字首 + 字根 + 字尾

(**ap + prov + al = approval**)

ap-（字首）朝向（= 字首 ad-）
-al（名詞字尾）表「狀況；事情」
approval [ə`pruvl]（n.）同意；批准；贊同

例 Have you gotten the boss's **approval** for this project?
這個專案你有得到老闆的批准嗎？

舉一反三▶▶▶

初級字	**proof** [pruf]（n.）證據
	（adj.）不能穿透…的；防…的
	例 Do you have any **proof** that the painting is a real piece?
	你有任何證據證明這幅畫是真品嗎？
	approve [ə`pruv]（v.）批准；認可；贊同
	例 The board just **approved** the hiring of the new president.
	董事會剛同意新的董事長任命案。

-able（形容詞字尾）可…的

probable [`prɑbəbḷ]（adj.）很有可能的

記 可拿來驗證的就是「可假設為真的、有可能的」。

例 A **probable** explanation of the car accident is the bad weather.
這場車禍很有可能是因天候惡劣所造成。

-ment（名詞字尾）表「結果、手段；狀態、性質」

improvement [ɪm`pruvmənt]（n.）改進；改善

例 I would have to say that her cooking still needs **improvement**.
我會說她的廚藝仍有待改進。

dis-（字首）表「否定」

disapprove [͵dɪsə`pruv]（v.）不贊成；反對

例 The congress **disapproved** of the prime minister's proposal.
國會反對首相的提案。

dis-（字首）表「相反動作」

disprove [dɪs`pruv]（v.）證實…為假；駁倒

例 The myth that men drive better than women has been **disproved**.
男人比女人會開車的迷思已被證實是錯的。

補充 disapprove 是不去贊同、不表贊成，也就是「反對」；disprove 的 prove 是要證實為真，結果做出和證實為真相反的狀況，所以 disprove 就是「證實為假」。

im-（字首）表「否定」（= 字首 in-）

improbable [ɪm`prɑbəbḷ]（adj.）不大可能的；未必會發生的

例 The story sounds **improbable** but many people believe it.
這個故事聽起來不大可信，但許多人都相信了。

❓Quiz Time

中翻英，英翻中

（　）1. probable　　（A）防…的（B）很有可能的（C）驗證的

（　）2. 探究	（A）probe	（B）proof	（C）prove
（　）3. approve	（A）證實	（B）改善	（C）批准
（　）4. 駁倒	（A）improve	（B）disprove	（C）disapprove
（　）5. improvement	（A）改善	（B）反對	（C）證據

解答：1. B 2. A 3. C 4. B 5. A

和「動作」有關的字根 41

-put-
▶ (1) to trim，表「修剪」
　 (2) to reckon，表「思考」

🎧 mp3: 068

字首 + 字根

dis + put = dispute

徐薇教你記　大家所想的都不一樣，就會有「爭執、糾紛」。

dis-（字首）分開；分離
dispute [dɪˋspjut]（n.）爭執；糾紛
　　　　　　　　　（v.）對…有異議；不贊同

例　There was a **dispute** over the annual budget between the two departments.
這兩個部門之間對年度預算有所爭議。

com + put = compute

com-（字首）一起；共同（= 字首 co-）
compute [kəmˋpjut]（v.）計算

例　The consulting fee is **computed** on an hourly basis.
諮詢費是以小時為計算單位。

com + put + er = computer

徐薇教你記 能將所有資料放在一起思考的東西就是「電腦」。

-er（名詞字尾）做⋯動作的事物
computer [kəmˋpjutɚ]（n.）電腦

例 I have been working at the **computer** company for twenty years.
我已在這家電腦公司工作二十年了。

am + put + ate = amputate

徐薇教你記 am- 環繞，-put- 修剪，-ate 動詞字尾，環繞身體部位做修剪的動作，就是「截肢」。

am-（字首）周圍；環繞（= 字首 ambi-）
-ate（動詞字尾）使做出⋯動作
amputate [ˋæmpjɚˏtet]（v.）截肢

例 He got severe frostbite on his right foot and the doctor decided to **amputate**.
他的右腳嚴重凍傷，醫生決定要截肢。

舉一反三▶▶▶

初級字	re-（字首）再次；返回 **reputation** [ˏrɛpjɚˋteʃən]（n.）名譽；名聲 例 The hotel has earned a good **reputation** for hospitality and eco-friendly amenities. 這間旅館以好客和環境友善設施贏得好名聲。
	-able（形容詞字尾）可⋯的 **reputable** [ˋrɛpjɚtəbl]（adj.）聲譽好的；值得信賴的 例 My mother always buys products that are made by **reputable** companies. 我媽媽總是買有良好信譽公司所生產的產品。
實用字	de-（字首）離開 **depute** [dɪˋpjut]（v.）委託⋯為代表 例 I was **deputed** to meet the new customers. 我受委託當代表去見新客戶。

-y（名詞字尾）表「專有名詞的暱稱」

deputy [ˋdɛpjətɪ]（n.）代理人；副手

例 Sally works as a **deputy** editor for this magazine.
莎莉擔任這本雜誌的副總編。

進階字

im-（字首）使成為…（= 字首 en-）

impute [ɪmˋpjut]（v.）歸咎於…

例 They **imputed** the sales decrease to the wrong marketing strategy.
他們將銷售減少歸咎於錯誤的行銷策略。

-ee（名詞字尾）動作的承受者

amputee [͵æmpjəˋti]（n.）被截肢者

例 A comfortable artificial limb means a lot to the **amputees**.
一個舒適的義肢對被截肢者意義重大。

? Quiz Time

拼出正確單字

1. 爭執 _____

2. 截肢 _____

3. 名譽 _____

4. 代理人 _____

5. 歸咎於 _____

解答：1. dispute 2. amputate 3. reputation 4. deputy 5. impute

和「動作」有關的字根 42

-quest-

▶to seek, to ask，表「尋找；詢問」

變形包括 -quer-, -quir-, -quisit- 等。

🎧 mp3: 069

字首 + 字根

re + quest = request

徐薇教你記 一再的去詢問，也就是去「要求」。

re-（字首）再次；返回

request [rɪˈkwɛst]（n./v.）要求；請求；需求

例 I would like to **request** a seat by the window, please.
麻煩請你給我一個靠窗的位置。

字根 + 字尾

quest + ion = question

徐薇教你記 在詢問的狀態、所詢問的東西，就是「問題」。

-ion（名詞字尾）表「動作的狀態或結果」

question [ˈkwɛstʃən]（n.）問題

例 If you have any **questions**, please raise your hand.
如果您有任何問題，請舉手。

字首 + 字根 + 字尾

re + quisit + ion = requisition

徐薇教你記 一再詢問、不斷去尋求的狀態，就是「請求、需要」。

-ion（名詞字尾）表「動作的狀態或結果」

requisition [ˌrɛkwəˈzɪʃən]（n.）正式請求；需要；徵用

例 The new teacher made a **requisition** for a new blackboard.
那位新老師提出了新黑板的需求。

舉一反三▶▶▶

初級字	re- （字首）再次；返回 **require** [rɪ`kwaɪr] （v.）需要；要求；命令 例 The professor **required** his students to hand in their reports by next Friday. 那位教授要求他的學生在下週五前交出報告。
	quest [kwɛst] （n./v.）尋找；追求；探索 例 In this movie, the main character goes on a **quest** to find buried treasure. 在這部電影中，主角踏上一段尋找埋藏寶物的旅程。
實用字	ac- （字首）朝向（= 字首 ad-） **acquire** [ə`kwaɪr] （v.）獲得；學到；養成 記 向前詢問你就會「獲得」一些東西。 例 It's amazing that Neal has **acquired** a lot of skills at painting over just a few months. 尼爾在短短幾個月中學會的繪畫技巧多得令人吃驚。
	con- （字首）一起（= 字首 co-） **conquer** [`kɑŋkə] （v.）克服；征服 例 You have to **conquer** your fear of taking airplanes so that you can travel with us. 你得先克服搭飛機的恐懼，你才能和我們一起去旅行。
進階字	ex- （字首）向外 **exquisite** [`ɛkskwɪzɪt] （adj.）精美的；精緻的 例 The furniture in her house is so **exquisite** that no one dares to touch it. 她家裡的傢俱都太精緻了，所以沒有人敢摸。
	in- （字首）進入 **inquire** [ɪn`kwaɪr] （v.）詢問；調查 例 I would like to **inquire** about when the new iPhone will be available. 我想問一下那個新的 iPhone 什麼時候會到。

Quiz Time

填空

(　　) 1. 征服：con___　　(A) quire　(B) quer　(C) quist

(　　) 2. 獲得：___quire　　(A) ac　　(B) re　　　(C) in

(　　) 3. 請求：___quest　　(A) ex　　(B) in　　　(C) re

(　　) 4. 精美的：ex___e　(A) quit　(B) quisit　(C) quist

(　　) 5. 詢問：___quire　　(A) ac　　(B) in　　　(C) re

解答：1. B　2. A　3. C　4. B　5. B

和「動作」有關的字根 43

-reg-/-rig-

▶to rule，表「統治」

🎧 mp3: 070

字根 + 字尾

reg + ion = region

徐薇教你記　受統治的狀態、被統治的區域就是一個「區域；範圍」。

-ion（名詞字尾）表「動作的狀態或結果」

region [ˋridʒən]（n.）區域；地區；範圍

例　Which **region** in your country grows the most fruit?
你們國家哪個地區水果種得最多？

rig + id = rigid

徐薇教你記　處在被統治的狀態下，一切都要按照規定走，所以很「死板、僵化」。

-id（形容詞字尾）表「狀態；性質」

rigid [ˈrɪdʒɪd]（adj.）僵硬的；固定的；頑固的

例 If you want to be a better actor, you can not be so **rigid**.
如果你要當一個更好的演員，你不能這麼死板。

(**reg + ular = regular**)

徐薇教你記 像是有人在管理、有治理的情況，一切就會是「有規則的；規律的」。

-ular（形容詞字尾）似⋯的

regular [ˈrɛgjələ]（adj.）規則的；規律的；一般的

例 Professor Jordan only drinks **regular** coffee with no cream.
喬丹教授只喝不加奶精的普通咖啡。

舉一反三 ▶▶▶

初級字	ir-（字首）表「否定」（= 字首 in） **irregular** [ɪˈrɛgjələ]（adj.）不規則的；非正規的 例 He often surprises us with **irregular** visits. 他不定期的拜訪常讓我們嚇到。
	right [raɪt]（adj.）右邊的；正確的 （n.）右邊；正確；權利 例 I'm not sure if it's the **right** time for you to quit your job. 我不確定這是否是你辭職的正確時機。
實用字	-ate（動詞字尾）做出⋯動作 **regulate** [ˈrɛgjəˌlet]（v.）管理；為⋯制訂規章；調校 例 Some want to **regulate** the Internet; others want to leave it alone. 有些人想要管理網路，但有些人覺得不要管理比較好。
	-ion（名詞字尾）表「動作的狀態或結果」 **regulation** [ˌrɛgjəˈleʃən]（n.）規章；條例；調節 例 You must follow all the **regulations**, just like other businesses. 你們得遵守規定，就像其它的公司行號一樣。

regime [rɪˋʒim] (n.) 政體；政權；統治方式

例 The last ten years, this nation has been oppressed by a terrible **regime**.
這個國家最近十年受到一個很可怕的政權壓迫。

reign [ren] (n./v.) 統治；支配

例 Long live the king; may he **reign** for years and years!
國王萬歲，願他的國家能長治久安！

? Quiz Time

從選項中選出適當的字填入空格中使句意通順

regular / regulate / regulation / region / rigid

1. The dialect is only spoken in this _____.

2. You must follow all the _____s.

3. It's important to keep _____ hours.

4. Her mom strictly _____s how much TV she can watch.

5. If you want to be a good dancer, you can not be so

    _____.

解答：1. region 2. regulation 3. regular 4. regulate 5. rigid

和「動作」有關的字根 44

-scrib-/ -script-

▶to write，表「書寫」

🎧 mp3: 071

字首 + 字根

de + scrib = describe

徐薇教你記 把所聽聞的事物向下書寫下來，就是在「描述、說明」。

de-（字首）向下
describe [dɪˋskraɪb]（v.）描繪，敘述

例 This food is so delicious that there are no words to **describe** it.
這食物實在太好吃了，無法用言語來形容。

pre + scrib = prescribe

徐薇教你記 去藥局拿藥之前，醫師會事先寫下你將拿到的藥，也就是「開立處方箋」。

pre-（字首）在…之前
prescribe [prɪˋskraɪb]（v.）規定；開藥方

例 The doctor **prescribed** several pills for me.
醫生開了一些藥丸給我。

衍生字

script

徐薇教你記 script 書寫出來的東西，就是「字跡、書寫體」。

script [skrɪpt]（n.）字跡；書寫體；腳本

例 You must memorize your **script** if you want to act in the drama performance.
如果你想要在這齣劇裡演出，你得把劇本給背起來。

post + script = postscript

徐薇教你記 後來再寫的東西，指信寫到最後的「附筆」，或書後的「附錄」。常縮寫為 P. S.。

post- （字首）在…之後
postscript [ˋpostˏskrɪpt] （n.）信末的附筆；書的附錄

例 The shocking **postscript** written in your letter prompted me to call you.
你信裡最後令人震驚的附註讓我得立刻打電話給你。

字根 + 字根

man + script = manuscript

-man- （字根）手
manuscript [ˋmænjəˏskrɪpt] （adj.）手寫的；原稿的
（n.）手稿；原稿

例 Take a look at this **manuscript** and tell me what you think.
看看這份原稿然後告訴我你覺得如何。

舉一反三 ▶▶▶

初級字	in- （字首）進入 **inscribe** [ɪnˋskraɪb] （v.）刻；題寫 例 I want to **inscribe** a special message on the bracelet. 我想要在這條手鍊上刻一些特別的訊息。
	trans- （字首）橫越；跨過 **transcribe** [trænsˋkraɪb] （v.）抄寫，謄寫；轉譯 例 The court reporter must **transcribe** everything that is said during the trial. 該名法院書記要將審訊過程中所有說出的內容抄寫下來。
實用字	sub- （字首）在…之下 **subscribe** [səbˋskraɪb] （v.）認捐；訂閱；簽署 記 在下面寫上名字，表示願意捐款或訂購。 例 How many people **subscribed** to this magazine? 有多少人訂閱了這本雜誌？

-ure（名詞字尾）表「過程；結果；上下關係的集合體」
scripture [ˋskrɪptʃɚ]（n.）聖典、經文

例 According to **Scripture**, God told Moses to lead his people out of Egypt.
根據聖經，神要摩西帶領他的子民離開埃及。

進階字

circum-（字首）環繞
circumscribe [ˋsɝkəmˏskraɪb]（v.）在周圍劃線；限制

例 The volleyball area was **circumscribed** well, so no one walked onto the court.
排球場四週標線畫得很清楚，所以不會有人進入球場。

con-（字首）一起（= 字首 co-）
conscribe [kənˋskraɪb]（v.）徵召入伍；限制約束

例 You are **conscribed** to reply to this important letter.
你被徵召來回覆這封重要的信件。

? Quiz Time

填空

（　）1. 開藥：___scribe （A）trans （B）sub （C）pre

（　）2. 訂閱：___scribe （A）tran （B）sub （C）pre

（　）3. 敘述：___scribe （A）in （B）de （C）con

（　）4. 附錄：___script （A）post （B）manu （C）tran

（　）5. 手稿：___script （A）trans （B）post （C）manu

解答：1. C 2. B 3. B 4. A 5. C

-sens-

▶to feel, to sense，表「感覺；意識到」

這個字根也可拼成 -sent-。

🎧 mp3: 072

字根 + 字尾

(sens + or = sensor)

徐薇教你記 去感覺光線、溫度變化等的東西，叫做「感應器」。

-or（名詞字尾）做…動作的事物

sensor [ˈsɛnsɚ]（n.）傳感器；感應器

例 Just put your card over the **sensor**, and then walk through the gate.
把你的卡片放在感應器上面，然後走過閘門。

字首 + 字根 + 字尾 + 字尾

(extra + sens + or + y = extrasensory)

徐薇教你記 超過一般人所能知的現象，就是「超感覺的」。

extra-（字首）超出…的

extrasensory [ˌɛkstrəˈsɛnsərɪ]（adj.）超感覺的；超感知的

例 The little girl said she had **extrasensory** perception and she could see what the gift was without opening it.
那名小女孩說她有超能力，可以不用拆禮物就知道裡面是什麼。

補充 ESP = Extrasensory Perception 超能力

字根 + 字尾 + 字尾

(sent + ment + al = sentimental)

徐薇教你記 有好多感情的狀態、能感受情緒的性質，就是「多愁善感的」。

-ment（名詞字尾）表「狀態；性質」

sentimental [ˌsɛntəˈmɛntl]（adj.）多愁善感的；感情用事的；情感上的

例 I always get **sentimental** around Christmas time, and I recall the happy memories of my youth.
聖誕時分我總是特別容易感傷，我常會想起年輕時的快樂回憶。

舉一反三 ▶▶▶

初級字

sense [sɛns]（n.）感官；感覺；見識

例 I got a **sense** of achievement after I won the spelling bee competition.
贏得拼字比賽後，我覺得超有成就感的。

補充 sense of humor 幽默感；sense of direction 方向感

-tive（形容詞字尾）有…性質的

sensitive [ˋsɛnsətɪv]（adj.）敏感的；神經過敏的；靈敏的

例 Tom is a **sensitive** guy, and he'll cry for any reason at all.
湯姆是個敏感的人，不管什麼事他都可以哭。

實用字

sensible [ˋsɛnsəbl̩]（adj.）可注意到的；有知覺的；明智的；合常理的

例 The senator gave a **sensible** response to the reporter's question.
針對記者的問題，該名參議員給了一個很合情合理的回應。

-ence（名詞字尾）表「情況；性質；行為」

sentence [ˋsɛntəns]（n.）句子
（v.）判決

補充 sentence 原指靠感知做出的判斷、決定，後引申指法庭上的「判決」；也指依理解所寫出的內容，衍生出書信或寫作中的「句子」的意思。

例 The murderer was **sentenced** to death at last.
該名謀殺犯最後被判死刑。

進階字

sensory [ˋsɛnsərɪ]（adj.）知覺的；感覺的；感覺中樞的

例 If you try to do too many things at the same time, you may experience **sensory** overload.
如果你同時做太多事情，你會有超過負荷的感覺。

-ation（名詞字尾）表「動作的狀態或結果」

sensation [sɛnˋseʃən]（n.）感知；激動、轟動

例 He suffered from a loss of **sensation** in his right leg after the stroke.
他在中風之後右腳就失去知覺了。

中翻英，英翻中

( ) 1. sensor 　　(A)感應器 　(B)超能力 　　(C)感覺

( ) 2. 明智的 　　(A)sensitive (B)sensory 　(C)sensible

( ) 3. sentimental (A)敏感的 　(B)有知覺的 (C)多愁善感的

( ) 4. 轟動 　　　(A)sense 　　(B)sensation (C)sensory

( ) 5. sentence 　(A)判決 　　(B)感覺 　　　(C)注意

解答：1. A 2. C 3. C 4. B 5. A

和「動作」有關的字根 **46** ••••••••••••••••••••••••••••••••••

-serv-

▶to save, to keep，表「儲存；保留」

🎧 mp3: 073

字首 + 字根

pre + serv = preserve

徐薇教你記 事前就先儲存起來，就是「貯存、保留、保護」。

pre- （字首）在…之前；事先
preserve [prɪˋzɝv]（v.）保存；防腐；維護

例 We should **preserve** all the great historical sites of this city.
我們應該維護這個城市裡所有偉大的歷史古蹟。

補充 preservative 防腐劑

字根 + 字尾

serv + ice = service

徐薇教你記 service 原指僕人做出的舉動，就是「為主人提供服務」。後衍生出兩種意義：一為「替國王或國家服役、當兵」，另一個為「替主人或客人提供飲食等服務」。

-ice（名詞字尾）…的行為
service [ˋsɝvɪs]（n.）服務；服役

例 This steak house provides a self-**service** salad bar.
這間牛排屋有提供自助沙拉吧。

字首 + 字根 + 字尾

re + serv + ation = reservation

徐薇教你記 把東西拿回來放、放到後面去儲存起來的狀態，就是「保留」，把還有空的座位先保留起來就是「預訂、預約」。

re-（字首）往後；回來
reservation [ˌrɛzɚˋveʃən]（n.）保留；預訂

例 Let's make a **reservation** for two at the Trifecta Restaurant.
我們去連莊餐廳訂個兩人的位子吧。

舉一反三 ▶▶▶

初級字	-ant（名詞字尾）做…的人 **servant** [ˋsɝvənt]（n.）僕人；佣人；事務員 例 Some **servants** are forced to work without any pay. 一些傭人被迫無薪工作。 **serve** [sɝv]（v.）供應；服務；侍候；任職 例 You can't **serve** food after it has fallen on the floor! 你不能撿掉在地上的食物給客人吃。
實用字	de-（字首）向下；完全地 **deserve** [dɪˋzɝv]（v.）應得；值得 記 完全符合服務、伺候得很好的頭銜，也就是「應得、值得」。 例 You **deserve** our thanks for all your support. 你對我們所有的支援值得我們的感謝。

-er（名詞字尾）做…動作的人或事物

server [ˋsɝvɚ] (n.) (1) 侍者；(2) 餐具；(3) 電腦伺服器

例 You should connect to the **server** when trying to register.
你在註冊時應該要先連結到伺服器上。

進階字

con-（字首）一起（= 字首 co-）

conservation [͵kɑnsɚˋveʃən] (n.) 保存；對自然資源的保護、管理

例 We should be more concerned about the **conservation** of the planet.
我們應該更關注對地球的保護。

ob-（字首）相對；對立

observe [əbˋzɝv] (v.) 觀察；遵守

例 We **observed** Professor Chang's class from the back of the room.
我們從教室的最後面觀察張教授的上課情形。

? Quiz Time

依提示填入適當單字

1. 服務很差　poor ＿＿＿＿＿＿＿＿＿＿

2. 訂位　make a ＿＿＿＿＿＿＿＿＿＿

3. 節約能源　energy ＿＿＿＿＿＿＿＿＿＿

4. 維護古蹟　＿＿＿＿＿＿＿＿＿＿ the historical sites

5. 值得被感激　＿＿＿＿＿＿＿＿＿＿ thanks

解答：1. service　2. reservation　3. conservation　4. preserve　5. deserve

和「動作」有關的字根 47

-sid-

▶to sit，表「坐」

變形包括 -sed-, -sess-。

🎧 mp3: 074

衍生字

sit [sɪt]（v.）坐下；座落於…

例 **Sit** down, please.
請坐下。

字首 + 字根

(re + sid = reside)

徐薇教你記 一再地坐在這裡、一直回到這裡，表示「定居、居住」在這裡。

re-（字首）再次；返回
reside [rɪˋsaɪd]（v.）定居；居住

例 My uncle now **resides** in Kenting and has a large farm of his own.
我舅舅目前定居墾丁，並且自己擁有一個大型農場。

字根 + 字尾

(sit + ate = situate)

徐薇教你記 做出坐在那裡的動作，就表示「位於、座落在…」。

-ate（動詞字尾）做出…動作
situate [ˋsɪtʃʊˌet]（v.）位於、座落於…

例 They planned to **situate** the museum next to the city hall.
他們計劃把博物館設在市政大廳旁邊。

re + sid + ent = resident

徐薇教你記 一再地坐在這裡、一直回到這裡的人，就是這裡的「居民」。

-ent（名詞字尾）有…性質的人
resident [ˋrɛzədənt]（n.）居民；定居者

例 Since it's a college town, most of the **residents** here are university students.
因為這裡是一個大學城，所以這裡多數的居民都是大學生。

舉一反三▶▶▶

初級字	pos-（字首）有權力的 **possess** [pəˋzɛs]（v.）擁有；掌握；支配 記 有權力能坐到上位，也就有「掌握、支配」的權力。 例 The poor girl was **possessed** with an evil spirit. 那個可憐的女孩受到惡靈的掌控。
	preside [prɪˋsaɪd]（v.）主持會議；擔任主席 **president** [ˋprɛzədənt]（n.）會長；會議主席；總裁 例 The **president** of the Rotary Club gave me this wonderful prize. 扶輪社的理事長頒給我這個非常棒的獎項。
實用字	as-（字首）朝向（= 字首 ad-） **assess** [əˋsɛs]（v.）評估、估算 記 古時是指坐在裁判席上裁奪糾紛，後來引申有「評估、估算」的意思。 例 They tried to **assess** the damage of the mudslide. 他們嘗試估算土石流造成的損害。
	-ion（名詞字尾）表「動作的狀態或結果」 **session** [ˋsɛʃən]（n.）會議；會期；開庭期間 例 The jazz quintet had a jam **session** in the bar for about one hour. 那個爵士五重奏樂團在這個小酒吧有大約一個小時的即興表演。

進階字

sub- （字首）在…下面
subsidiary [səbˋsɪdɪⸯɛrɪ] （n.）輔助者；子公司
（adj.）輔助的；隸屬的；附設的

例 CNN is now a **subsidiary** of the Time Warner Company.
美國有線電視網現在是時代華納集團旗下的一家子公司。

subsidy [ˋsʌbsədɪ] （n.）津貼；補助金
例 The government will give a **subsidy** to farmers after the terrible storm.
政府將在這次嚴重的風災後發給農民一筆補助金。

? Quiz Time

依提示填入適當單字

1. Exams are not the only way to _____ a student's ability.

2. Some people think black cats _____ evil power.

3. Only the _____ s of this building can park thier cars in the basement.

4. The farmers will get a government _____ after the terrible storm.

5. My uncle was the _____ of the charity for ten years.

解答：1. assess　2. possess　3. resident　4. subsidy　5. president

和「動作」有關的字根 48

-sign-

▶to mark，表「做記號」

🎧 mp3: 075

衍生字

sign [saɪn]（v.）簽名，簽字；簽約；示意
（n.）標誌；跡象；手勢；記號

例 Please **sign** your name at the bottom after you read the regulations.
請在閱讀完規章後在下方簽名。

字首 + 字根

(**as + sign = assign**)

徐薇教你記 朝著每個人的名字去做記號，就是在「分配、分派」。

as-（字首）去；朝向（= 字首 ad-）
assign [əˋsaɪn]（v.）分配；分派；轉讓

例 The boss **assigned** the job of studying the latest marketing techniques to me.
老闆將調查最新行銷技巧的工作分配給我。

字根 + 字尾

(**sign + ature = signature**)

徐薇教你記 簽出來的結果就是你的「簽名」。

-ature（名詞字尾）表「過程、結果、上下關係的集合體」
signature [ˋsɪgnətʃɚ]（n.）簽名

例 They are collecting ten thousand **signatures** for the animal rights' petition.
他們正為動物權的請願書收集一萬個連署簽名。

補充 autograph 指的是自己簽得像畫畫一樣、有時還帶有藝術感的簽名，像是名人或藝人簽給粉絲的簽名就是 autograph；signature 則是指字體清晰、具法律效力的簽名，主要用在簽文件或是帳單時，通常上面會註明 signature（簽名）。

和「動作」有關的字根 **-sign-**

初級字	de- （字首）往外 **design** [dɪˋzaɪn] （v.）設計 （n.）設計圖；設計風格 **例** The Sydney Opera House was **designed** by a Danish architect Jorn Utzon, whose design was rejected at first. 雪梨歌劇院是由丹麥建築師約恩‧烏松所設計，他的設計圖一開始是被淘汰的。
	-ment （名詞字尾）表「結果、手段；狀態、性質」 **assignment** [əˋsaɪnmənt] （n.）任務；功課；工作；分配 **例** Your housework **assignment** is to vacuum the floor and to clean the doghouse. 你的家事分配是吸地板和清理狗屋。
實用字	-al （名詞字尾）表「行為或過程」 **signal** [ˋsɪgn!] （n.）信號 （v.）打信號，示意 **例** The staff behind the reporters communicated with each other by using hand **signals** in the press conference. 在記者後方的員工們在記者會裡以手勢來示意溝通。
	re- （字首）再次；返回 **resign** [rɪˋzaɪn] （v.）辭職 **例** She **resigned** from the computer company to pursue her new goal -- to be a novelist. 她由那間電腦公司辭職以追求她的新目標：當個小說家。
進階字	-ate （動詞字尾）做出…動作 **designate** [ˋdɛzɪɡˏnet] （v.）指定；選定 **例** Jack was **designated** to be the new team leader after the manager resigned. 在經理辭職後，傑克被選為新的團隊領導。

signify [ˈsɪɡnɪfaɪ] （v.）表示；意味著
significant [sɪɡˈnɪfəkənt] （adj.）顯著的；重要的

例 There was a **significant** increase in the sales of Smartwatches last month.
上個月智慧手錶的銷售有顯著的增加。

Quiz Time

從選項中選出適當的字填入空格中使句意通順

assign / resign / design / signal / sign

1. The police officer gave us the _____ to stop.

2. Please _____ your name at the bottom.

3. She decided to _____ from the company to care for her sick mom.

4. I think the boss will _____ the difficult job to you.

5. He is an expert on fashion _____.

解答：1. signal 2. sign 3. resign 4. assign 5. design

和「動作」有關的字根 49

-spect-

▶to look, to watch，表「看；觀望」

mp3: 076

字首 + 字根

ex + spect = expect

徐薇教你記　一直向外觀望，看人來了沒，也就是在「期待」。

ex- （字首）向外
expect [ɪk'spɛkt]（v.）預期；期待
例 I don't **expect** her to come since she hates me so much.
因為她很討厭我，我不期待她會來。

(**in + spect = inspect**)

徐薇教你記 進到裡面去看個清楚，就是「檢查」。

in- （字首）進入
inspect [ɪn'spɛkt]（v.）檢查；視察
例 Please **inspect** the device before putting it in the box.
在把這個儀器放進箱子裡前請先檢查一下。

(**re + spect = respect**)

徐薇教你記 重複的去看、一直回頭看，表示你的「尊敬」。

re- （字首）再次；返回
respect [rɪ'spɛkt]（n.）尊敬；敬意
（v.）尊敬；遵守
例 I have a lot of **respect** for Tom, since he has worked hard for many years.
由於湯姆多年來都很努力工作，我對他非常敬佩。

(**sus + spect = suspect**)

徐薇教你記 跑到下面去看個清楚，因為你很「懷疑」。

sus- （字首）在…下面（＝字首 sub-）
suspect [sə'spɛkt]（v.）懷疑；猜想
例 We **suspect** that you have known about this problem for a long time.
我們猜想你已經知道這個問題很久了。

字根 + 字尾

(**spect + cle = spectacle**)

徐薇教你記 會讓人想去觀望的地點，一定是一個會讓人想去瞧一瞧的「壯觀場景」或「奇特景象」。

-cle （名詞字尾）表「動作的地點或方式」
spectacle ['spɛktəkl]（n.）場面；奇觀
例 Please don't make a **spectacle** of yourself in front of my family.
請不要在我家人面前讓你自己出洋相。

spect + ate + or = spectator

徐薇教你記　做觀看動作的人就是「觀眾」。

-or（名詞字尾）做…動作的人
spectator [spɛk`tetə]（n.）觀眾

例 This was my first time as a **spectator** at an NBA basketball game.
這是我第一次當 NBA 球賽的觀眾。

字首 + 字根 + 字尾

con + spect + us = conspectus

徐薇教你記　將相關事物合在一起觀看的東西，指「概觀；大綱」。

con-（字首）一起（= 字首 co-）
conspectus [kən`spɛktəs]（n.）概觀；大綱；要領

例 I'd like to see a **conspectus** of how humans can possibly live on Mars.
我想看看人類大概可以如何在火星上生存。

舉一反三▶▶▶

初級字	pro-（字首）向前 **prospect** [`prɑspɛkt]（n.）指望；預期；前景 例 The **prospect** of losing his father forever was too much for Matt to bear. 對麥特來說，預期到他可能要永遠失去他父親是很難受的一件事。
	-ic（形容詞字尾）關於…的 **specific** [spɪ`sɪfɪk]（adj.）特定的；明確的 例 How are you going to make this better? Please be **specific**. 你要如何讓這件事變得更好？請明確說明。
實用字	a-（字首）朝向（= 字首 ad-） **aspect** [`æspɛkt]（n.）方面，觀點 例 Which **aspect** of this school do you like the most? 關於這個學校你最喜歡哪一點？

intro- （字首）向內
introspect [ˌɪntrəˋspɛkt]（v.）內省，自省

例 When **introspecting** about his life, Adam realized what he had done wrong.
亞當反省自己的人生時，他知道他哪裡做錯了。

進階字

retro- （字首）向後
retrospect [ˋrɛtrəˌspɛkt]（n./v.）回顧；追溯

例 In **retrospect**, I never should have asked her to do that.
回想起來，我實在是不應該去叫她做那件事的。

-ar （形容詞字尾）具⋯性質的
spectacular [spɛkˋtækjələ]（adj.）壯觀的；引人注目的

例 The taekwando player put on a **spectacular** display of her talent.
那位跆拳道選手秀出了她引人注目的天賦能力。

❓ Quiz Time

中翻英，英翻中

(　) 1. aspect 　　（A）概觀　　（B）場面　　（C）方面

(　) 2. 檢查 　　（A）inspect　（B）respect　（C）expect

(　) 3. 預期 　　（A）suspect　（B）prospect　（C）introspect

(　) 4. 壯觀的 　（A）spectator（B）spectacle（C）spectacular

(　) 5. retrospect（A）尊敬　　（B）回顧　　（C）自省

解答：1. C 2. A 3. B 4. C 5. B

和「動作」有關的字根 50

-spir-

▶to breathe，表「呼吸」

🎧 mp3: 077

字首 + 字根

in + spir = inspire

徐薇教你記　把空氣往裡面吹、將氣吹進去使人復活、振作起來，也就是「激勵、啟發」。

in-（字首）進入
inspire [ɪnˋspaɪr]（v.）鼓舞；激勵；驅使

例　I want to **inspire** my students by having a famous person give a speech at the school.
我想要邀請一位知名人士到校演講以激勵我的學生。

字根 + 字尾

spir + tus = spirit

徐薇教你記　spirit 源自古印歐字根 *(s)peis-，指吹、吹奏。吹的動作就是呼氣，是呼吸的一部份，會呼吸才表示人是活著的，因此衍生出「精神、靈魂」的意思。

spirit [ˋspɪrɪt]（n.）精神；精靈；靈魂

例　Some say that when you die, your **spirit** lives on.
有人說當你死後，你的靈魂還會一直活著。

字首 + 字根 + 字尾

re + spir + ation = respiration

徐薇教你記　讓你回到再次呼吸的狀態，也就是有「呼吸的功能」。

re-（字首）再次；返回
respiration [ˌrɛspəˋreʃən]（n.）呼吸；呼吸功能

例　The paramedic checked the **respiration** of the shooting victim.
醫務人員檢查槍傷者的呼吸功能。

舉一反三 ▶▶▶

初級字	ex-（字首）向外 **expire** [ɪk`spaɪr]（v.）屆期；期限終止；呼氣 ㊟ 向外吹出最後一口氣，也就死了；東西死掉，表示「過期、失效」。 例 You should throw away this jar of jam; it **expired** last month. 你應該把這瓶果醬扔了，它上個月就過期了。
	sprite [spraɪt]（n.）小精靈；S 大寫，指飲料品牌「雪碧」 例 It is said that there were two little **sprites** living in the cave. 傳說有兩個小精靈住在這個洞穴裡。
實用字	as-（字首）朝向（= 字首 ad-） **aspire** [ə`spaɪr]（v.）熱切嚮往；渴望；懷有大志 例 He **aspires** to be an engineer in the future. 他渴望未來能當一名工程師。
	per-（字首）完全地；徹底地 **perspire** [pɚ`spaɪr]（v.）排汗；流汗 ㊟ 徹底的呼吸，連毛細孔都在呼吸，指「排汗、流汗」。 例 The soldiers started **perspiring** when they stood under the sun and were waiting for the general to come. 在太陽底下站著等候將軍來到的士兵們開始不停地流汗。
進階字	con-（字首）一起（= 字首 co-） **conspire** [kən`spaɪr]（v.）密謀；同謀 ㊟ 一起呼吸同一個地方的空氣，也就是聚在一起「密謀」。 例 She felt her classmates were **conspiring** against her. 她覺得她的同學在密謀對抗她。
	sus-（字首）在…之下（= 字首 sub-） **suspire** [sə`spaɪr]（v.）嘆息；長嘆；呼吸 例 With the scary roller coaster ride over, John **suspired** with relief. 當恐怖的雲霄飛車之旅結束，約翰大大地鬆了一口氣。

拼出正確單字

1. 鼓舞 ＿＿＿＿＿＿＿＿＿＿

2. 屆期 ＿＿＿＿＿＿＿＿＿＿

3. 精神 ＿＿＿＿＿＿＿＿＿＿

4. 排汗 ＿＿＿＿＿＿＿＿＿＿

5. 密謀 ＿＿＿＿＿＿＿＿＿＿

解答：1. inspire 2. expire 3. spirit 4. perspire 5. conspire

和「動作」有關的字根 51

-sta-

▶to stand，表「站立」

大家很熟悉 stand「站」，它有一個重要的字根 -sta-。這個字根還可以轉換為 -sist-, -stitut-。

🎧 mp3: 078

字首 + 字根

as + sist = assist

徐薇教你記 朝你站立的地方站過去，就是去「幫助、輔助」。

as-（字首）朝向（= 字首 ad-）

assist [əˈsɪst]（v.）幫助，協助

例 I wish I could **assist** you, but I am busy right now.
我希望我能幫助你，但我現在很忙。

in + sist = insist

徐薇教你記 站到裡面去一動也不動，也就是「堅持立場、堅守自己的要求」。

in- （字首）進入
insist [ɪnˈsɪst] （v.）堅持；堅決
例 I insist that I pay for the meal today.
我堅持我來付今天這一頓的錢。

(sub + stitut = substitute)

徐薇教你記 站在這個位置的下面，表示隨時可以頂替、隨時可以「取而代之」，當名詞就指「代替人、替代品」。

sub- （字首）在…下面
substitute [ˈsʌbstəˌtjut] （v.）以…代替、取代
（n.）代替人；替代品

例 The teacher is sick, so today the class will have a substitute.
老師生病了，所以今天會有代課老師來上課。

字根 + 字尾

(sta + tion = station)

-tion （名詞字尾）表「動作的狀態或結果」
station [ˈsteʃən] （n.）車站；各種機構的站、所

例 The police are taking the drunk driver back to the station.
警察正把那名酒醉的駕駛帶回警局。

(sta + tus = status)

徐薇教你記 你所站或所處的狀態，也就是你的「身分、地位」。

-tus （名詞字尾）表「動作的狀態」
status [ˈstetəs] （n.）階級；地位

例 Superficial people only date others of equal social status.
膚淺的人只跟自己社交地位相等的人交往。

字首 + 字根 + 字尾

(as + sist + ant = assistant)

徐薇教你記 朝著你去做輔助動作的人或有輔助性質的，也就是「助理」或「輔助的」。

-ant （形容詞或名詞字尾）具…性質的（人或事物）
assistant [əˈsɪstənt] （adj.）輔助的
（n.）助手，助理

例 My assistant, Becky, can help you with anything.
我的助理貝琪可以幫你做任何事。

> **dis + sta + ance = distance**

徐薇教你記 分開站立，你站一邊、我站一邊，我們之間就有了「距離」。

dis-（字首）分開
distance [ˋdɪstəns]（n.）距離；疏遠

🔲 You'd better keep your **distance** -- I'm very sick.
　　你最好離我遠點，我病得很重。

舉一反三▶▶▶

初級字	in-（字首）進入 **install** [ɪnˋstɔl]（v.）任命；安裝；設置 🔲 I have **installed** a new device that automatically cleans the floor for you. 　　我已經為你安裝了一個可以自動清理地板的設備了。
	stage [stedʒ]（n.）舞臺；階段 🔲 When you are on **stage**, please look confident and brave. 　　當你在舞臺上，請表現得自信而勇敢。
實用字	con-（字首）一起（= 字首 co-） **consist** [kənˋsɪst]（v.）組成，構成；符合 🔲 My properties **consist** of two houses in Tokyo and one in Hong Kong. 　　我的財產包括兩棟在東京的房子和一間在香港的房子。
	e-（字首）向外（= 字首 ex-） **establish** [əˋstæblɪʃ]（v.）建立；創辦；制定 🔲 You need to **establish** a home in this state for one year before you are considered a resident. 　　你得在這個州建立一個家超過一年，才能成為該州的居民。
	re-（字首）再次；回來 **resist** [rɪˋzɪst]（v.）抵抗，反抗；抗拒 🔲 Most men can't **resist** Betty's charms. 　　大多數的人都無法抗拒貝蒂的魅力。

進階字

circum-（字首）環繞
circumstance [ˋsɝkəm͵stæns]（n.）情況；環境；情勢
例 The patient died under mysterious **circumstances**.
該名病患在離奇的情況下死亡。

destine [ˋdɛstɪn]（v.）注定；預定
destination [͵dɛstəˋneʃən]（n.）目的地，終點
例 We will reach our final **destination** in only five minutes.
我們將在五分鐘內抵達我們的目的地。

ob-（字首）相對於
obstacle [ˋɑbstəkḷ]（n.）障礙物；妨礙
例 I can overcome any **obstacles** if I just put my mind to it.
我只要投入一點點的心力，就可以克服任何障礙。

? Quiz Time

中翻英，英翻中

（　）1. substitute　（A）目的地　（B）替代品　（C）輔助的

（　）2. obstacle　（A）妨礙　（B）協助　（C）距離

（　）3. 組成　（A）insist　（B）consist　（C）resist

（　）4. 情況　（A）status　（B）distance（C）circumstance

（　）5. install　（A）安裝　（B）創辦　（C）堅決

解答：1. B 2. A 3. B 4. C 5. A

和「動作」有關的字根 52

-tact-

▶to touch，表「接觸」

變形包括 -tach-, -tain-, -tang-, -tag-, -teg- 等。

比 -tect- → to cover，表「遮蓋」。例：protect 向前蓋起來，就是要「保護」。

🎧 mp3: 079

字首＋字根

in + tact = intact

徐薇教你記 沒有碰觸過的，就是「完好的、完整的、未受損傷的」。

in-（字首）表「否定」

intact [ɪnˈtækt]（adj.）完整無缺的；原封不動的；未受損傷的

例 Let's leave the car **intact**, instead of just selling off the individual parts.
與其把這部車子的每個獨立部分一個個賣掉，不如我們保留這台車的完整。

字根＋字尾

tact + ics = tactics

徐薇教你記 與對手接觸的技術、方法，也就是「戰術、策略」。

-ics（名詞字尾）技術、學術

tactics [ˈtæktɪks]（n.）戰術，策略

例 They used delaying **tactics** to show their disapproval of this issue.
他們用拖延戰術來表達他們反對這個議題的立場。

字首 + 字根＋字尾

in + tegr + ate = integrate

徐薇教你記 進到內部去接觸，也就是會「結合、合併成一體」。

in-（字首）進入

integrate [ˈɪntəˌɡret]（v.）使成一體；使結合；使合併

例 In the 1960s, many schools in the USA began to **integrate** black and white students.
一九六〇年代時，美國許多學校開始讓黑人學生和白人學生整合在一起。

舉一反三 ▶▶▶

初級字	at- （字首）去… （= 字首 ad-） **attain** [ə`ten] （v.）達到；獲得；到達 例 He has **attained** a Master's Degree in Economics. 他已取得經濟學碩士的資格。
	con- （字首）一起 （= 字首 co-） **contact** [kən`tækt] （v.）接觸；聯繫 記 一起共同來觸摸，也就是「接觸、接近」 例 I would like to **contact** Mr. Andrew. Is he in the office today? 我想找安德魯先生，請問他今天有在辦公室嗎？ 補充 contact lens 和你的眼睛有接觸 → 隱形眼鏡 　　　eye contact 目光接觸 → 眼神交會、四目相交
實用字	-able （形容詞字尾）可…的 **attainable** [ə`tenəbl] （adj.）可獲得的；可達到的 例 We should make our goal **attainable**. 我們應該要設定一個可以達到的目標。
	integral [`ıntəgrəl] （n.）整體；整數 　　　　　　　　　　　 （adj.）整體的；組成的 例 The sales department is an **integral** part of our business. 業務部是我們公司不可或缺的一部分。
進階字	-ful （形容詞字尾）充滿…的 **tactful** [`tæktfəl] （adj.）機智的；圓滑的 例 His response to her comments was quite **tactful**. 他對她的評論回應相當圓滑。
	tactile [`tæktl] （adj.）有觸覺的；能觸知的 例 Louis Braille created a **tactile** system that blind people could use to read. 路易斯布萊爾發明了一種觸覺式的系統，讓盲人也可以用觸覺來閱讀。

和「動作」有關的字根 53

-tain-／-ten-

▶to hold, to keep，表「保存；持握」

🎧 mp3: 080

字首 + 字根

con + tain = contain

徐薇教你記　將所有東西一起保存放在同個地方，表示那些東西都「包含在內」。

con-（字首）一起（＝字首 co-）

contain [kən`ten]（v.）包含；容納；自我控制

例　I couldn't **contain** myself when she told me the terrible news.
當她告訴我那個壞消息時，我真的無法控制我自己。

enter + tain = entertain

徐薇教你記　entertain 指保持在彼此之間的一種善意，將你所保有的東西和客人分享，也就是去「招待、款待、使人感到開心」。

enter（字首）在…之間（= 字首 inter-）
entertain [ɛntɚˋten]（v.）使歡樂，使娛樂

例　An entire circus was called in to **entertain** the king and queen.
整個馬戲團都被叫來娛樂國王及皇后。

字根 + 字尾

ten + ant = tenant

徐薇教你記　透過租約而使用或持有房產的人，就是「房客、住戶」

-ant（名詞字尾）具…性質的人
tenant [ˋtɛnənt]（n.）房客；住戶
　　　　　　　　（v.）租賃；居住

例　The **tenants** in this building are all well-mannered people.
這棟大樓的住戶都是很有禮貌的人。

字根 + 字根

main + tain = maintain

徐薇教你記　用手來握住、以手來保存，就是在「維持」或「維修」。

-main-（字根）手
maintain [menˋten]（v.）維持；維修

例　Please do a better job of **maintaining** your house.
請把你家保持得更乾淨一點。

字首 + 字根 + 字尾

con + ten + t = content

徐薇教你記　con- 一起，-ten- 保存，-t 拉丁過去分詞字尾表被動。content
被保存起來放的東西就是「內容物」；所有東西都有了，就讓人感到「滿足」。

con-（字首）一起（= 字首 co-）
content [kənˋtɛnt]（v.）使滿足
　　　　　　　　　（adj.）滿足的
　　　　　　[ˋkɑntɛnt]（n.）內容物

例　I am quite **content** to just be a part of the team.
就算只是當這個隊伍的一份子已讓我感到滿足了。

舉一反三 ▶▶▶

<table>
<tr><td>初級字</td><td>

ob- （字首）相對
obtain [əbˋten] （v.）得到，獲得
例 You must **obtain** a liquor license before you can sell alcohol.
你得要有酒類執照你才能賣酒。

</td></tr>
<tr><td></td><td>

re- （字首）回來；往後
retain [rɪˋten] （v.）保留，保持
例 Please **retain** your driver's license in case the police stop your car.
請留著你的駕照，以便警察攔你車時可派上用場。

</td></tr>
<tr><td>實用字</td><td>

-ance （名詞字尾）表「情況；性質；行為」
maintenance [ˋmentənəns] （n.）維持；維修；扶養
例 The man in charge of **maintenance** at this building is not here today.
負責維修這棟大樓的人今天不在這。

</td></tr>
<tr><td></td><td>

sus- （字首）在…下面（= 字首 sub-）
sustain [səˋsten] （v.）支撐；承受；維生
例 We can't **sustain** this level of spending much longer.
這種程度的開銷我們支撐不了太久。

</td></tr>
<tr><td>進階字</td><td>

de- （字首）向下
detain [dɪˋten] （v.）拘留；羈押；使耽擱
例 The police **detained** the man since he knew something about the crime.
警察拘留這個男人，因為他知道一些關於這宗犯罪的事。

</td></tr>
<tr><td></td><td>

-or （名詞字尾）做…動作的人或事物
tenor [ˋtɛnɚ] （n.）要旨，大意；男高音
例 Brian's voice has not changed, so he is a **tenor** in the choir.
布萊恩的聲音還沒有變，所以他是合唱團的男高音。

</td></tr>
</table>

1

? Quiz Time

將下列選項填入正確的空格中

（A）ob （B）sus （C）main （D）de （E）con

（　）1. 維持 = ＿＿＿＿＿＿ + tain

（　）2. 支撐 = ＿＿＿＿＿＿ + tain

（　）3. 拘留 = ＿＿＿＿＿＿ + tain

（　）4. 獲得 = ＿＿＿＿＿＿ + tain

（　）5. 包含 = ＿＿＿＿＿＿ + tain

解答：1. C 2. B 3. D 4. A 5. E

和「動作」有關的字根 54

-tect-/-teg-

▶to cover，表「遮蓋」

🎧 mp3: 081

字首 + 字根

de + tect = detect

【徐薇教你記】 把遮蓋的東西拿開，就「察覺、發現」了。

de- （字首）除去

detect [dɪˋtɛkt] （v.）發現；察覺

例 I can't **detect** any problems with the machine; I think it's fixed.
我找不出這台機器有任何問題。我想它已經被修復了。

(**pro + tect = protect**)

徐薇教你記　向前去遮蓋住，就是去「保護」。

pro-（字首）向前
protect [prə`tɛkt]（v.）保護，防護
例　Brothers should **protect** one another when they face any obstacles.
　　當遇到困難時，兄弟之間應該互相保護。

字首 + 字根 + 字尾 ▶

(**de + tect + ive = detective**)

-tive（形容詞或名詞字尾）具有⋯性質的（人事物）
detective [dɪ`tɛktɪv]（n.）偵探
　　　　　　　　　　　（adj.）偵探的；探測的
例　A **detective** searched every inch of the apartment where the murder took place.
　　一名偵探仔細搜索了這棟發生命案的公寓的每個地方。

補充　private detective 私家偵探

舉一反三 ▶▶▶

初級字	-or（名詞字尾）做⋯動作的人事物 **detector** [dɪ`tɛktɚ]（n.）發現者；探測器 例　You can find some loose change on the beach with a metal **detector**. 　　你在沙灘上用金屬探測器可以找到一些零錢。
	-or（名詞字尾）做⋯動作的人事物 **protector** [prə`tɛktɚ]（n.）保護者 例　My dog Max is the **protector** of our house; he will attack when provoked. 　　我的狗狗麥克斯是我們家的保護者，他會在被激怒時做出攻擊。
實用字	over [`ovɚ]（prep.）超過 　　　　　-tion（名詞字尾）表「動作的狀態或結果」 **overprotection** [ˌovɚprə`tɛktʃən]（n.）過度保護 例　The mother showered her children with such **overprotection** that they couldn't do anything by themselves. 　　那個媽媽太過度保護他的孩子，以致於他們什麼事情都沒辦法自己做。

-saurus（名詞字尾）拉丁名詞字尾，表「兩棲類或爬蟲類」

stegosaurus [stɛgəˋsɔrəs]（n.）劍龍

例 The **stegosaurus** was not typically an aggressive dinosaur.
劍龍並不是典型的侵略型恐龍。

進階字

toga [ˋtogə]（n.）托加長袍，古羅馬人的寬外袍；官服

例 In ancient Rome, only male citizens were allowed to wear **togas**.
在古羅馬，只有男性公民才能穿托加長袍。

-ment（名詞字尾）表「結果；性質」

tegument [ˋtɛgjəmɛnt]（n.）外皮，皮膚

例 Without its **tegument**, the worm could not survive very long.
沒有了外皮，這隻蟲就再也沒法存活了。

? Quiz Time

拼出正確單字

1. 保護　　　＿＿＿＿＿＿＿＿＿＿＿

2. 察覺　　　＿＿＿＿＿＿＿＿＿＿＿

3. 偵探　　　＿＿＿＿＿＿＿＿＿＿＿

4. 探測器　　＿＿＿＿＿＿＿＿＿＿＿

5. 過度保護　＿＿＿＿＿＿＿＿＿＿＿

解答：1. protect 2. detect 3. detective 4. detector 5. overprotection

-tend-/ -tens-

▶to stretch, to strain，表「伸展；拉緊」

🎧 mp3: 082

衍生字

tend [tɛnd]（v.）趨向；傾向；照料

例 Ted **tends** to date older women.
泰德喜好和比他年紀大的女生約會。

字首 + 字根

at + tend = attend

徐薇教你記 朝著向前的方向伸展，就是「特別去照顧」，後來變成「參加、參與」或「隨侍在旁」。

at-（字首）朝向（= 字首 ad-）
attend [əˋtɛnd]（v.）出席參加；注意傾聽

例 Would you like to **attend** the dance with me on Friday night?
你願意和我一起參加星期五晚上的舞會嗎？

ex + tend = extend

徐薇教你記 往外去伸展，也就是把原來的東西「延長、擴大」。

ex-（字首）向外
extend [ɪkˋstɛnd]（v.）延長；擴大

例 The doctor **extended** his visit in the city for several days.
該名醫師將他在這個城市的參訪行程延長了幾天。

字根 + 字尾

tend + ency = tendency

徐薇教你記 有向前伸展的情況，指「傾向、趨勢」。

-ency（名詞字尾）表「情況；性質；行為」

tendency ['tɛndənsɪ]（n.）傾向；趨勢，潮流

例 My sister has a **tendency** to be sentimental when she sees romantic movies.
我姊姊看愛情片時常會變得比較多愁善感。

(tens + ion = tension)

徐薇教你記 一直做拉長、拉緊的動作，結果就「緊繃」了。

-ion（名詞字尾）表「動作的狀態或結果」

tension ['tɛnʃən]（n.）緊繃；情勢或精神上的緊張

例 There is a lot of **tension** at my job because someone is going to be laid off.
我的工作很緊繃，因為有人要被解雇了。

字首 + 字根 + 字尾

(in + tens + fy = intensify)

徐薇教你記 進去使它做出伸展的動作，就是在「加強、使增強」。

-fy（動詞字尾）使…化

intensify [ɪn'tɛnsəˌfaɪ]（v.）加強，增強

例 The level of hatred between the two families **intensifies** when there is an interest conflict.
每當有利益衝突時，這兩個家庭之間的仇恨也就更強化了。

舉一反三 ▶▶▶

初級字

-ion（名詞字尾）表「動作的狀態或結果」

attention [ə'tɛnʃən]（n.）注意力；照料

例 You should pay **attention** when the teacher is talking.
當老師在說話時，你應該要注意聽。

pre-（字首）在…之前

pretend [prɪ'tɛnd]（v.）假裝；自稱

例 Don't **pretend** to like my new shirt; I know you don't like the color.
不要假裝你喜歡我的襯衫，我知道你不喜歡這個顏色。

實用字	**ex-**（字首）向外 **extent** [ɪkˋstɛnt]（n.）程度；範圍 例 To what **extent** do you understand this math concept? 這個數學概念你理解到什麼程度？
	in-（字首）進入 　　　　**-al**（形容詞字尾）表「屬性；情況」 **intentional** [ɪnˋtɛnʃən!]（adj.）故意的；有關意圖的 例 The teacher made an **intentional** mistake to see if the students were paying attention. 老師故意犯了個錯來看看學生們是否有專心聽講。
進階字	**dis-**（字首）分開 **distend** [dɪˋstɛnd]（v.）膨脹；擴張 例 The pole **distends** up to a length of ten meters. 這根竿子延伸到十公尺長。
	sus-（字首）在…下面（＝字首 sub-） **sustention** [səsˋtɛnʃən]（n.）支撐；承受；維生 例 The **sustention** of a high level of enthusiasm in teaching is quite difficult. 要維持住這麼高度的教學熱情是很不容易的。

❓ Quiz Time

中翻英，英翻中

(　) 1. 出席　　　（A）extend　　（B）attend　　　（C）pretend

(　) 2. 故意的　　（A）intensify　（B）intentional　（C）intend

(　) 3. tendency （A）緊張　　　（B）照料　　　（C）趨勢

(　) 4. extent　　（A）程度　　　（B）延長　　　（C）膨脹

(　) 5. tension　　（A）傾向　　　（B）緊張　　　（C）監督

解答：1. B 2. B 3. C 4. A 5. B

和「動作」有關的字根 56

-test-

▶to witness, to affirm，表「目睹；證實」

 mp3: 083

衍生字

test

徐薇教你記 最早的 test 是指用來放入稀有金屬，以測定成份的容器或砂鍋。測試時，眼睛要「親眼目睹或證實」。

test [tɛst]（n./v.）試驗；檢驗；測驗

例 This long race will be a **test** of your endurance.
這個長跑是對你耐受力的一種檢驗。

補充 test tube 試管；test-tube baby 試管嬰兒

字首 + 字根

con + test = contest

徐薇教你記 contest 原指大家一起出來做見證，見證法庭上雙方言詞交戰的情形，後衍生出「競賽」的意思。

con-（字首）一起（= 字首 co-）
contest [ˈkɑntɛst]（n.）競賽

例 Mom was proud of me because I won first prize in the speech **contest**.
媽媽為我感到驕傲，因為我演講比賽得到第一名。

de + test = detest

徐薇教你記 detest 原指以神之名往下見證並厭惡，引申為證人譴責目睹的事情，也就是「厭惡、憎恨」。

de-（字首）分開；向下
detest [dɪˈtɛst]（v.）厭惡；憎惡

例 We **detest** any kind of violence.
我們厭惡任何形式的暴力。

test + mony = testimony

徐薇教你記 有證實功能的東西，叫做「證據、證詞」。

-mony（名詞字尾）表「地位；角色；功能」
testimony [ˈtɛstəˌmonɪ]（n.）證詞；證據；表徵

例 The **testimony** of the witness was ruining the prosecutor's case.
該名證人的證詞對這位檢察官的案子非常不利。

舉一反三▶▶▶

初級字	-able（形容詞字尾）可…的 **testable** [ˈtɛstəbl̩]（adj.）可檢驗的；可測驗的 例 Her confession was **testable**. 她的自白可以受檢驗。
	-fy（動詞字尾）使做出…；使…化 **testify** [ˈtɛstəˌfaɪ]（v.）作證；證實；聲明 例 I want you to **testify** against the mafia boss so that he'll finally go to jail. 我希望你能作證指控該名黑手黨老大，讓他被關起來。
實用字	at-（字首）朝向（= 字首 ad-） **attest** [əˈtɛst]（v.）證實；證明 例 I can **attest** to the outstanding character of this young man. 我能證明這名年輕人有著優異的特質。
	pre-（字首）在…之前 **pretest** [ˈpriˌtɛst]（n.）預備考試；預備調查 例 To check the students' knowledge of the subject, the teacher gave them a **pretest**. 為瞭解學生們對這個主題的理解度，老師進行了一次考前測驗。
進階字	**testate** [ˈtɛstet]（adj.）有立遺囑的；留有遺囑的 **intestate** [ɪnˈtɛstet]（adj.）沒有立遺囑的 例 The rich man died young and left all his property **intestate**. 那位富翁還很年輕就死了，而且留下的財產都沒有立遺囑。
	-ment（名詞字尾）表「結果；手段；狀態；性質」 **testament** [ˈtɛstəmənt]（n.）證明；證據 例 You are truly a **testament** to the goodness of the human spirit. 你就是人性本善的最佳寫照。

和「動作」有關的字根 57

-tract-

▶ **to draw，表「抽出；引出」**

有時也會轉變成 -treat-。

🎧 mp3: 084

衍生字

treat

徐薇教你記　來自拉丁文 tractare，指「處理、拉著」。拉著、拖著的東西，就是要拿來販賣的，後衍生出「處理、對待」的字義。拉一堆東西來娛樂或賄賂人，就是「請客」。

treat [trit]（v.）對待
　　　　　（n.）請客

例　Children like to play "Trick or **Treat**" on Halloween.
小朋友喜歡在萬聖節玩「不給糖就搗蛋」。

at + tract = attract

徐薇教你記 朝著你拉、勾著你往前，就是在「吸引」你。

at-（字首）朝向（= 字首 ad-）
attract [ə`trækt]（v.）吸引

例 The ancient temple **attracts** millions of visitors every year.
這個古代神廟每年吸引了上百萬的遊客前來。

con + tract = contract

con-（字首）一起（= 字首 co-）
contract [kən`trækt]（v.）(1) 訂契約，承包；(2) 收縮；(3) 感染疾病

例 I think my son **contracted** the flu from one of his classmates.
我覺得我兒子是從他其中一個同學那兒感染流感的。

re + treat = retreat

徐薇教你記 把軍隊或人都拉回來，就是「撤退」。

re-（字首）返回
retreat [rɪ`trit]（v.）撤退

例 She **retreated** to her room because she knew her mom had found the truth.
她躲回她的房間去，因為她知道她媽媽已經發現實情了。

字首 + 字根 + 字尾

con + tract + ion = contraction

con-（字首）一起（= 字首 co-）
-ion（名詞字尾）表「動作的狀態或結果」
contraction [kən`trækʃən]（n.）(1) 收縮；(2) 縮寫

例 "She's" is a **contraction** of "she is."
「She's」是「she is」的縮寫。

學一反三 ▶▶▶

和「動作」有關的字根 -tract-

初級字	**attract** [ə`trækt] ( v. ) 吸引 **attractive** [ə`træktɪv] (adj.) 有吸引力的；引人注目的 例 Although Marie is **attractive**, she has the personality of a donkey. 儘管瑪莉很有魅力，但卻有著驢一般的頑固性格。
	track [træk] (v.) 追蹤 　　　　　　　(n.) 足跡；路徑；跑道 例 The police followed the **tracks** of the robber for miles. 警方追蹤搶匪的足跡好幾哩。 補充 原本指「山區的長途跋涉」，後衍生為「走路的足跡」。一連串的足跡，就是一條「路徑、軌道」；一條一條跑步用的軌道，就是「跑道」。
實用字	**abs-** (字首) 分開 **abstract** [æb`strækt] ( v. ) 使抽象化；抽取；做摘要 　　　　　　 [`æbstrækt] (adj.) 抽象的 例 I always have a problem understanding **abstract** concepts in geometry. 我總是無法理解幾何學的抽象概念。
	dis- (字首) 離開 **distract** [dɪ`strækt] (v.) 轉移；使分心 記 被拉離開原本的道路，也就是注意力轉移、分心了。 例 A car accident **distracted** the drivers and caused a terrible traffic jam. 一場車禍使駕駛員們分心了，結果造成可怕的交通堵塞。
進階字	**ex-** (字首) 向外 **extract** [ɪk`strækt] (v.) 抽出；提煉；摘錄 例 We need to **extract** all the poison from the snake bite. 我們得將蛇吻傷口裡的毒液全部抽出來。
	sub- (字首) 在…之下 **subtract** [səb`trækt] (v.) 減去；去掉；做減法 例 You should **subtract** the teachers from the total number of possible attendees. They won't go to the show. 你應該把參加者名單中的老師們給刪掉，他們不會來看秀的。

Quiz Time

將下列選項填入正確的空格中

（A）at （B）con （C）ex （D）ab （E）dis

( )1. 承包　 = ＿＿＿＿＿＿ + tract

( )2. 吸引　 = ＿＿＿＿＿＿ + tract

( )3. 使分心 = ＿＿＿＿＿＿ + tract

( )4. 抽象的 = ＿＿＿＿＿＿ + tract

( )5. 提煉　 = ＿＿＿＿＿＿ + tract

解答：1. B 2. A 3. E 4. D 5. C

和「動作」有關的字根 58

-ven(t)-

▶to come，表「來到」

🎧 mp3: 085

字首 + 單字

a + venue = avenue

徐薇教你記 大家都朝著來的地方，叫做「大馬路、大街」。

a-（字首）朝向（= 字首 ad-）

venue [ˈvɛnju]（n.）場所；事件發生地

avenue [ˈævəˌnju]（n.）大街；林蔭大道

例 Whatever you do, don't take Sinclair **Avenue** because it's too congested.
不論你怎麼走，不要走辛克萊爾大道，因為那兒太塞了。

字首 + 字根

in + vent = invent

徐薇教你記 走進來就遇到了、發現了，發現可以這樣做、可以那樣做的方法，就是一種「發明」。

in- （字首）進入
invent [ɪn`vɛnt] (v.) 發明，創造

例 I would like to **invent** something that really helps people.
我想要發明真的可以幫助人的東西。

補充 invention [ɪn`vɛnʃən] (n.) 發明，創造

pre + vent = prevent

徐薇教你記 之前就先來了，因為要來「預防、阻止」。

pre- （字首）在…之前
prevent [prɪ`vɛnt] (v.) 預防；阻止

例 We can **prevent** accidents by installing a traffic light at this intersection.
我們可以在這個十字路口安裝交通號誌來預防事故的發生。

補充 prevention [prɪ`vɛnʃən] (n.) 預防

例 Prevention is better than cure. 預防勝於治療。

字根 + 字尾

vent + ure = venture

徐薇教你記 一直向前走不停的過程，就是一種「冒險」。

-ure （名詞字尾）表「過程、結果、上下關係的集合體」
venture [`vɛntʃɚ] (v.) 冒險

例 If you want to really experience swimming in the ocean, just **venture** out a bit from the shore.
如果你真想體驗在海裡游泳的感覺，只要大膽地離開海岸一些就可以了。

字首 + 字根 + 字尾

ad + vent + ure = adventure

徐薇教你記 一起朝冒險的地方前進，指「投機活動；冒險活動」。

ad- （字首）朝向
adventure [əd`vɛntʃɚ] (n.) 冒險；投機活動 (v.) 冒險

例 I'm thinking about going on an **adventure** to the Amazon.
我正考慮要去亞馬遜冒險。

> **con + ven + ent = convenient**

徐薇教你記　大家都可以一起來，表示是很「方便的」。

con-（字首）一起（＝字首 co-）
convenient [kən`vinjənt]（adj.）方便的；便利的

例　It's really **convenient** to get around this island by motorcycle.
騎摩托車逛這個島很方便。

舉一反三 ▶▶▶

初級字	e-（字首）向外（＝字首 ex-） **event** [ɪ`vɛnt]（n.）事件；比賽項目 例　The bombing of Pearl Harbor was an important **event** in American history. 轟炸珍珠港是美國歷史上一項重要的事件。
	inter-（字首）在…之間 **intervene** [ɪntɚ`vin]（v.）介入；干涉；阻擾 例　The principal must **intervene** in the fight between the two students. 校長必須介入這兩名學生之間的爭執。
	venue [`vɛnju]（n.）事件、行動的發生地；集合地 例　The band is too popular to play at such a small **venue**. 這個樂團太受歡迎了，無法在這麼小的地方演唱。
實用字	ad-（字首）朝向 **advantage** [əd`væntɪdʒ]（n.）優點，優勢 （v.）有利於 例　Ted has an **advantage** over the other player because the wind is at his back. 泰德有另一位選手沒有的優勢，因為他是順著風。
	event [ɪ`vɛnt]（n.）事件；比賽項目 **eventual** [ɪ`vɛntʃʊəl]（adj.）最後的；結果的 例　Information on the TV show led to the **eventual** capture of the fugitive. 電視節目上出現的訊息最後終於讓該名逃犯被捕了。

進階字

sub-（字根）在⋯下面
souvenir [ˋsuvəˌnɪr]（n.）紀念品，紀念物

例 I always bring back **souvenirs** from every vacation.
每次去度假後，我總會帶些禮物回來。

convention [kənˋvɛnʃən]（n.）大會；協議
conventional [kənˋvɛnʃənḷ]（adj.）慣例的；會議的；符合習俗的；
傳統保守的

例 Eric is pretty **conventional**, so he rarely surprises me.
艾瑞克非常傳統，所以他很少會令我驚訝。

-tory（名詞字尾）表「場所；具某種目的之物」
inventory [ˋɪnvənˌtorɪ]（n.）存貨清單；財產目錄

例 After counting the **inventory**, I realized my store was missing two cases of lettuce.
在計算存貨後，我發現我的店裡少了兩箱萵苣。

re-（字首）再次；返回
revenue [ˋrɛvəˌnju]（n.）國家的歲入；稅收；收入

例 The firm is not taking in a lot of **revenue** from new business.
這家公司並沒有從新事業中得到多少收入。

？ Quiz Time

中翻英，英翻中

（　）1. intervene （A）存貨清單 （B）發明 （C）介入

（　）2. 發生地 （A）avenue （B）venue （C）revenue

（　）3. eventual （A）慣例的 （B）事件 （C）最後的

（　）4. 冒險 （A）adventure （B）advantage （C）inventory

（　）5. souvenir （A）紀念品 （B）收入 （C）大會

解答：1. C　2. B　3. C　4. A　5. A

和「動作」有關的字根 59

-vers-/-vert-

▶to turn，表「轉動；翻轉」

🎧 mp3: 086

字根 + 字尾

vers + ion = version

徐薇教你記 把東西翻轉成另一面，指另一種「版本或譯本」。

-ion（名詞字尾）表「動作的狀態或結果」

version [`vɝʒən] (n.) 譯文；同一作品的不同版本

例 I hear that the latest **version** of this game is much better.
我聽說關於這個遊戲的最新版本是好太多了。

字首 + 字根

con + vert = convert

徐薇教你記 大家一起轉動，就是「轉變了、轉換了」，尤其指宗教信仰或是政治立場的轉換。

con-（字首）一起（= 字首 co-）
convert [kən`vɝt] (v.) 轉變，變換
[`kɑnvɝt] (n.) 改變信仰的人

例 The early explorers of America were looking to **convert** the natives to Christianity.
早期的美國探險者想要讓原住民轉變成為基督徒。

---

extra + vert = extravert

徐薇教你記 會往外轉、很容易和外面的人往來，指「個性外向的人」。

extra-（字首）往外
extravert [`ɛkstrə͵vɝt] (n.) 個性外向的人（=extrovert）

例 Kate is such an **extrovert** that she can make several new friends in ten minutes.
凱特是個很外向的人，所以她可以在十分鐘之內交到好幾個新朋友。

intro + vert = introvert

intro-（字首）向內的

introvert [ˈɪntrəˌvɝt]（n.）個性內向的人

例 It's difficult for me to give presentations since I'm such an **introvert**.
我是個內向的人，所以對我來說要做簡報很困難。

per + vert = pervert

徐薇教你記　徹底的翻轉，變得跟以前完全不一樣，當動詞就是「變壞、使墮落」，當名詞則指「變態」。

per-（字首）完全地

pervert [pɚˈvɝt]（v.）使墮落
　　　　 [ˈpɝvɝt]（n.）變態

例 The **pervert** who lives next to me is always buying weird stuff.
那個住在我隔壁的變態總是在買奇怪的東西。

字首 + 字根 + 字尾

ad + vert + ise = advertise

徐薇教你記　朝一個方向翻轉、讓大家都看到，表示「登廣告、宣傳」。

ad-（字首）朝向

advertise [ˈædvɚˌtaɪz]（v.）做廣告，登廣告，作宣傳

例 It's way too expensive to **advertise** in this magazine.
在這本雜誌上刊登廣告太貴了。

con + vers + ation = conversation

徐薇教你記　conversation 最早指大家在轉動的狀態，也就是人們的日常舉止，到十六世紀才衍生出大家日常用來交換思想與情感的「對話、會話」。

con-（字首）一起（= 字首 co-）

conversation [ˌkɑnvɚˈseʃən]（n.）會話，談話；非正式會談

例 Let's have a **conversation** about this matter over coffee.
讓我們一邊喝杯咖啡一邊來聊聊這件事吧。

舉一反三 ▶▶▶

初級字	**-ment**（名詞字尾）表「結果；手段；狀態；性質」 **advertisement** [ˌædvɚˈtaɪzmənt]（n.）廣告，宣傳 例 The pharmaceutical company is being sued for running a false **advertisement** in the newspaper. 這家製藥公司因報紙上的不實廣告而被告。
	di-（字首）分開 **diverse** [daɪˈvɝs]（adj.）不同的；多種多樣的 例 We live in a **diverse** neighborhood; all my friends belong to different nationalities. 我們住在一個很多元的社區，我所有的朋友國籍都不同。
	uni-（字首）一個；單一的 **universe** [ˈjunəˌvɝs]（n.）宇宙；全世界 例 We're still not sure how many stars there are in the **universe**. 我們還不能確定宇宙裡到底有多少的星星。
實用字	**re-**（字首）再次；回來 **reverse** [rɪˈvɝs]（adj.）顛倒的 （v.）顛倒，翻轉 例 The politician is **reversing** his position on the issue of higher taxes. 該名政客對提高稅額的議題立場完全反過來了。
	-al（形容詞字尾）表「屬性；情況」 **universal** [ˌjunəˈvɝsḷ]（adj.）普遍的；全球性的；通用的 例 Harry Potter movies are successful because they have **universal** appeal. 哈利波特電影很成功，因為它們都受到全世界人民喜愛。
進階字	**contra-**（字首）相對的 **controversy** [ˈkɑntrəˌvɝsɪ]（n.）爭論；爭議 例 There has been a lot of **controversy** lately about the new tax laws. 最近關於這個新的稅法有許多的爭議。

-able（形容詞字尾）可做…的
convertible [kən'vɝtəbl]（adj.）可轉換的
（n.）敞篷車

例 It's a beautiful day to take my **convertible** for a spin.
這種好天氣最適合搭我的敞篷車出去轉轉。

-al（形容詞字尾）表「屬性；情況」
vertical ['vɝtɪkl]（adj.）垂直的

例 He has a **vertical** jump of forty inches!
他垂直跳躍可以到四十吋耶！

? Quiz Time

依提示填入適當單字

直↓　1. The _____ can make several new friends in ten minutes.

3. The latest _____ of this game is much better than the first one.

5. New York is a very culturally _____ city.

橫→　2. The smile is a _____ language.

4. It is said the _____ committed this crime.

6. I told him to turn right, but he went in the _____ direction.

解答：1. extrovert 2. universal 3. version 4. pervert 5. diverse 6. reverse

和「動作」有關的字根 60

-vid-/-vis-

▶to see，表「看見」

🎧 mp3: 087

字首 + 字根

pro + vid = provide

徐薇教你記 往前看看你有缺什麼，我才能「提供、供應」給你。

pro-（字首）往前
provide [prə`vaɪd]（v.）提供；供給
例 If you **provide** the sandwiches, I'll bring the drinks.
如果你提供三明治，我會帶飲料。

super + vis = supervise

徐薇教你記 從上往下看著你做事情，就是在「監督；管理」。

super-（字首）在上面
supervise [`supɚvaɪz]（v.）監督；管理；指導
例 Since the teacher did not **supervise** the children, they made a huge mess.
由於老師沒有在監督孩子們，他們搞得一團混亂。

字根 + 字尾

vis + ion= vision

徐薇教你記 看得見的狀態，就是你的「視力」。

-ion（名詞字尾）表「動作的狀態或結果」
vision [`vɪʒən]（n.）視力；眼光；所見事物
例 Rob's poor **vision** led to a fatal car accident.
洛比的糟糕視力導致了一場致命的交通意外。

(vis + **ible** = vis**ible**)

-ible（形容詞字尾）可做…的

visible [ˈvɪzəbl̩]（adj.）可看得見的；顯而易見的

例　The balloon is so high now that it is no longer **visible**.
氣球飛太高了，所以我們再也看不到了。

字根 + 字根

(vis + **it** = vis**it**)

徐薇教你記　到處走走看看，就是在「參觀、拜訪」。

-it-（字根）行走；行進

visit [ˈvɪzɪt]（n./v.）參觀；拜訪；探望

例　The prime minister's long-awaited **visit** caused pandemonium.
期待已久的首相探訪造成了大混亂。

字首 + 字根 + 字尾

(**in** + vis + **ible** = **in**vis**ible**)

徐薇教你記　沒辦法看到的，就是「看不見的、不起眼的」。

in-（字首）表「否定」

-ible（形容詞字尾）可…的

invisible [ɪnˈvɪzəbl̩]（adj.）看不見的；不顯眼的

例　He looked right through me as if I were **invisible**.
他從我這邊看過來但沒看我，好像我是隱形的一樣。

舉一反三▶▶▶

初級字	ad-（字首）朝向 **advise** [ədˈvaɪz]（v.）勸告；當顧問；建議 例　His agent is **advising** him not to accept the baseball team's offer. 他的經紀人建議他不要接受該棒球隊提供的條件。
	video [ˈvɪdɪo]（n.）錄影節目；錄影機；錄影帶 例　Let's look at the **video** of the robbery to see if we can identify the robber. 我們來看這場搶案的錄影帶，看看我們是否可以找出那個強盜。

e-（字首）向外（= 字首 ex-）
evident [ˋɛvədənt]（adj.）明顯的；明白的
例 Your bias against nuclear power is **evident** in your report.
你反核的傾向在你的報告中非常明顯。

re-（字首）再次
revise [rɪˋvaɪz]（v.）修訂；校訂
例 I want you to **revise** your report before we put it on the air.
我要你在我們正式公布前修訂你的報告。

vista [ˋvɪstə]（n.）遠景；狀觀景色；前景；展望
例 If you look down this street, you can see the **vista** of the mountains in the distance.
如果你從這條街向下看，你可以看到遠處山巒的美景。

-ence（名詞字尾）表「情況；性質；行為」
providence [ˋprɑvədəns]（n.）遠見；天意
例 Due to my mother's **providence**, I had a good education when I was young.
因為我媽媽的遠見，我在年紀小的時候接受了良好的教育。

-ion（名詞字尾）表「動作的狀態或結果」
provision [prəˋvɪʒən]（n.）供應；預備
例 Be sure to take enough **provisions** for two weeks on your journey.
要確定你在旅途中有足夠你用兩個禮拜的預備品。

? Quiz Time

中翻英，英翻中

（　　）1. evident　　（A）可看見的（B）明顯的　（C）不顯眼的

（　　）2. 建議　　　（A）advise　　（B）revise　　（C）supervise

（　　）3. vision　　（A）錄影帶　　（B）供應　　（C）視力

（　　）4. 提供　　　（A）provide　（B）invisible（C）visit

（　　）5. provision（A）遠見　　　（B）預備　　（C）遠景

解答：1. B 2. A 3. C 4. A 5. B

MEMO

LEVEL TWO
考試你要會

2

Ruby

和「事物」有關的字根 1 ....

-ann-/-enn-

▶year，表「年」

🎧 mp3: 088

字根 + 字尾

ann + al = annual

徐薇教你記 和「年」有關的，就是「年度的、一年一次的」。

-al（形容詞字尾）有關…的
annual [ˈænjʊəl]（n.）年刊，年鑑
（adj.）每年的；一年一次的

例 We have an **annual** family reunion every August.
我們家每年八月會有家族聚會。

字首 + 字根 + 字尾

bi + enn + al = biennial

徐薇教你記 biennial 和兩個年有關的，也就是「兩年一次的、雙年的」。

bi-（字首）兩個；兩個的
biennial [baɪˈɛnɪəl]（adj.）兩年一度的

例 The national basketball team is involved **biennially** in a major competition.
籃球國家代表隊每兩年會參加一場重要的競賽。

比 biannual [baɪˈænjʊəl]（adj.）半年一次的，一年兩次的
= semiannual = half-yearly

字根 + 字根 + 字尾

ann + vers + ary = anniversary

徐薇教你記 anniversary 每一年都會翻轉一次的性質，意思是「每年都會轉回來的日子」，也就是年度的慶祝，後來才衍生出名詞字義的「週年慶、紀念日」。

-vers-（字根）翻轉

anniversary [͵ænəˋvɜsərɪ]（n.）週年紀念日

例 Today is my parents' twenty-fifth wedding **anniversary**.
今天是我父母二十五週年結婚紀念日。

舉一反三▶▶▶

初級字	cent-（字首）百的 **centennial** [sɛnˋtɛnɪəl]（n.）百年紀念 〔adj.〕百年的；百年紀念的 例 On the **centennial** celebration of this university, we will open a new football stadium. 在這所大學百年校慶時，我們將啟用一座新的足球場。
	semi-（字首）一半 **semiannually** [͵sɛmɪˋænjʊəlɪ]（adv.）每半年地；一年兩次地 例 Since my parents live on the other side of the country, I only see them **semiannually**. 由於我父母住在這個國家的另一端，我每年只能見到他們兩次。
實用字	-ty（名詞字尾）表「狀態、性質」 **annuity** [əˋnjuətɪ]（n.）年金；年金保險 例 I have taken all my money out of stocks and put it into an **annuity**. 我把錢從股票帳戶中全領了出來，並存入年金保險帳戶中。
	cent-（字首）百的 **centenarian** [͵sɛntəˋnɛrɪən]（n.）百歲的人 （adj.）百歲的 例 Japan has the highest number of **centenarians** in the world. 日本擁有世界上最多的百歲人瑞。
進階字	-ant（名詞字尾）具…性質或身分的人 **annuitant** [əˋnuətənt]（n.）領年金者 例 The **annuitant** lived a carefree lifestyle, and played chess on the bench all day. 那位領年金者過著無憂無慮的生活，整天就是在長板凳上下棋。

per-（字首）徹底地、完全地
perennial [pəˈrɛnɪəl]（adj.）終年的，常年的；長期的
例 The New York Yankees are a **perennial** powerhouse -- they always win a lot of games.
美國紐約洋基棒球隊是一支常勝軍，他們總是贏得許多比賽。

Quiz Time

拼出正確單字

1. 每年的 _____

2. 週年紀念日 _____

3. 百歲人瑞 _____

4. 年金保險 _____

5. 兩年一度的 _____

解答：1. annual 2. anniversary 3. centenarian 4. annuity 5. biennial

和「事物」有關的字根 2

-aster-/-astr-

▶ **star, outer space**，表「星星；外太空」

來自希臘神話中星辰之神的名字 Astraeus。Astraeus 即星辰升起之意。

🎧 mp3: 089

字首 + 字根

dis + aster = disaster

徐薇教你記　dis- 離開，-aster- 星星，古人認為星星離開原本該有的位置就是不吉利，就會發生 disaster 災難。

dis- （字首）離開

disaster [dɪˋzæstɚ] （n.）災難

例 Aerodromes could deliver food and relief to most **disaster** zones immediately.
無人機可立即將食物和救援物資送到大部分的災區。

字根 + 字尾

aster + oid = asteroid

徐薇教你記　asteroid 就是像星星、行星一樣會環繞太陽，但體積和質量比行星小得多的「小行星」。

-oid （名詞字尾）像⋯的東西

asteroid [ˋæstəˏrɔɪd] （n.）小行星

例 Most of the **asteroids** are in stable orbits around the sun; only a few are not.
大部分的小行星都以固定的軌道繞太陽運行；只有少數不是這樣。

字根 + 字根

astr + naut = astronaut

徐薇教你記　在星際太空中航行的人就是「太空人、宇航員」。

-naut- （字根）航行；船隻

astronaut [ˋæstrəˏnɔt] （n.）太空人、宇航員

例 **Astronauts** need airproof suits when walking around in outer space.
太空人在進行外太空漫步時需要穿完全密閉式的服裝。

舉一反三 ▶▶▶

初級字	-isk （名詞字尾）小的東西 **asterisk** [ˋæstəˏrɪsk] （n.）星號 （v.）打星號 例 Where is the **asterisk** key? I can't find it! 星號鍵在哪裡？我找不到！
	-al （形容詞字尾）與⋯有關的 **astral** [ˋæstrəl] （adj.）星際的 例 Professor Lee gave the students the assignment of recording the **astral** movement for one month. 李教授要學生記錄一整個月的星體移動當成作業。

實用字	**-ology**（名詞字尾）學科 **astrology** [əˈstrɑlədʒɪ]（n.）占星術 例 Some people believe in **astrology** and tend to judge others by the star signs they were born under. 有些人相信占星術，並且容易拿別人出生的星座來評斷一個人。
	-nomy（名詞字尾）安排、處理 **astronomy** [əˈstrɑnəmɪ]（n.）天文學 例 **Astronomy** is an exact science, but astrology is not. 天文學是一門真正的科學，但占星術並不是。
進階字	**-er**（名詞字尾）做…動作的人 **astronomer** [əˈstrɑnəmɚ]（n.）天文學家 例 It is reported that an amateur **astronomer** found a lost NASA satellite a few months ago. 據報導，數個月前有位業餘天文學家發現了 NASA 丟失的衛星。
	aster [ˈæstɚ]（n.）紫菀花；翠菊 例 **Aster** flowers are often used for the game of "He-Loves-Me-He-Loves-Me-Not" by young girls. 紫菀花常被許多年輕女孩拿來玩「他愛我、他不愛我」的遊戲。 補充 紫菀屬的植物因為花序分布有如星星，因此得名。

? Quiz Time

填空

（　）1. 占星術：astro＿＿（A）naut（B）logy （C）nomy

（　）2. 星號：aster＿＿（A）isk （B）ics （C）iks

（　）3. 災難：＿＿aster（A）de （B）di （C）dis

（　）4. 小行星：aster＿＿（A）al （B）oid （C）id

（　）5. 太空人：astro＿＿（A）man（B）nomer（C）naut

解答：1. B 2. A 3. C 4. B 5. C

和「事物」有關的字根 **3**

-bell-

▶war，表「戰爭」

🎧 mp3: 090

字首 + 字根

(re + bel = rebel)

徐薇教你記 一再地回到戰爭的狀態就是有人「造反、叛亂」。

re- （字首）再次；返回
rebel [rɪˋbɛl]（v.）造反；反叛
　　　　[ˋrɛbl̩]（n.）反抗者；造反者

例 It is normal for teenagers to **rebel** against their parents' ideas.
青少年違抗他們父母的想法是很正常的。

字首 + 字根 + 字尾

(re + bell + ion = rebellion)

-ion （名詞字尾）表「動作的狀態或結果」
rebellion [rɪˋbɛljən]（n.）造反；反抗

例 The protest turned into a **rebellion** at last.
這場抗議到最後轉變成造反抗爭。

(re + bell + ous = rebellious)

徐薇教你記 充滿著反叛的狀態，就是「反叛的、難以控制的」。

-ous （形容詞字尾）充滿…的
rebellious [rɪˋbɛljəs]（adj.）反叛的；難以控制的

例 The more their parents criticize them, the more **rebellious** the teenaged children become.
父母愈批評青少年孩子，他們就會變得更叛逆。

舉一反三 ▶▶▶

<table>
<tr>
<td rowspan="2">初級字</td>
<td>

reveler（古法文）找樂子、參與狂歡

revel [ˈrɛvl̩]（v.）狂歡作樂

例 The young people drank beer, playing pool games, and **reveling** late into midnight.
那些年輕人喝啤酒、打撞球，一直玩樂直到半夜。

</td>
</tr>
<tr>
<td>

-ry（名詞字尾）表「行為」

revelry [ˈrɛvl̩rɪ]（n.）尋歡作樂；狂歡

例 They called the police because the sounds of **revelry** downstairs were annoying.
他們打電話叫警察，因為樓下狂歡吵鬧的聲音讓人受不了。

</td>
</tr>
<tr>
<td rowspan="2">實用字</td>
<td>

-ose（形容詞字尾）充滿…的，像…的

bellicose [ˈbɛləˌkos]（adj.）好戰的；好鬥的

例 The man ended up being taken to the hospital due to his **bellicose** behavior.
那男人因他的好鬥行為結果最後被送到醫院去了。

</td>
</tr>
<tr>
<td>

-ger-（字根）承載；帶著

belligerent [bəˈlɪdʒərənt]（adj.）好鬥的；挑釁的；交戰的

例 Some leaders tried to negotiate a ceasefire among the **belligerent** countries.
一些領袖試著要協調讓交戰中的各國停火。

</td>
</tr>
<tr>
<td rowspan="2">進階字</td>
<td>

ante-（字首）在…之前

-um（名詞字尾）地點

antebellum [ˌæntɪˈbɛləm]（adj.）美國南北戰爭前的

例 There are still many **antebellum** buildings in Southern United States.
在美國南部各州仍有許多南北戰爭前的建築物保存著。

</td>
</tr>
<tr>
<td>

post-（字首）在…之後

postbellum [ˈpostˈbɛləm]（adj.）美國南北戰爭後的

例 The writer wrote a lot of stories about the reconstruction of **postbellum** America.
這個作家寫了很多關於南北戰爭後美國重建的故事。

</td>
</tr>
</table>

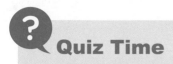

? Quiz Time

從選項中選出適當的字填入空格中使句意通順

rebel / rebellion / rebellious / revelry / belligerent

1. Some leaders tried to negotiate a ceasefire among the
   _____ countries.

2. They called the police because the sounds of _____
   downstairs were annoying.

3. The protest turned into a _____ at last.

4. It is normal for teenagers to _____ against their
   parents' ideas.

5. The more their parents criticize them, the more _____
   the teenaged children become.

解答：1. belligerent 2. revelry 3. rebellion 4. rebel 5. rebellious

和「事物」有關的字根 4

-capit-/ -cipit-

▶head，表「頭」

🎧 mp3: 091

字根 + 字尾

capit + al = capital

> 徐薇教你記 居一國領頭地位的就是「首都」；做生意的源頭就是「資本」；文章開頭的第一個字母一定是「大寫字母」，都是用 capital。

-al（名詞字尾）表「狀況；事情」
　　（形容詞字尾）與…有關的

capital [ˈkæpətl̩]（n.）（1）首都；（2）資本；（3）大寫字母
　　　　　　（adj.）（1）大寫字母的；（2）首都的

例 The **capital** of the United States is Washington, D.C.
美國的首都是華盛頓特區。

單字 + 字尾

capital + ism = capitalism

-ism（名詞字尾）…主義、…行為狀態

capitalism [ˈkæpətl̩ˌɪzəm]（n.）資本主義

例 The main issue of the debate is about globalization and **capitalism**.
這個爭論的主要議題是全球化與資本主義。

字首 + 字根 + 字尾

de + capit + ate = decapitate

> 徐薇教你記 把頭的部分給去除掉，就是「斬首、砍頭」。

de-（字首）除去、拿開
　　　　-ate（動詞字尾）使做出…動作

decapitate [dɪˈkæpəˌtet]（v.）斬首；砍頭

例 It is reported that a bike rider risked being **decapitated** when he was struck around the neck by a nearly invisible wire trap.
據報導有單車騎士因脖子被幾乎看不到的「線阱」絆住差點被斷頭。

舉一反三▶▶▶

初級字	**cape** [kep]（n.）(1) 斗篷；(2) 海岬
	例 The little boy always puts on his superman **cape** before he goes out to play. 那小男孩在出門玩之前總會披上他的超人斗篷。
	-ain（名詞字尾）特定類別或族群的人（= 字尾 -an） **captain** [ˋkæptən]（n.）隊長、船長、機長；（軍隊）上尉
	例 **Captain** America is the favorite superhero of many young boys. 美國隊長是許多年輕男孩最愛的超級英雄。
實用字	**chief** [tʃif]（n.）領導人；首領 　　　　　（adj.）首要的；主要的
	例 Melissa is the **chief** engineer on this project. 梅莉莎是這個專案的首席工程師。
	-er（名詞字尾）做⋯的事物 **chapter** [ˋtʃæptɚ]（n.）章節
	例 There's a quiz at the end of every **chapter** in this book. 這本書裡的每個章節之後都有一個小測驗。
進階字	**re-**（字首）再次 **recap** [riˋkæp]（v.）摘要說明；簡要重述
	例 At the end of the meeting, the assistant to the CEO **recapped** the main points of our decisions. 在會議最後，執行長特助概括說明了我們所做決定的主要重點。
	pre-（字首）在⋯之前 **precipitate** [prɪˋsɪpətet]（v.）加速⋯發生；促成
	例 The king's sudden death **precipitated** the royal family crisis. 國王驟逝加速了皇室家族危機的發生。
	-ate（動詞字尾）使做出⋯動作 **capitulate** [kəˋpɪtʃəˌlet]（v.）投降；讓步；被迫同意
	例 The president of the company finally **capitulated** to the labor union to avoid a strike. 該公司董事長最後終於向工會讓步以避免罷工。

❓ Quiz Time

從選項中選出適當的字填入空格中使句意通順

capital / recap / captain / chief / decapitate

1. The criminal was _____d in the end.

2. Please _____ the main point of the decisions for us.

3. The _____ of England is London.

4. The preface is written by the editor-in-_____.

5. The _____ gave the order to abandon ship.

解答：1. decapitate 2. recap 3. capital 4. chief 5. captain

和「事物」有關的字根 5

-caus-/ -cus-

▶cause，表「原因；理由」

🎧 mp3: 092

衍生字

cause [kɔz] （n.）原因；起因

（v.）造成；導致

例 The police are investigating the **cause** of this murder.
警方正在調查這起謀殺案的起因。

2

(**be + caus = because**)

徐薇教你記 是這個原因，就是「因為、由於」。

be- （字首）是…
because [bɪˋkɔz] （conj.）因為；由於

例 She didn't sleep well last night **because** she had drunk too much coffee.
她昨晚沒睡好，因為她喝太多咖啡了。

(**ex + cus = excuse**)

徐薇教你記 向外表達的原因就是你的「藉口」。

ex- （字首）向外
excuse [ɪkˋskjuz] （v.）原諒；寬恕
　　　　　　　　　　　　（n.）藉口

例 A traffic jam is not a good **excuse** for being late.
交通壅塞不是遲到的好理由。

舉一反三 ▶▶▶

初級字	ac- （字首）去；朝向（＝字首 ad-） **accuse** [əˋkjuz] （v.）指控 例 The man was **accused** of stealing the jewels from the store. 那男人被控偷走店內的珠寶。
	-ation （名詞字尾）表「動作的狀態或結果」 **accusation** [ˌækjəˋzeʃən] （n.）控告；譴責 例 The officer has denied the **accusation** of taking the bribes from the company. 那名官員否認收受該公司的賄賂。
實用字	-al （形容詞字尾）有關…的 **causal** [ˋkɔzl] （adj.）原因的；因果的 例 The scientist said there wasn't a **causal** link between the lunar eclipse and the earthquake. 科學家說月蝕和地震之間沒有因果關係。

	-able（形容詞字尾）能…的、可…的 **excusable** [ɪkˋskjuzəbl̩]（adj.）可被原諒的 例 Your report is excellent; I think the typos are **excusable**. 你的報告很棒，我想有些錯字是可以被原諒的。
進階字	**in-**（字首）表「否定」 **inexcusable** [ɪnɪkˋskjuzəbl̩]（adj.）不可饒恕的 例 His rude behavior and words are **inexcusable**. 他粗魯的行為和言語真是不可饒恕。
	-ation（名詞字尾）表「動作的狀態或結果」 **causation** [kɔˋzeʃən]（n.）因果關係；因果過程 例 The doctor considered his daily diet to be the **causation** of his cancer. 醫生認為他的日常飲食是導致他罹患癌症的原因。

? Quiz Time

填空

（　）1. 導致：c___　　　　（A）use　（B）aus　（C）ause

（　）2. 藉口：___cuse　　　（A）ac　（B）ex　（C）be

（　）3. 因為：___cause　　　（A）ac　（B）ex　（C）be

（　）4. 指控：___cuse　　　（A）ac　（B）ex　（C）be

（　）5. 不可饒恕的：___able　（A）caus　（B）excus　（C）inexcus

解答：1. C 2. B 3. C 4. A 5. C

和「事物」有關的字根 6

-civ-

▶citizen，表「市民」

🎧 mp3: 093

衍生字

city

> 徐薇教你記 源自拉丁文 civitas 指「公民權」或「社區的成員身份」，後衍生為市民所居住一定範圍的區域。

city [ˋsɪtɪ]（n.）城市

例 This company has several branches in major **cities** in Asia, like Tokyo, Seoul, and Shanghai.
這間公司在亞洲的幾個主要城市有分公司，像是東京、首爾和上海。

單字 + 字尾

city + ian = citizen

> 徐薇教你記 住在城裡的人，也就是「市民、公民」。

　　-ian（名詞字尾）同類或同籍、同族群的人
citizen [ˋsɪtəzn̩]（n.）市民；公民

例 She married a Korean and applied to become a Korean **citizen**.
她嫁給韓國人並申請成為韓國公民。

字根 + 字尾

civ + il = civil

> 徐薇教你記 有市民性質的就是「市民的、公民的」，住在都市裡的人文明程度應該比較高，所以 civil 也有「文明的、有禮貌的」意思。

　　-il（形容詞字尾）有…性質的
civil [ˋsɪvl̩]（adj.）市民的；公民的；文明的；有禮的；民事的

例 The man filed a **civil** suit against the restaurant that served spoiled food.
那男人對提供壞掉食物的餐廳提出了民事訴訟。

初級字	**-ize**（動詞字尾）使⋯化 **civilize** [ˋsɪvə͵laɪz]（v.）使文明；使開化；變得文明；教化 例 The teacher set up some rules and hoped to **civilize** her students a bit. 那名老師設定了幾條規則，希望能讓學生們變得有教養一點。
	-ation（名詞字尾）表「動作的狀態或結果」 **civilization** [͵sɪvləˋzeʃən]（n.）文明世界；文明國家 例 The arch bridge was an important invention in ancient Greek **civilization**. 拱橋是古希臘文明的重要發明。
實用字	**-ic**（形容詞字尾）⋯似的、屬於⋯的、關於⋯的 **civic** [ˋsɪvɪk]（adj.）城鎮的；城市的；市民的 例 The newly-opened, world-class museum is a great source of **civic** pride. 這個新開幕的世界級博物館是市民們的一大驕傲。
	un-（字首）表「否定」 **uncivil** [ʌnˋsɪvl]（adj.）不禮貌的；無禮的 例 It is **uncivil** of him to call the old man "stupid." 他叫那老先生「蠢蛋」真的很沒禮貌。
進階字	**-an**（名詞字尾）做⋯的人 **civilian** [sɪˋvɪljən]（n.）老百姓 （adj.）民間的 例 Thousands of innocent **civilians** died in the civil war. 數萬名無辜的老百姓死於內戰。
	-ics（名詞字尾）學術、技術用語 **civics** [ˋsɪvɪks]（n.）公民學 例 Students in high school have two **civics** classes every week. 中學生每週有兩堂公民課。
	-ity（名詞字尾）表「狀態、性格、性質」 **civility** [sɪˋvɪlətɪ]（n.）禮貌 例 The gentleman greeted the guests with **civility**. 那位紳士彬彬有禮地招呼客人。

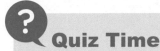

Quiz Time

依提示填入適當單字

1. 古希臘文明　ancient Greek _____

2. 公民課　　　a _____ class

3. 韓國公民　　a Korean _____

4. 讓野人變文明 to _____ the barbarians

5. 公民權　　　_____ rights

解答：1. civilation 2. civics 3. citizen 4. civilize 5. civil

和「事物」有關的字根 7

-dies-/ -diurn-

▶day，表「日」

🎧 mp3: 094

衍生字

day [de]（n.）日子，白天

徐薇教你記　day 來自古印歐字根 *dyeu- 指「閃耀」，太陽升起、一天的開始就是陽光閃耀照亮大地的時候。

例　There are 366 **days** in a leap year.
閏年的一年有三百六十六天。

di + ary = diary

徐薇教你記 記錄一天經過的事物，就是「日記」。

-ary（名詞字尾）和…有關的事物
diary [ˈdaɪərɪ]（n.）日記

例 Ellen has kept a **diary** since he was ten years old.
艾倫從十歲起就有寫日記的習慣直到現在。

diurn + al = diurnal

徐薇教你記 和白天有關的就是「只在白天發生的、晝行性的」。

-al（形容詞字尾）有關…的
diurnal [daɪˈɝnl̩]（adj.）一天內的；白天發生的；晝行性的

例 Most birds and mammals are **diurnal** animals.
大部分的鳥和哺乳類都是日行性動物。

jour + al = journal

徐薇教你記 journal 來自法文，原表示一天的經過、旅途或工作，也就是指一天中所經歷的事，將一天中所經歷的事記錄下來，就是「日誌」，後引申也指定期發布的「期刊」。

jour（法文）日子
journal [ˈdʒɝnl̩]（n.）日誌；期刊

例 The young scientist has had several articles published in the science **journals**.
這名年輕的科學家已有數篇文章被發表在科學期刊上。

journey [ˈdʒɝnɪ]（n.）旅程；旅行

例 My sister and I are planning for a long **journey** across Europe.
我姊姊和我正在規劃橫跨歐洲的長途旅行。

和「事物」有關的字根 **-dies-/-diurn-**

初級字	**ad-**（字首）去；朝向 **adjourn** [əˋdʒɝn]（v.）使休會；使延期 **補充** 原指去設定某個特定的日子來開會，去設定下個要開的日子就是因為現在要「休會」、要把「會議延期」了。 **例** It was decided that the meeting would be **adjourned** since it was already so late in the day. 因為已經很晚了，所以會議已決定要延期了。
	sun [sʌn]（n.）太陽 **sundial** [ˋsʌnˌdaɪəl]（n.）日晷 **例** Our science teacher taught us how to make a paper **sundial**. 我們的科學老師教我們如何做一個紙日晷。
實用字	**ante-**（字首）在…前面 **antemeridian** [ˌæntɪməˋrɪdɪən]（adv.）上午的（縮寫為 a.m.） **例** **Antemeridian** is often shortened to a.m., referring to the time before midday. 「antemeridian」常被縮寫為「a.m.」，用來指中午以前的時間。
	post-（字首）在…後面 **postmeridian** [ˌpostməˋrɪdɪən]（adv.）午後的（縮寫為 p.m.） **例** **Postmeridian** is often shortened to p.m., referring to the time after midday. 「postmeridian」常被縮寫為「p.m.」，用來指中午以後的時間。
進階字	**-medi-**（字根）在…中間 **meridian** [məˋrɪdɪən]（n.）子午線；經線 **例** The prime **meridian** is the line which runs through Greenwich Observatory and is used globally as a standard "zero point." 本初子午線是劃過格林威治天文台，並被視為經度零度的那條線。
	-circ-（字根）環，循環 **circadian** [sɚˋkedɪən]（adj.）全天的；晝夜的；約二十四小時的週期 **例** When I traveled abroad, my **circadian** rhythm was disrupted and it led to terrible jet lag. 當我出國旅行，我的日夜生理節奏被打亂，導致麻煩的時差問題。

拼出正確單字

1. 日記　　_____

2. 旅行　　_____

3. 期刊　　_____

4. 延期　　_____

5. 子午線　_____

解答：1. diary　2. journey　3. journal　4. adjourn　5. meridian

和「事物」有關的字根 **8** ·············

-found-/ -fund-

▶bottom，表「底部」

🎧 mp3: 095

衍生字

fund [fʌnd]（n.）基金；資金

　　　　　　（v.）提供資金，資助

例　The start-up is **funded** by an international enterprise.
這間新創公司是由一家國際企業出資成立的。

（ **found** ）

徐薇教你記　源於古拉丁文 fundare 表「放在底部、做為基礎」，東西放底部做基礎就表示要向上「創建、創辦」事物囉。

found [faʊnd]（v.）創建

例 This university was **founded** a hundred and fifty years ago.
這間大學是一百五十年前創立的。

found + ation = foundation

徐薇教你記 一開始創建的東西就是事物的「基礎」；開始化妝的基礎就是要上「粉底」。

-ation（名詞字尾）表「動作的狀態或結果」
foundation [faʊnˋdeʃən]（n.）創建；基礎；基金會；化妝品的粉底

例 Physics is considered the **foundation** of all the sciences.
物理學被視為是所有科學的基礎。

舉一反三▶▶▶

初級字	-er（名詞字尾）做…的人 **founder** [ˋfaʊndɚ]（n.）創辦人 　　　　　　　　　　（v.）船隻浸水沉沒；失敗 例 My great-grandpa is the **founder** of this enterprise. 我的曾祖父是這間企業的創辦人。
	-al（形容詞字尾）與…有關的 **fundamental** [ˌfʌndəˋmɛntl̩]（adj.）基礎的；根本的 例 High house prices is one of the **fundamental** causes of the low birth rate. 高房價問題是造成少子化的根本原因之一。
實用字	raiser [ˋrezɚ]（n.）籌募者；栽培者 **fundraiser** [ˋfʌndˌrezɚ]（n.）募資者；集資活動 例 The **fundraiser** discloses its financial report to the public every year. 這個募資單位每年都會將年度財務報告公開給大眾知曉。
	crowd [kraʊd]（n.）人群 **crowdfund** [ˋkraʊdfʌnd]（v.）網路募款；群眾募款 例 Many young people tend to **crowdfund** their projects or ventures rather than go to a bank. 許多年輕人傾向用群眾募款的方式來進行計劃或創業，而非上銀行找錢。

進階字

pro- （字首）向前
profound [prəˋfaʊnd] （adj.）強烈的；有深度的
例 The Internet has made **profound** changes to our daily lives.
網路讓我們的日常生活已產生了很大的改變。

de- （字首）表「相反意思或動作」
defund [dɪˋfʌnd] （v.）停止支付；停止為…提供資金
例 The administration attempted to **defund** the climate change research project.
政府行政部門意圖停止為氣候變遷研究計劃繼續提供資金。

? **Quiz Time**

中翻英，英翻中

（　）1. profound 　（A）強烈的　（B）基礎的　（C）創造的

（　）2. 基金會　　（A）fund　　（B）found　　（C）foundation

（　）3. fundamental （A）創建的　（B）根本的　（C）募款的

（　）4. 創辦人　　（A）founder （B）fundraiser （C）crowdfund

（　）5. defund　　（A）失敗　　（B）資助　　（C）停止支付

解答：1. A 2. C 3. B 4. A 5. C

和「事物」有關的字根 9

-hipp-

▶horse，表「馬」

-hipp- 來自希臘文 hippo，意思是「馬」，不是英文的河馬。

🎧 mp3: 096

字根 + 字根

hippo + potamos = hippopotamus

potamos（希臘文）河流

hippopotamus [ˌhɪpəˋpɑtəməs]（n.）河馬（簡稱 hippo）

例 "Hippopotamus" is a long word and is often abbreviated to "hippo."
「hippopotamus」這個字很長，而且常被縮簡成「hippo」。

hippo + cracy = Hippocrates

徐薇教你記　古希臘的希波克拉底被視為醫學史上的傑出人物。他在醫學不發達的年代，讓醫學脫離巫術和哲學的領域，成為一門專業學科，對古希臘醫學發展貢獻良多，被譽為「現代醫學之父」。其所訂立的行醫守則被稱為「希波克拉底誓言（Hippocratic Oath）」，後來就成為後世醫學畢業生及醫師從醫前必宣誓遵守的道德規範，也就是「醫師誓詞」。

-cracy（名詞字尾）統治

Hippocrates [hɪˋpɑkrəˌtiz]（n.）希波克拉底（古希臘名醫）

補充　Hippocrates 字面上的原意指「有絕佳馭馬能力的人」

例 Swearing a modified form of **Hippocratic** Oath is a rite of passage for medical graduates in many countries.
許多國家醫學院畢業生必須進行宣讀修改版的希波克拉底誓詞的儀式。

舉一反三 ▶▶▶

初級字	-phil-（字根）愛
	Philip [ˋfɪlɪp]（n.）菲利普（男子名）
	補充　Philip 字面意思為「對馬的愛」。
	例 Prince **Philip** married Elizabeth II in 1947. 菲利普親王是在一九四七年和伊麗莎白二世結婚的。

drome（希臘文）跑道；場地

hippodrome [ˈhɪpəˌdrom]（n.）競賽場

例 Many people go to the horse **hippodrome** on weekends.
週末有許多人到賽馬場去。

實用字

Philippines [ˈfɪləˌpinz]（n.）菲律賓

補充 Philippines 原意為 The islands of Philip，指這塊地方是屬於當時的西班牙國王菲力浦二世（King Philip II）的土地。

例 My dad is planning a family trip to the **Philippines** this year.
我爸正在規劃今年家庭旅遊去菲律賓。

eo-（字首）最早的

eohippus [ˌioˈhɪpəs]（n.）始祖馬

例 Archaeologists tried to find the proof of the existence of **eohippus**.
考古學家試著找始祖馬真的存在的證據。

進階字

kampos（希臘文）海怪

hippocampus [ˌhɪpəˈkæmpəs]（n.）大腦的海馬迴

補充 海馬迴是大腦中主管短期記憶、長期記憶以及空間定位功能的部位，因為長的樣子像海馬而得名。

例 **Hippocampus** is a major component of the brain and plays an important role in memory.
海馬迴是大腦的主要部分，並在記憶力上扮演重要角色。

krene（希臘文）噴泉

Hippocrene [ˈhɪpəˌkrin]（n.）詩的靈感泉源

補充 Hippocrene 字面上的意思為「馬的噴泉」，此泉位於希臘的赫利孔山，希臘神話傳說是由天馬佩索斯的蹄一腳踩出來的，也是藝文之神繆思的聖泉，據說喝了此泉的泉水能帶給人詩的靈感。

例 According to mythology, **Hippocrene** was a spring on Mt. Helicon and was sacrificed to the Muses.
根據神話所述，靈泉是在赫利孔山的泉水，並被獻給女神繆思。

? Quiz Time

拼出正確單字

1. 河馬 _____

2. 菲律賓 _____

3. 菲利普 _____

4. 競賽場 _____

5. 海馬迴 _____

解答：1. hippopotamus / hippo　2. Philippines　3. Philip　4. hippodrome　5. hippocampus

和「事物」有關的字根 10

-hom-/
-hum-

▶man，表「人」

🎧 mp3: 097

衍生字

human [ˈhjumən] （n.）人類

（adj.）人類的

例　Well goes the saying, "to err is **human**; to forgive divine."

俗話說得好：「人非聖賢，孰能無過？唯神能寬恕。」

human + ize = humanize

-ize（動詞字尾）使…化；使變成…狀態

humanize [ˈhjumənˌaɪz]（v.）使…人性化

例 The team changed the numbers and statistics into another form to **humanize** the whole report.
這個小組將數字和統計數據轉換成另一種形式，讓整個報告看起來更符合人性。

hom + cid = homicide

徐薇教你記 把人殺掉，就是「殺人、兇殺案」。

-cid-（字根）殺；切

homicide [ˈhɑməˌsaɪd]（n.）殺人；謀殺行為；兇殺案

例 The number of **homicides** in the cities has increased recently.
都市裡的殺人案件最近有增加的趨勢。

in + human = inhuman

徐薇教你記 沒有像人一樣的人性，也就是「沒人性的、殘酷的、不仁道的」。

in-（字首）表「否定」

inhuman [ɪnˈhjumən]（adj.）殘酷的；不仁道的

例 The prisoners were facing **inhuman** treatment from the prison guards.
犯人正面臨獄警的不仁道對待。

舉一反三▶▶▶

初級字

humane [hjuˈmen]（adj.）善良的；仁慈的

例 Can we take more **humane** measures to help with the stray dogs?
我們能用更人道的措施來幫助這些流浪狗嗎？

實用字

-ity（名詞字尾）表「狀態、性格、性質」

humanity [hjuˋmænətɪ]（n.）人性；人道；仁慈；人類（統稱）

例 Honor killing is a crime against **humanity**.
名譽殺人是違反人道的罪行。

-ism（名詞字尾）⋯主義、⋯行為狀態

humanism [ˋhjumənɪzəm]（n.）人道主義

例 **Humanism** often emphasizes the value of human beings.
人道主義通常強調人類的價值。

-oid（形容詞字尾）像⋯、類似⋯的

humanoid [ˋhjumənɔɪd]（adj.）像人的
（n.）像人的生物

例 The TV series is about the romance between a man and a female **humanoid** robot.
這部電視劇是有關一個男人和類女性機器人之間的愛情故事。

進階字

-ian（名詞字尾）同類或同族群的人

humanitarian [hjuˏmænəˋtɛrɪən]（n.）人道主義者；慈善家
（adj.）人道主義的；博愛的

例 The organization offers **humanitarian** aid to the victims in the flooded area.
這個組織為洪災地區的災民提供人道救援。

de-（字首）表「相反動作」

dehumanize [diˋhjumənˏaɪz]（v.）使失去人性；剝奪⋯的人性

例 In ancient China, the last emperor of each dynasty was often forced to commit suicide or was **dehumanized** by the new dynasty founder.
在古代中國，每個朝代的末代皇帝通常都被新朝代的創建者強迫自殺或被剝奪人性。

super-（字首）在⋯之上；超越

superhuman [ˏsupəˋhjumən]（adj.）超乎常人的；非凡的

例 The police officer showed **superhuman** courage when negotiating with the armed kidnappers.
那名警官在和武裝綁匪談判時展現了超乎常人的勇氣。

和「事物」有關的字根 11

-lingu-

▶tongue, language，表「舌頭；語言」

🎧 mp3: 098

字根 + 字尾

langu + age = language

-age（名詞字尾）表「集合名詞或總稱」

language [ˈlæŋgwɪdʒ] （n.）語言

例 How many **languages** do you speak?
你會說幾種語言？

字根 + 字尾 + 字尾

lingu + ist + ics = linguistics

-ist（名詞字尾）…的專家

-ics（名詞字尾）學術、技術用語

linguistics [lɪŋˈgwɪstɪks] （n.）語言學

例 More and more students are interested in Internet **linguistics** under the influence of the Internet and of other new media.
在網路和新媒體的影響下，愈來愈多學生對網路語言學有興趣。

字首 + 字根 + 字尾

bi + lingu + al = bilingual

徐薇教你記 和兩種語言有關的，就是「雙語的」。

bi- （字首）兩個
　　　-al （形容詞字尾）有關…的
bilingual [baɪˋlɪŋgwəl] （adj.）雙語的

例 People nowadays are used to looking up words or phrases through online **bilingual** dictionaries.
現在的人們已很習慣於用線上雙語字辭典來查找單字或片語。

舉一反三 ▶▶▶

初級字	tri- （字首）三個，三個的 **trilingual** [traɪˋlɪŋgwəl] （adj.）能講三種語言的 例 My nephew is a **trilingual** child, whose mother tongues are Chinese and English, and he speaks French with his paternal grandpa. 我姪子是個會說三種語言的小孩，他母語是中文和英語，而且他和他爺爺說法語。
	multi- （字首）多的、大量的 **multilingual** [ˏmʌltɪˋlɪŋgwəl] （adj.）使用多種語言的 例 You can look up the Spanish word through the online **multilingual** dictionary. 你可以用線上多語字典查這個西班牙文。
實用字	-al （形容詞字尾）有關…的 **lingual** [ˋlɪŋgwəl] （adj.）舌的；語言的 例 The bacteria infected his **lingual** nerve and paralyzed his tongue function. 細菌感染了他的舌神經並且讓他的舌頭功能都麻痺了。
	-ist （名詞字尾）…的專家 **linguist** [ˋlɪŋgwɪst] （n.）語言學家；通曉數種語言的人 例 The **linguist** specializes in many German dialects. 這名語言學家專精許多德國方言。

-ic（形容詞字尾）似…的、屬於…的、關於…的

linguistic [lɪŋˋgwɪstɪk]（adj.）語言的；語言學的

例 Slang is nonstandard and often short-lived, which is the **linguistic** equivalent of fashion.

俚語是沒有標準且通常壽命很短的，就像一種語言的時尚流行一樣。

sub-（字首）在…下方

sublingual [sʌbˋlɪŋgwəl]（adj.）舌下的

例 The doctor prescribed the **sublingual** tablets to release his chest pain.

醫生開了舌下片以舒緩他的胸部疼痛。

? **Quiz Time**

依提示填入適當單字

1. 母語　　　native _____

2. 網路語言學 Internet _____

3. 雙語字典　a _____ dictionary

4. 舌頭神經　_____ nerve

5. 語言學家　a _____

解答：1. language 2. linguistics 3. bilingual 4. lingual 5. linguist

和「事物」有關的字根 12

-liqu-

▶flow，表「流動；水流」

mp3: 099

字根 + 字尾

liqu + id = liquid

> **徐薇教你記** 有流動的狀態就是「液態的；液體」。

-id（形容詞字尾）表「狀態；性質」

liquid [ˈlɪkwɪd]（adj.）液態的；流動的
                （n.）液體

例 The doctor prescribed the medicine in **liquid** form so that the child could take it easily.
醫生開了液狀的藥好讓小孩子容易服用。

liqu + or = liquor

-or（名詞字尾）做…的事物

liquor [ˈlɪkɚ]（n.）酒精飲料；烈酒

例 You shouldn't drink wine and hard **liquors** on the same night because it would result in a terrible hangover.
你不應該在同一晚又喝葡萄酒又喝烈酒，因為這樣會造成嚴重宿醉。

字首 + 字根

pro + lix = prolix

> **徐薇教你記** 說的話就像流水一樣滔滔不絕、沒完沒了，就是「冗長的、說話囉嗦的」。

pro-（字首）向前

prolix [ˈprolɪks]（adj.）冗長的；說話囉嗦的

例 The speaker fed the audience with his **prolix** academic achievement.
那演講者一直滔滔不絕地談著他的學術成就讓聽眾都不耐煩了。

初級字	**liqueur** [lɪˋkɝ] (n.) 利口酒；餐後甜酒 例 The restaurant manager offered us a complimentary bottle of cherry **liqueur** as a token of appreciation for our frequent visits. 餐廳經理送了我們一瓶櫻桃利口酒以答謝我們的經常惠顧。
	-ize（動詞字尾）使⋯化、使變成⋯狀態 **liquidize** [ˋlɪkwəˏdaɪz] (v.) 將⋯榨成汁 例 The cook **liquidized** the vegetables and added some cream in it. 那廚師將蔬菜打成汁然後加入一些奶油。
實用字	**-ity**（名詞字尾）表「狀態、性質」 **liquidity** [lɪˋkwɪdətɪ] (n.) 流動性；流暢；資產流動性 例 The company went bankrupt due to its serious **liquidity** problems. 那間公司破產了，因為它有嚴重的資產流動性問題。
	-fy（動詞字尾）做成⋯、使⋯化 **liquefy** [ˋlɪkwəˏfaɪ] (v.) 使成為液體；使液化 例 The huge earthquake **liquefied** the soil and caused many roads to collapse. 這個大地震使土壤液化，並造成許多道路崩塌。
進階字	**-ate**（動詞字尾）使做出⋯動作 **liquidate** [ˋlɪkwɪˏdet] (v.) 清算；清理債務；肅清對政府有威脅的人 例 The owner **liquidated** his farm and hostel to pay his creditors. 那名主人將他的農場和旅館清算掉以還款給債權人。
	de-（字首）分開、離開 **deliquesce** [ˏdɛləˋkwɛs] (v.) 溶化；融解 例 You should keep the salt in a sealed jar so that it won't absorb the moisture and **deliquesce** itself. 你應該把鹽放在密封罐裡，以免它吸到水氣會融掉。

Quiz Time

填空

( ) 1. 液體：liqu____ （A）eur （B）or （C）id

( ) 2. 液化：liqu____ （A）efy （B）ify （C）fy

( ) 3. 流動性：liquid____ （A）ize （B）ity （C）ate

( ) 4. 冗長的：pro____ （A）liqu （B）liquid （C）lix

( ) 5. 烈酒：liqu____ （A）eur （B）or （C）id

解答：1. C 2. A 3. B 4. C 5. B

和「事物」有關的字根 **13**

-liter-

▶letter，表「文字」

🎧 mp3: 100

衍生字

letter [ˈlɛtə] （n.）信件；字母

例 There are twenty-six **letters** in the English alphabet.
英文字母表裡有二十六個字母。

字根 + 字尾 + 字尾

liter + ate + ure = literature

徐薇教你記 有文字性質的東西所組成起來的集合體就是「文學」。

-ure（名詞字尾）表「過程、結果、上下關係的集合體」

literature [ˈlɪtərətʃə] （n.）文學；文獻

例 "Dream of the Red Chamber" is a classic of Chinese **literature**.
「紅樓夢」是一部經典的中國文學作品。

字根 + 字尾

liter + ate = literate

徐薇教你記　有文字性質的，就是「看得懂字的、會讀寫的」。

　　-ate（形容詞字尾）有…性質的
literate [ˈlɪtərɪt]（adj.）會讀寫的；通曉…的

例　More than 95 percent of the population in this country is **literate**.
這個國家超過百分之九十五的人口有讀寫能力。

字首 + 字根 + 字尾

il + liter + ate = illiterate

徐薇教你記　有文字特質、具文字能力的就是 literate「會讀寫的」；前方加表否定字首 -il，illiterate 就是「不會讀寫、不識字、文盲的」。

il-（字首）表「否定」（= 字首 in-）
illiterate [ɪˈlɪtərɪt]（adj.）文盲的；外行的
　　　　　　　　　　　（n.）文盲者

例　Many people were **illiterate** and were unable to sign their own names in old times.
在古代有很多人是不識字的，連自己的名字都沒辦法寫。

舉一反三 ▶▶▶

初級字	-al（形容詞字尾）與…有關的 **literal** [ˈlɪtərəl]（adj.）照字面上的；逐字翻譯的 例　The **literal** meaning of "submarine" is "under the sea." 「submarine」字面上的意思就是「在海面下」。 補充　literally speaking 照字面上看來
	-acy（名詞字尾）表「狀態」 **literacy** [ˈlɪtərəsɪ]（n.）識字能力；讀寫能力；知識，能力 例　The goal of this program is to promote basic **literacy** among teenage children in the rural areas. 這個計劃的目標是要提升農村青少年的基本識字能力。
實用字	-ary（形容詞字尾）關於…的 **literary** [ˈlɪtəˌrɛrɪ]（adj.）文學的 例　Shakespeare's plays have long been regarded as works of **literary** merit. 莎士比亞的劇作長久以來都被視為具有文學價值的作品。

illiteracy [ɪˋlɪtərəsɪ]（n.）不識字；未受教育；文盲的狀態

例 The government will implement some measures to eliminate **illiteracy**.
政府將實行一些措施來消除文盲。

進階字

ob-（字首）反對；逆著
obliterate [əbˋlɪtəˌret]（v.）徹底毀掉；抹去；忘卻

例 The coastal cities were **obliterated** by the terrible tsunami.
幾個沿岸城市都被海嘯給摧毀殆盡。

pre-（字首）在…之前
preliterate [prɪˋlɪtərɪt]（adj.）文字出現之前的；尚未有文字的

例 Those myths were originated in the **preliterate** cultures and passed down through oral tradition.
那些神話起源於文字還未出現時的文化，而且透過口傳方式流傳下來。

trans-（字首）橫跨，跨越
transliterate [trænsˋlɪtəˌret]（v.）音譯

例 The words on the road signs were **transliterated** into English alphabet.
路標上的名字都被音譯為英文字母。

? Quiz Time

從選項中選出適當的字填入空格中使句意通順

literal / literary / literate / literature / literacy

1. My sister has a passion for Chinese _____.

2. They aim to promote basic _____ among teenage children in the rural areas.

3. More than 95 percent of the population in this country is _____.

4. Her latest novel has won several _____ prizes.

5. The _____ meaning of "parasol" is "against the sun."

和「事物」有關的字根 14

-mater-/ -matr-/ -metr-

▶mother，表「母親；母體」

🎧 mp3: 101

衍生字

mother [ˈmʌðɚ] (n.) 母親；媽媽

例 She has a great relationship with her **mother** because her mom is very open-minded.
她和她媽媽有著很棒的關係，因為她媽媽很開明。

單字 + 字尾

(**mother + hood = motherhood**)

徐薇教你記 處於媽媽的狀態或身分就是「母職」。

　　　-hood（名詞字尾）表「狀態，身分」

motherhood [ˈmʌðɚhʊd] (n.) 母親的身分；母職

例 Being married for two years, Alice felt that she was ready for **motherhood**.
結婚兩年，艾莉絲覺得她準備好要做母親了。

字根 + 單字

metr + polis = metropolis

徐薇教你記 具有如母親般地位的城市，就是一個國家的「首府、母城、主要城市」。

polis [ˋpolɪs]（古希臘）城市
metropolis [məˋtrɑplɪs]（n.）（古希臘）母城；首府；主要城市

例 The small fishing village became a **metropolis** in just 20 years.
這個小漁村在二十年間就變成了一個大城市。

單字 + 字尾

metropolis + an = metropolitan

徐薇教你記 屬於都市或首府的性質和人事物，就是「大都會的；大都市的人」。

-an（名詞或形容詞字尾）同族群的人事物
metropolitan [ˌmɛtrəˋpɑlətn̩]（adj.）大都會的
　　　　　　　　　　　　　　（n.）大都市的人

例 Many visitors came to New York to enjoy the **metropolitan** glamour and excitement.
許多遊客到紐約感受大都會的魅力和刺激。

補充 一些國家的地鐵會以 Metro 來命名，就是源自 metropolitan 的縮寫。

舉一反三 ▶▶▶

初級字	
	-al（形容詞字尾）有關…的 maternal [məˋtɜ·nl̩]（adj.）母親的；母系的 例 My **maternal** grandparents are still alive. 我外公外婆都還健在。
	matter [ˋmætɚ]（n.）事情；物質 material [məˋtɪrɪəl]（n.）材料；原料 　　　　　　　　　　　　（adj.）物質的；有形的 例 Please be careful when you handle those toxic **materials**. 請小心處理那些有毒物質。

-ity（名詞字尾）表「狀態、性格、性質」

maternity [mə'tɜ˙nətɪ]（n.）母親身分

（adj.）懷孕的；產婦的

例 The company granted her a twelve-week **maternity** leave.
公司批准了她十二週的產假。

-arch-（字根）統治

matriarchy ['metrɪˌɑrkɪ]（n.）母系社會

例 There are still a few tribes that practice **matriarchy** in this country.
該國內仍有一些部落實行母系社會制度。

-on（名詞字尾）代理人（＝拉丁字尾 -a）

matron ['metrən]（n.）女舍監；護理長

例 Ms. Berken was our **matron** when I studied in a boarding school.
柏肯女士是我在唸寄宿學校時的女舍監。

-cid-（字根）殺、切割

matricide ['metrəˌsaɪd]（n.）弒母罪

例 This play was adapted from a **matricide** in the ancient mythology.
這齣劇是根據古老傳說中的一宗弒母案改編而來的。

-ate（動詞字尾）使變成…

matriculate [mə'trɪkjəˌlet]（v.）被大學錄取

例 Students who **matriculated** at the college were asked to register for classes by the end of August.
這所學院錄取的學生被要求要在八月底前註冊選課。

Quiz Time

填空

( ) 1. 材料：ma___　　　（A）tter　（B）ternal　（C）terial

( ) 2. 懷孕的：mater___　（A）nity　（B）ial　　（C）nal

( ) 3. 母職：___ hood　　（A）mater（B）mother（C）metro

( ) 4. 母系社會：matri___（A）cide　（B）culate（C）archy

( ) 5. 大都會的：___politan（A）metro（B）matron（C）matri

解答：1. C 2. A 3. B 4. C 5. A

和「事物」有關的字根 15

-ment-

▶mind，表「心智；思想」

🎧 mp3: 102

字首 + 字根 + 字尾

de + ment + ia = dementia

徐薇教你記 心智被拿掉了的一種病，就是「失智症、痴呆」。

de-（字首）去除、拿開

　　　-ia（名詞字尾）疾病

dementia [dɪˋmɛnʃɪə]（n.）痴呆，失智症

例 This organization provides support for people with conditions such as Alzheimer's and dementia.
這個組織為有阿茲海默和失智症的人提供協助。

com + ment = comment

徐薇教你記 大家心中在想的東西集結在一起就是大家的「評價、評論」。

com-（字首）一起、共同（= 字首 co-）
comment [ˈkɑmɛnt]（v.）評論；發表意見

（n.）評價；評語

例 Reporter: Are you going to resign because of the scandal?
CEO：No **comment**.
記者：您會為這起醜聞辭職下台嗎？執行長：不予置評。

ment + al = mental

徐薇教你記 和精神、心理方面有關的，就是「精神的、心理的」。

-al（形容詞字尾）與…有關的
mental [ˈmɛntl̩]（adj.）精神的；心理的

例 The old woman is suffering from a serious **mental** disorder.
那老太太有嚴重的精神失調症。

舉一反三▶▶▶

初級字	**mind** [maɪnd]（n.）頭腦；心智 （v.）介意；小心 例 You look worried. Is there anything on your **mind**? 你看起來很憂慮的樣子。心頭有事操煩嗎？
	-ion（名詞字尾）表「動作的狀態或結果」 **mention** [ˈmɛnʃən]（v.）提及，談到 例 The movie star **mentioned** his parents and partners in his acceptance speech. 那電影明星在得獎感言中提到了他的父母以及他的夥伴。
實用字	re-（字首）再次；返回 **remind** [rɪˈmaɪnd]（v.）提醒；使想起 例 The song you just sang **reminds** me of my ex-boyfriend, whom I still miss a lot. 你剛剛唱的歌使我想起我的前男友，我還是很想念他。

-or（名詞字尾）做⋯動作的人

mentor [`mɛtɚ]（n.）心靈、智識上的導師；良師

例 My mom believes that young boys need male **mentors** aside from their fathers when they grow up.
我媽媽相信男孩子需要一位除了爸爸以外的男性導師陪他們長大。

進階字

mental [`mɛntl]（adj.）精神的；心理的
mentality [mɛn`tælətɪ]（n.）心態

例 I can't understand the **mentality** of parents who abuse their own children.
我無法理解那些會虐待自己小孩的父母的心態。

de-（字首）去除、拿開

demented [dɪ`mɛntɪd]（adj.）瘋狂的；憂慮失常的

例 The mother was almost **demented** when she heard her son was on the crashed plane.
那媽媽聽到她兒子在那失事的班機上時，她幾乎要瘋了。

Quiz Time

中翻英，英翻中

（ ）1. mention （A）評價 （B）提及 （C）豪宅

（ ）2. 提醒 （A）mind （B）demented （C）remind

（ ）3. dementia （A）失智症 （B）瘋狂的 （C）心態

（ ）4. 導師 （A）mental （B）mentality （C）mentor

（ ）5. comment （A）稱讚 （B）評語 （C）命令

解答：1. B 2. C 3. A 4. C 5. B

-merc-

▶buying and selling, wages, reward，
表「交易、報酬」

🎧 mp3: 103

衍生字

market

mercatus（拉丁文）交易、買賣
market [ˋmɑrkɪt]（n.）市場
　　　　　　　（v.）銷售

例　They released a healthcare App which is targeted at the senior **market**.
他們發布了一款主打年長者市場的健康照護應用程式。

mercury

徐薇教你記　mercury 來自古羅馬神話裡的神明墨丘利（Mercurius）。祂是為眾神傳遞訊息的使者，也是古羅馬商人和小偷的守護神。古羅馬占星術認為水星移動速度很快，就像神話中的墨丘利一樣可在天上來去如飛，因此便將水星命名為 Mercury；後來人們也將煉金術發現的金、銀、銅、鐵、錫、鉛和水銀這七種金屬，與占星術的天體觀念配對，而有流動性質、會動來動去的水銀就和快速移動的水星搭配一起，所以水銀也是 mercury。

Mercurius（拉丁文）（n.）墨丘利（古羅馬神名）
mercury [ˋmɝkjərɪ]（n.）水銀；汞
Mercury [ˋmɝkjərɪ]（n.）水星

例　**Mercury** is a liquid metal, and is widely used in batteries and thermometers.
水銀是液態金屬，它被廣泛運用於電池以及溫度計。

字首 + 字根 + 字尾

com + merc + ial = commercial

徐薇教你記　和大家一起買賣交易有關的就是「商業的」；能促成買賣交易的東西就是「商業廣告」。

com- （字首）一起、共同（＝字首 co-）
　　　-ial （形容詞字尾）有關…的
commercial [kə`mɝʃəl] （adj.）商業的；商務的
　　　　　　　　　　（n.）商業廣告

例 Their new **commercial** was filmed in the Amazon Rainforest.
他們的新廣告是在亞馬遜雨林裡拍攝的。

舉一反三▶▶▶

初級字	mercatans （拉丁文）買家；買…的人 merchant [`mɝtʃənt] （n.）商人；零售商 例 My family has run the winery for decades since my great-grandfather became a wine **merchant**. 從我曾祖父成為酒商後，我們家族已經經營這間酒廠數十年了。  -ice （名詞字尾）表「…的行為」 merchandise [`mɝtʃənˌdaɪz] （n.）商品；貨物 　　　　　　　　　　　（v.）買賣；推銷 例 The trade war is having a great impact on **merchandise** exported to Europe. 這場貿易戰已對出口到歐洲的商品造成極大的衝擊。
實用字	com- （字首）一起、共同（＝字首 co-） commerce [`kɑmɝs] （n.）商業；貿易 例 Amazon Inc. is known as the biggest e-**commerce** company in the world. 亞馬遜公司以世界最大的電商公司聞名於世。  merci （古法文）回報；仁慈、恩典 mercy [`mɝsɪ] （n.）慈悲；憐憫 補充 古法文的 merci 原指上帝對人類冒冒失失、很唐突的地方給予寬容和原諒，引申到現在 merci 在法文就有了「謝謝你（thank you）」的意思。 例 The old woman pleaded with the judge to have **mercy** on her only son. 那老太太懇求法官寬恕她唯一的兒子。
進階字	-ary （名詞字尾）做…工作的人 mercenary [`mɝsnˌɛrɪ] （n.）傭兵、僱傭軍 例 The army decided to send the **mercenaries** to rescue the soldiers who were held hostage. 軍方打算派傭兵去解救被俘的士兵。

information [ˌɪnfəˈmeʃən] (n.) 消息;報導;情報資料
infomercial [ˌɪnfəˈmɜʃəl] (n.) 名人代言的電視購物;政客訪談節目、資訊型廣告

例 Since there are some famous stars chatting in the **infomercial**, it is quite entertaining to watch it.
因為這個廣告節目有一些有名的明星在聊天,看這種廣告還蠻有趣的。

❓ Quiz Time

填空

( ) 1. 商人:m___t　　（A）arke　（B）ercha　（C）erchan

( ) 2. 商業廣告:com___　（A）mercial（B）merce（C）mercy

( ) 3. 貨物:merchan___　（A）tise　（B）dise　（C）dice

( ) 4. 慈悲:mer___　　（A）cy　　（B）sy　　（C）ce

( ) 5. 水銀:merc___　　（A）enary　（B）urry　（C）ury

解答:1. C 2. A 3. B 4. A 5. C

和「事物」有關的字根 17

-neur-

▶nerve,表「神經」

變形包括:-neuro-, -nerv-。

🎧 mp3: 104

衍生字

nerve [nɜv] (n.) 神經;勇氣,魄力

例 It takes a lot of **nerve** to start your own business.
要開創自己的事業需要很大的勇氣。

和「事物」有關的字根 -neur-

字根 + 字尾

(nerv + ous = nervous)

徐薇教你記 滿是神經分分的感覺，就是「緊張不安的、擔心的」。

-OUS（形容詞字尾）充滿…的

nervous [ˈnɝvəs]（adj.）緊張不安的；擔心的

例 Some students tend to feel **nervous** before exams.
有些學生在考前容易感到緊張。

字根 + 單字

(neuro + science = neuroscience)

SCIENCE [ˈsaɪəns]（n.）科學

neuroscience [ˌnjuroˈsaɪəns]（n.）神經科學

例 Many high school teachers have joined the program of developing materials for **neuroscience** education.
許多中學老師已加入了研發神經科學教育教材的計劃。

舉一反三▶▶▶

初級字	-logy（名詞字尾）學科 **neurology** [ˌnjuˈrɑlədʒɪ]（n.）神經學；神經病理學 例 Dr. Chen specializes in clinical **neurology**. 陳醫師專精於臨床神經病理學。
	-al（形容詞字尾）有關…的 **neural** [ˈnjurəl]（adj.）神經系統的 例 The disease may cause **neural** cell loss, which leads to dementia. 這個疾病會造成神經細胞受損，最後導致失智。
實用字	surgery [ˈsɝdʒərɪ]（n.）外科手術 **neurosurgery** [ˌnjuroˈsɝdʒərɪ]（n.）神經外科手術 例 The doctor advised him to consent to **neurosurgery** to resolve his chronic pain. 醫生建議他同意接受神經外科手術以解決他的慢性疼痛問題。

-ic（形容詞字尾）與…相關的

neurotic [njʊˋrɑtɪk]（adj.）神經過敏的；神經質的

（n.）精神官能症患者

例 The young girl is a bit **neurotic** about her diets -- she doesn't eat more than 200 calories per meal.

那年輕女孩對自己的飲食有點神經質，她一餐吃不超過兩百卡路里。

進階字

-sis（名詞字尾）不正常的狀態或結果

neurosis [njʊˋrɑsɪs]（n.）精神官能症

例 Her condition was diagnosed as some type of **neurosis**.

她的狀況被診斷為某種精神官能症。

-path-（字根）感受；疾病

neuropathy [nʊˋrɑpəθɪ]（n.）神經病變

例 The study shows that the use of electronic devices is relevant to optic **neuropathy**.

這項研究顯示使用電子設備和視神經病變之間有關聯性。

? Quiz Time

依提示填入適當單字

1. 感到緊張　　　feel ＿＿＿＿＿＿＿＿＿＿＿＿＿＿＿＿

2. 臨床神經病理學 clinical ＿＿＿＿＿＿＿＿＿＿＿＿＿＿

3. 對…神經質的　be ＿＿＿＿＿＿＿＿＿＿＿＿ about...

4. 神經科學教育　＿＿＿＿＿＿＿＿＿＿＿＿ education

5. 視神經　　　　the optic ＿＿＿＿＿＿＿＿＿＿＿＿

解答：1. nervous 2. neurology 3. neurotic 4. neuroscience 5. nerve

和「事物」有關的字根 18

-norm-

▶rule，表「規則；標準」

🎧 mp3: 105

衍生字

norm [nɔrm]（n.）行為準則；規範

例 Children are taught to obey social **norms** and traditions of behavior.
孩子們被教導要遵從社會規範和行為傳統。

字根 + 字尾

norm + al = normal

徐薇教你記 符合準則、具標準性的，就是「正常的；普通的」。

-al（形容詞字尾）有…性質的
normal [ˈnɔrml̩]（adj.）正常的；普通的

例 It's **normal** for a six-month-old baby to bite anything he or she gets.
對一個六個月大的小嬰兒來說把拿到的東西拿來咬是很正常的。

字首 + 字根 + 字尾

ab + norm + al = abnormal

徐薇教你記 離開了正常的狀態，當然就是「不正常的、反常的」。

ab-（字首）離開；拿掉
abnormal [æbˈnɔrml̩]（adj.）不正常的；反常的

例 The army detected **abnormal** radio waves during the military drill.
陸軍在演習過程中偵測到異常的無線電波。

舉一反三▶▶▶

初級字

e-（字首）向外；在外面（= 字首 ex-）
enormous [ɪˈnɔrməs]（adj.）極大的；龐大的

例 The workers have been under **enormous** pressure since the two companies merged into one.
自從這兩家公司合而為一後，員工們都處在巨大的壓力之下。

-ize（動詞字尾）使…化；使變成…狀態
normalize [`nɔrml͵aɪz] (v.) 常態化；正規化

例 After the summit, both leaders announced they would try their best to **normalize** relations between the two countries.
在高峰會談之後，雙方領袖宣布將盡力使兩國關係正常化。

-ity（名詞字尾）表「狀態、性格、性質」
normality [nɔr`mælətɪ] (n.) 正常狀態，常態

例 It took almost a whole year for the flood victims to return to a semblance of **normality**.
洪水的災民花了快一年的時間才恢復比較像樣的正常生活。

sub-（字首）在…之下；次一等的
subnormal [sʌb`nɔrml̩] (adj.) 低於正常標準的；低能的

例 The paramedics found that the child was running a **subnormal** temperature.
醫護人員發現小孩子有體溫過低的現象。

para-（字首）在…旁邊的；相對於…的；與…相反的
paranormal [͵pærə`nɔrml̩] (adj.) 超自然的；科學無法解釋的

例 Mind reading is regarded as a **paranormal** power.
讀心術被認為是一種超自然力量。

super-（字首）在…之上；超越
supernormal [͵supɚ`nɔrml̩] (adj.) 非凡的；超凡的

例 China's **supernormal** economic growth is created by enormous investment and buying power.
中國超凡的經濟成長是由大量的投資和購買力所創造出來的。

? Quiz Time

中翻英，英翻中

( )1. enormous （A）超自然的 （B）超凡的 （C）龐大的

( )2. 反常的 （A）subnormal （B）abnormal （C）paranormal

( )3. norm （A）規範 （B）行為 （C）形式

2

（　）4. 正規化　　（A）supernormal（B）normalize（C）normal

（　）5. normality　（A）正常的　　　（B）規範　　　（C）常態

解答：1. C 2. B 3. A 4. B 5. C

和「事物」有關的字根 19

-ordin-

▶order，表「秩序」

🎧 mp3: 106

衍生字

order [ˋɔrdɚ]（n.）秩序；整齊；訂單

（v.）整理；訂貨；下命令

例 I'd like to know when we can receive the chairs and tables we **ordered**.

我想知道我們何時可以收到訂購的桌椅。

字根 + 字尾

ordin + ary = ordinary

徐薇教你記　與秩序有關的、呈現很有秩序、很規律的狀態，就沒有特別突出的地方，就是「普通的、一般的」。

-ary（形容詞字尾）與…有關的

ordinary [ˋɔrdn͵ɛrɪ]（adj.）普通的；一般的

例 I grew up in an **ordinary** family, with my father, my mother, and my only brother.

我生長於一個很普通的家庭，有我爸、我媽、還有唯一的弟弟。

co + ordin + ate = coordinate

徐薇教你記　大家要能一起做出一個維持秩序的動作，就要彼此「協調、調整」。

CO- （字首）一起；共同

-ate （動詞字尾）使做出…動作

coordinate [ko`ɔrdn̩ɪt] (v.) 協調，調整

例　Customer Service has to **coordinate** with the sales department when the new product is released.
新產品推出後客服部必須和業務部互相協調配合。

舉一反三▶▶▶

初級字	dis- （字首）表「相反動作」 disorder [dɪs`ɔrdə] (n.) 混亂；失調；紊亂 　　　　　　　　　　　(v.) 使混亂；使不適 例　The woman is suffering from an endocrine **disorder**. 那位女士飽受內分泌失調之苦。
	extra- （字首）在…之外，超出 extraordinary [ɪk`strɔrdn̩ɛrɪ] (adj.) 非凡的；令人驚奇的 例　The boy showed **extraordinary** intelligence. 那男孩展現了非凡的智力。
實用字	-or （名詞字尾）做…的人或事物 coordinator [ko`ɔrdn̩ˌetə] (n.) 協調人；統籌者 例　Miss Grim was designated as the **coordinator** for this project. 格林小姐被指派為這個專案的統籌者。
	-ment （名詞字尾）表「結果、手段」 ornament [`ɔrnəmɛnt] (v.) 裝飾；美化 　　　　　　　　　　(n.) 裝飾品；修飾 例　This company sells all kinds of **ornaments** for different holidays. 這家公司有賣各種節日所需的所有裝飾品。

進階字

sub-（字首）在…之下；次一個等級的
subordinate [sə`bɔrdṇɪt]（adj.）次要的；從屬的
例 Our team is **subordinate** to the marketing department.
我們團隊附屬於行銷部門。

in-（字首）表「否定」
inordinate [ɪn`ɔrdṇɪt]（adj.）過度的
例 There were an **inordinate** number of people who applied for the subsidy.
有太多的人申請這項政府補助。

? Quiz Time

拼出正確單字

1. 混亂；失調 _____

2. 協調，調整 _____

3. 普通的 _____

4. 從屬的 _____

5. 裝飾品 _____

解答：1. disorder 2. coordinate 3. ordinary 4. subordinate 5. ornament

和「事物」有關的字根 20

-pater-/ -patr-

▶father，表「父親」

🎧 mp3: 107

衍生字

patron

徐薇教你記　patron 原指「主人，保護者」，後指富人以財富和權勢幫助藝術家或機構發展起來，漸漸衍生「資助人、贊助者、主顧」的意思。

patron [`petrən]（n.）資助人

例　Mr. Morris is a secret **patron** of this charity.
莫里斯先生是這間慈善機構祕密資助人。

字根 + 字尾

pater + al = paternal

-al（形容詞字尾）有關…的
paternal [pə`tɝn!]（adj.）父親的

例　Hank is a good father and often shares his **paternal** experience with the fathers in the neighborhood.
漢克是位好爸爸，而且常常和社區的爸爸們分享他的爸爸經。

字根 + 字根

patr + arch = patriarch

徐薇教你記　像父親一般統治、管理著一個部族或是一家公司的，就是「族長、大家長」。

-arch-（字根）統治，治理
patriarch [`petrɪˌɑrk]（n.）創始人；家長；族長

例　Mr. Graham was a banker and was also considered the **patriarch** in the banking industry.
葛拉漢先生是名銀行家，並且也被認為是銀行業界的大家長。

字首 + 字根 + 字尾

per + patr + ate = perpetrate

徐薇教你記 perpatrate 原本的意思是「徹底完成」，並沒有指好事或壞事，後來漸漸衍生出指「徹底執行犯罪活動」，於是就有了指「犯罪」的意思。

per- （字首）整個的，徹底的
perpetrate [ˈpɝpəˌtret] (v.) 犯罪

例 The police found the man was planning to **perpetrate** a murder.
警方發現那男人正計劃要進行一宗謀殺案。

舉一反三▶▶▶

初級字	**pattern** [ˈpætɚn] (n.) 樣式；圖案；形態 例 We have different colors and **patterns** of curtains for our customers to choose. 我們有不同顏色和樣式的窗簾可讓消費者選擇。
	-ize （動詞字尾）使…化 **patronize** [ˈpetrənˌaɪz] (v.)（1）經常光顧；（2）擺出高人一等的姿態 例 The mall carries so many products at low prices that it is **patronized** by people. 這間購物商場以低價提供商品以致於人們常上門光顧。
	-age （名詞字尾）表「集合名詞；總稱」 **patronage** [ˈpætrənɪdʒ] (n.) 贊助；惠顧 例 They held a party to thank the **patronage** of the local customers in the past few years. 他們辦了一場派對感謝當地顧客過去幾年來的惠顧。
實用字	-ity （名詞字尾）表「狀態、性格、性質」 **paternity** [pəˈtɝnətɪ] (n.) 父親的身分；父系；父權 例 Tony was granted a five-day **paternity** leave by the company when his wife gave birth to a newborn. 湯尼的太太生小孩時，公司批准他五天的陪產假。
	-otes （希臘字尾）表「狀態、情況」 **patriot** [ˈpetrɪət] (n.) 愛國者 例 **Patriot** missiles became well-known because of Gulf War. 「愛國者飛彈」是因為波灣戰爭而聲名大噪。

-or（名詞字尾）做…動作的人

perpetrator [ˏpɝpəˋtretɚ]（n.）犯罪者

例 The police are looking for the **perpetrator** who killed the woman.
警方正在追查殺了那名女子的犯罪者。

進階字

patriarch [ˋpetrɪˏɑrk]（n.）創始人；家長、族長
patriarchy [ˋpetrɪˏɑrkɪ]（n.）家長統治；父權社會

例 Most women didn't have the chance to learn reading and writing under traditional **patriarchy**.
大多數的女性在傳統父權社會中沒有機會學習讀寫識字。

ex-（字首）向外

expatriate [ɛksˋpetrɪˏet]（n.）移居國外者；僑民

例 Most Chinese **expatriates** live in the southern part of the city.
大多數的華僑都住在這個城市的南邊。

com-（字首）一起；共同（= 字首 co-）

compatriot [kəmˋpetrɪət]（n.）同胞；夥伴，同事

例 They cheered loudly for their **compatriots** competing in the match.
他們為在賽場中比賽的同胞們大聲加油。

Quiz Time

中翻英，英翻中

（　）1. patron （A）父親身分 （B）創始人 （C）資助人

（　）2. 父親的 （A）paternal （B）paternity （C）patriarchy

（　）3. patriot （A）同胞 （B）愛國者 （C）僑民

（　）4. 惠顧 （A）expatriate （B）perpetrate （C）patronage

（　）5. pattern （A）樣式 （B）贊助 （C）犯罪者

解答：1. C　2. A　3. B　4. C　5. A

-path-

▶feeling, disease，表「感受；疾病」

🎧 mp3: 108

字根 + 字尾

path + ic = pathetic

徐薇教你記　和被引起的感受、心情有關的就是「可憐的、可悲的」。

-ic（形容詞字尾）與…相關的

pathetic [pəˋθɛtɪk]（adj.）可憐的、可悲的

例　You are such a **pathetic** person that you steal food from others.
你從別人那兒偷食物，真的是個可悲的人啊。

字首 + 字根 + 字尾

sym + path + y = sympathy

徐薇教你記　我去感受你所遭遇的情況、和你有相同的感覺，就是「同情、憐憫」。

sym-（字首）相同

-y（名詞字尾）表「狀態或結果」

sympathy [ˋsɪmpəθɪ]（n.）同情、憐憫

例　I don't have any **sympathy** for you because you have treated me so badly.
因為你對我很壞，所以我對你一點也不感到同情。

anti + path + y = antipathy

徐薇教你記　去和你的感受作對、反對你的感受，因為我對你有「反感」。

anti-（字首）反…的

antipathy [ænˋtɪpəθɪ]（n.）憎惡；反感

例　Since she just escaped from the war, she has strong **antipathy** toward guns and weapons.
由於她才剛逃離戰爭，她對槍和武器非常反感。

初級字	**-logy**（名詞字尾）學科 **pathology** [pæˈθɑlədʒɪ]（n.）病理學 例 The **pathology** of the H1N1 virus is interesting to scientists. H1N1 病毒的病理學讓科學家深感興趣。
	-gen-（字根）生產 **pathogen** [ˈpæθədʒən]（n.）病原體 例 The scientists found a deadly **pathogen** carried by the rat. 科學家在老鼠身上發現了一種致死的病原體。
實用字	**em-**（字首）在…裡面（= 字首 en-） **empathy** [ˈɛmpəθɪ]（n.）同情；同感；共鳴 例 The woman felt great **empathy** with the orphans because she grew up in an orphanage. 那女士對孤兒們的處境感同身受，因為她也是在孤兒院長大的。
	a-（字首）沒有，無 **apathy** [ˈæpəθɪ]（n.）無興趣；漠不關心 例 The teachers were worried that the students showed **apathy** about studies. 老師很擔心學生們對學業漠不關心。
進階字	**pathos** [ˈpeθɑs]（n.）（情況, 文學或人的）感染力，影響力 例 This movie is known for the **pathos** of the tragic end. 這部電影以結尾悲劇的感染力聞名。
	-sis（名詞字尾）表「動作的過程或狀態」 **pathogenesis** [ˌpæθəˈdʒɛnəsɪs]（n.）發病機制 例 The **pathogenesis** of the deadly disease remains unknown. 這個致死疾病的發病機制仍沒有人知道。

? Quiz Time

拼出正確單字

1. 同情，憐憫 _____

2. 同感，共鳴 _____

3. 漠不關心 _____

4. 可悲的 _____

5. 病理學 _____

解答：1. sympathy 2. empathy 3. apathy 4. pathetic 5. pathology

和「事物」有關的字根 22

-phil-

▶**love**，表「愛」

也可以轉換為 -philo- 或字尾 -phile。

🎧 mp3: 109

衍生字

Philip

徐薇教你記 -phil- 愛，hippos 古希臘文指馬。合在一起意思是 fond of horses「對馬的喜愛」，慢慢變成希臘文的男子名 Philippos 和拉丁文的 Philippus，後演變成英文的 Philip。

Philip [ˈfɪlɪp]（n.）菲利普（男子名）

例 As the firstborn son, **Philip** has certain privileges that his siblings don't.
因為是第一個兒子，菲利普擁有他的手足所沒有的特權。

Philippines

徐薇教你記　原意為 The islands of Philip，指這塊地方是屬於當時的西班牙國王菲力浦二世（King Philip II）的土地。

Philippines [ˋfɪləˏpinz]（n.）菲律賓

例　We have a softball tournament in the **Philippines** every year.
我們每年在菲律賓都舉辦壘球錦標賽。

phil + adelphos = Philadelphia

徐薇教你記　Philadelphia 意思是 brotherly love，指兄弟之間的愛。是由十七世紀當時開發這個城市的 William Penn（威廉潘恩）所命名的。

adelphos（希臘文）兄弟
Philadelphia [ˏfɪləˋdɛlfjə]（n.）（美國城市名）費城

例　The original capital city of the United States was **Philadelphia**.
美國原本的首都是費城。

字首 + 字根

homo + phil = homophile

homo-（字首）相同的
homophile [ˋhoməˏfaɪl]（adj.）同性戀的（n.）同性戀者

例　The military is now open to **homophiles**.
軍隊現在對同性戀相當開放。

字根 + 字根 + 字尾

philo + soph + y = philosophy

徐薇教你記　-philo- 愛，-soph- 智慧、智識，-y 名詞字尾。philosophy 對智慧與智識的愛、喜好探究智慧與學問，也就是一切知識的根源：「哲學」。

-soph-（字根）智慧
-y（名詞字尾）表「專有名詞的總稱」
philosophy [fəˋlasəfɪ]（n.）哲學

例　My **philosophy** is to always give to others more than you take from them.
我的人生哲學就是：永遠給人多於你從他們那兒得到的。

初級字	-biblio- （字根）與書有關的 **bibliophile** [ˈbɪblɪəˌfaɪl]（n.）愛收藏書的人 例 The bookstore was started by a **bibliophile** who realized he had enough books to start a store. 這家書店是由一位愛收藏書的人創立的，因為他發現他有足夠開一家書店的藏書量。
	-hydr- （字根）水 **hydrophile** [ˌhaɪdrəˈfaɪl]（n.）親水；吸水 例 The material we use is a **hydrophile**, so it can soak up this mess easily. 我們用的材料是吸水性材質，所以它可以輕易地吸除這一灘污穢。
實用字	-harmon- （字首）和諧；音樂 **philharmonic** [ˌfɪləˈmɑnɪk]（adj.）愛好音樂的；愛樂團體的 例 The London **Philharmonic** Orchestra is playing downtown tonight. 倫敦愛樂交響樂團今晚將在城裡演奏。
	-ology （名詞字尾）學科 **philology** [fɪˈlɑlədʒɪ]（n.）語言學，文獻學 例 They had to bring in a **philology** expert to examine the ancient text. 他們得找一位文獻學專家來檢視這個古代的文書。
進階字	ailouros （希臘文）貓 **ailurophile** [aɪˈlʊrəˌfaɪl]（n.）極愛貓的人 例 My neighbor is an **ailurophile**, so I constantly see cats coming and going from her house. 我的鄰居是個貓癡，所以我常看到貓兒們在她的屋子裡轉來轉去。
	-anthrop- （字根）人類 **philanthropic** [ˌfɪlənˈθrɑpɪk]（adj.）博愛的；慈善的 例 He has several **philanthropic** organizations which send money to Haiti. 他擁有數個捐錢給海地的慈善組織。

填空

（　　）1. 博愛的：phil___ic　　（A）anthrop（B）harmon（C）adelphos

（　　）2. 愛樂團體的：phil___ic（A）anthrop　（B）harmon　（C）adelphos

（　　）3. 哲學：philo___　　　（A）logy　　（B）delphia（C）sophy

（　　）4. 同性戀的：homo___　（A）phile　　（B）philo　　（C）phila

（　　）5. 親水性：___phile　　（A）biblio　（B）ailuro　（C）hydro

解答：1. A 2. B 3. C 4. A 5. C

和「事物」有關的字根 23

-son-

▶ sound，表「聲音」

🎧 mp3: 110

衍生字

sonar

徐薇教你記　sonar 是 **SO**und **NA**vigation **R**anging 的縮寫，意思是「聲音導航與測距」，利用聲波在水下傳播的特性進行水下探測和通訊的電子設備。

sonar [ˋsonɑr]（n.）聲納

例　Most fishermen rely on **sonar** to detect fish.
大部分的漁夫仰賴聲納來探測魚群。

字根 + 字尾

son + ic = sonic

徐薇教你記　有聲音屬性的，就是「聲音的，音波的」。

-ic（形容詞字尾）似…的、屬於…的

sonic [ˋsɑnɪk]（adj.）聲音的；音波的；音速的

例 The **sonic** face washing machines are selling like hot cakes.
這款音波洗臉機賣得超好。

字首 + 單字

ultra + sound = ultrasound

徐薇教你記 超越一般的聲音或音波，就是「超音波」。

ultra-（字首）超越；在遠方
ultrasound [ˋʌltrəˌsaʊnd]（n.）超音波

例 The doctor used **ultrasound** to examine the baby.
醫生用超音波來檢查嬰兒。

字首 + 字根 + 字尾

con + son + ant = consonant

徐薇教你記 能一起發出聲音的，就是「音調和諧的、聲音一致的」；能和母音字母放在一起發出聲音的東西，就是「子音」。

con-（字首）一起；共同（= 字首 co-）
　　　-ant（名詞字尾）做…的人或物
　　　　　（形容詞字尾）具…性質的
consonant [ˋkɑnsənənt]（adj.）與…一致的；音調和諧的
　　　　　　　　　　　　　（n.）子音；子音字母

例 The Russian name is made up of five **consonants** with only one vowel; I don't know how to pronounce it.
這個俄羅斯名由五個子音和一個母音組成，我不知道要怎麼唸。

re + son + ate = resonate

徐薇教你記 聲音一再地來來回回的動作，就是「發出回聲、引起共鳴效果」。

re-（字首）再次；回來
　　　-ate（動詞字尾）使做出…動作
resonate [ˋrɛzəˌnet]（v.）發出回響；引起共鳴

例 The sound of the police sirens **resonated** throughout the city after the explosion.
爆炸發生後，警車的警笛聲響徹整座城市。

舉一反三 ▶▶▶

初級字	**sound** [saʊnd]（n.）聲音；聲響 （v.）聽起來 例 Light travels faster than **sound**, so we see lightning before we hear thunder. 光的速度比聲音快，所以我們會先看到閃電才聽到雷聲。
	super-（字首）在…之上；超越 **supersonic** [ˌsupɚˈsɑnɪk]（adj.）超音速的 例 The **supersonic** aircraft were fast but they generated excessive noise when taking off. 超音速飛機雖然快但它們在起飛時會產生巨大的噪音。
實用字	**-ant**（形容詞字尾）具…性的 **resonant** [ˈrɛzənənt]（adj.）引起共鳴的；宏亮的 例 I don't dare talk in the **resonant** church when it is quiet, even a little breathing is audible. 我不敢在這間有共鳴效果的教堂很安靜時說話，即使一點點呼吸聲都聽得到。
	-ance（名詞字尾）表「情況、性質、行為」 **resonance** [ˈrɛzənəns]（n.）共鳴；共振 例 The movie has a lot of **resonance** for me. 這部電影引起我非常多的共鳴。
	dis-（字首）分開，離開 **dissonant** [ˈdɪzənənt]（adj.）不和諧的；不一致的；有衝突的 例 Her dream of marrying a cute, tall and wealthy guy sounds **dissonant** to whom she is dating now. 她要嫁給高富帥的夢想和她現在正在交往中的對象很不一致。
進階字	**sonata** [səˈnɑtə]（n.）奏鳴曲 例 I know the **sonata** is Beethoven's masterpiece, but I still feel sleepy when I listen to it. 我知道這首奏鳴曲是貝多芬的偉大傑作，但我聽的時候還是好想睡覺。

-OUS（形容詞字尾）充滿…的
sonorous [sə`norəs]（adj.）聲音渾厚的；響亮的；宏亮的
例 The man has a deep and **sonorous** voice.
那男人有著低沉而渾厚的嗓音。

Quiz Time

中翻英，英翻中

（　）1. resonate　（A）引起共鳴（B）聲音渾厚的（C）不和諧的

（　）2. 聲納　　　（A）sound　　（B）sonar　　（C）sonic

（　）3. consonant（A）子音　　（B）共鳴　　（C）不一致的

（　）4. 超音波　　（A）resonant（B）supersonic（C）ultrasound

（　）5. sonata　　（A）聲響　　（B）奏鳴曲　　（C）宏亮的

解答：1. A 2. B 3. A 4. C 5. B

和「事物」有關的字根 24

-soph-

▶**wisdom，表「智慧」**

🎧 mp3: 111

衍生字

Sophia [sə`fɪə]（n.）索菲亞；蘇菲亞（女子名）
例 Hagia **Sophia** is considered the epitome of Byzantine architecture.
聖索菲亞大教堂被認為是拜占庭時期的建築典範。

philo + soph + y = philosophy

徐薇教你記　對智慧與智識的愛、喜好探究智慧與學問，就是一切知識的根源：哲學。

-philo- （字根）愛

　　　　-y （名詞字尾）表「專有名詞的總稱」

philosophy [fə`lɑsəfɪ] （n.）哲學

例　If you want to achieve your goal, get up and go for it; that's my **philosophy** of life.
我的人生哲學就是：如果你想達到目標，起身去做就對了。

字根 + 字尾 + 字尾 + 字尾

soph + ist + ic + ate = sophisticate

徐薇教你記　做出和很有智慧、很懂世事的專家所做的事情一樣的特質，就是「懂人情世故、行為舉止很世故老練的人」。

　　-ist （名詞字尾）…的專家

　　-ic （形容詞字尾）有…特質的

　　　-ate （動詞字尾）使做出…動作

sophisticate [sə`fɪstɪ͵ket] （v.）使懂世故；使複雜

　　　　　　　　　　　（n.）老練世故的人

例　The urban **sophisticates** always talk about modern art and contemporary literature, which are far above my head.
那些城裡的聰明傢伙總是在聊現代藝術和當代文學，這些遠超過我的理解範圍。

舉一反三 ▶▶▶

初級字	-er （名詞字尾）做…動作的人或事物 philosopher [fə`lɑsəfɚ] （n.）哲學家 例　Plato and Aristotle were great **philosophers** in history. 柏拉圖和亞里士多德都是歷史上偉大的哲學家。
	moros （希臘文）笨蛋；愚鈍的人 sophomore [`sɑfəmɔr] （n.）美國大學或高中的二年級學生 例　He joined the professional football team after his **sophomore** year in college. 他在大二後加入了職業足球隊。

和「事物」有關的字根 -soph-

-ic（形容詞字尾）與…有關的

sophomoric [‚sɑfəˋmɔrɪk]（adj.）二年級（學生）的；幼稚的

例 She couldn't stand her boyfriend's **sophomoric** pranks, so she dumped him.
她無法忍受她男朋友幼稚的惡作劇，所以她甩掉他了。

實用字

-ed（形容詞字尾）表「被…的」

sophisticated [səˋfɪstɪ‚ketɪd]（adj.）老練世故的；精密的

例 They found it difficult to find a present that suits her **sophisticated** tastes.
他們發現要找一個符合她高尚品味的禮物很困難。

-ical（形容詞字尾）和…性質有關的

philosophical [‚fɪləˋsɑfɪk!]（adj.）哲學的；豁達的

例 He tends to hold a **philosophical** attitude when facing setbacks.
他傾向用比較達觀的態度來面對挫折。

進階字

-ize（動詞字尾）使…化、使變成…狀態

philosophize [fəˋlɑsə‚faɪz]（v.）高談闊論；賣弄大道理

例 We had no choice but to listen to the boss's **philosophizing** about his management.
我們別無選擇只能聽著老闆高談闊論他的經營哲學。

-ry（名詞字尾）…技術、職業

sophistry [ˋsɑfɪstrɪ]（n.）詭辯術；謬論

例 The politician tried to deceive the public with his **sophistry**.
那政治家想要用詭辯之術來欺瞞大眾。

? Quiz Time

拼出正確單字

1. 哲學 _____

2. 哲學家 _____

3. 二年級生 _____

和「事物」有關的字根 25

-sum-

▶sum，表「總數」

 🎧 mp3: 112

衍生字

sum [sʌm]（n.）總數；金額

（v.）計算…的總額；總結，概述

📖 To **sum** up, we must make every effort to protect our children from harm.

總歸一句話，我們必須竭盡全力保護我們的孩子們免於傷害。

字根 + 字尾

sum + et = summit

徐薇教你記 古羅馬人計算數字時習慣將所有數字由下往上堆疊起來寫，並在最上方寫下加總後的數字，也就是 sum 總數；加上表「小」的字尾 -et，summit 在總數最上方最小的那個點就是「最高處、最頂峰」。團體裡最高位階的人就是領導者、領袖，二十世紀時便用 summit 代表各國頂尖人物或領袖聚集的「高峰會」。

-et（名詞字尾）小東西

summit [ˋsʌmɪt]（n.）山頂，頂峰；高峰會，領袖會議

📖 The Trump-Kim **summit** drew worldwide attention.

川金峰會吸引全球關注。

sum + ary = summary

徐薇教你記 和總數有關的東西就是「總結出來的結果、摘要」。

-ary（形容詞或名詞字尾）和…有關的東西

summary [ˈsʌmərɪ]（n.）總結；摘要

（adj.）立即的，速決的

例 The secretary gave a brief **summary** of the meeting to the boss.
祕書將會議的內容做了簡短的摘要給老闆。

舉一反三▶▶▶

初級字	-ize（動詞字尾）使…化、使變成…狀態 summarize [ˈsʌməˌraɪz]（v.）做總結；概述 例 Can you **summarize** the main idea of your report? 你可以概述一下你報告的主要理念是什麼嗎？
	re-（字首）再次；返回 résumé [ˈrɛzəˌme]（n.）履歷 例 You should submit your **résumé** to Lisa if you want to apply for a job. 如果你想要應徵工作，你應該把履歷提交給莉莎。
實用字	-ly（副詞字尾）表「…地」 summarily [ˈsʌmərəlɪ]（adv.）立刻，即刻 例 The CEO was **summarily** dismissed after the scandal broke. 在醜聞爆發後，執行長馬上就被免職了。
	com-（字首）一起；共同（= 字首 co-） consommé [ˌkɑnsəˈme]（n.）法式清湯 例 The **consommé** made from beef looks clear but it has rich flavor. 這個用牛肉做成的法式清湯看起來很清澈，味道卻很濃郁。
進階字	-ation（名詞字尾）表「動作的狀態或結果」 summation [sʌmˈeʃən]（n.）總結；法庭的最後陳詞 例 The attorney stood up and walked toward the jury to make his final **summation**. 那名律師起身並走向陪審團準備做最後陳詞。

-ate （動詞字尾）使做出…動作
（形容詞字尾）有…性質的

consummate ['kɑnsəˌmet]（v.）完成；實現；圓房，完婚
（adj.）完美的；技藝精湛的

例 Laura is an experienced teacher and a **consummate** storyteller. Kids just love her so much.
蘿拉是很有經驗的老師，而且是個超棒的說故事達人。孩子們愛死她了。

? Quiz Time

從選項中選出適當的字填入空格中使句意通順

sum / summary / summarize / summarily / summit

1. The secretary gave a brief _____ of the meeting to the boss.

2. She left a large _____ of money to her children.

3. World leaders will attend the _____ on global warming.

4. Can you _____ the main idea of your report?

5. The CEO was _____ dismissed after the scandal broke.

解答：1. summary 2. sum 3. summit 4. summarize 5. summarily

和「事物」有關的字根 26

-termin-

▶end，boundary，表「結尾；邊界」

🎧 mp3: 113

衍生字

term [tɜm]（n.）期限；學期；術語，措詞

例 Students are studying hard for their mid-**term** exam.
學生們正為他們的期中考用功讀書。

字首 + 字根

de + termin = determine

徐薇教你記 設定好從哪裡開始隔開、做出間隔、做出結尾，就是已「確定好、下定決心」了。

de-（字首）隔開；離開
determine [dɪˋtɜmɪn]（v.）下決心，決定；查明，確定

例 The umpire **determined** that it was a foul ball; not a home run.
主審判定那是個界外球，不是全壘打。

字根 + 字尾

termin + al = terminal

徐薇教你記 在事物結尾的東西就是「終點站、終端」；處於最結尾的狀態就是「末期的、晚期的」。

-al（名詞或形容詞字尾）表「狀況；事情；與…有關的」
terminal [ˋtɜmənl̩]（n.）終端；終點；終站；航廈
（adj.）晚期的，末期的

例 We are arriving at our **terminal** station. Don't forget your personal belongings.
我們要抵達終點站了。別忘了你的隨身物品。

補充 terminal 表「公共交通終點站」的意思時，在英國及歐陸地區常用 terminus 表示。

ex + termin + ate = exterminate

徐薇教你記 把事物趕到邊界以外的地方去，就是要「根除、消滅」。

ex-（字首）向外

-ate（動詞字尾）使做出…動作

exterminate [ɪkˋstɝməˌnet]（v.）根除；消滅

例 It is very difficult to **exterminate** cockroaches because they reproduce so quickly.
要根除蟑螂非常困難，牠們繁殖的速度太快了。

舉一反三▶▶▶

初級字	-ed（形容詞字尾）過去分詞表「被…的」 **determined** [dɪˋtɝmɪnd]（adj.）堅決的，下定決心的 例 Linda is a very **determined** manager -- she never gives up on what she wants to do. 玲達是個意志堅定的經理，她對想達成的事絕不放棄。
	-ation（名詞字尾）表「動作的狀態或結果」 **termination** [ˌtɝməˋneʃən]（n.）終止 例 If you want to switch to an unlimited data plan, you'll have to pay NT$300 dollars for an early **termination** of the contract. 如果你想要轉成網路吃到飽，你得付三百元提早解約的費用。
實用字	-ology（名詞字尾）學科 **terminology** [ˌtɝməˋnɑlədʒɪ]（n.）術語；用語 例 Can you explain the case to me without any legal **terminology**? 你可以不要用任何法律術語解釋這個案子給我聽嗎？
	-ant（名詞字尾）做…的事物；具…性質 **determinant** [dɪˋtɝmənənt]（n.）決定因素 例 Family income is now a key **determinant** of educational status. 家庭收入現在變成教育程度的決定性因素了。

和「事物」有關的字根 -termin-

進階字

in-（字首）表「否定」
interminable [ɪnˋtɝmənəb!]（adj.）沒完沒了、冗長不堪的

例 The **interminable** speech during the morning assembly made all the students fall asleep.
朝會裡沒完沒了的演說讓所有學生都睡著了。

pre-（字首）在⋯之前
predetermined [ˌpridɪˋtɝmɪnd]（adj.）事先決定的

例 The color of our eyes and hair is **predetermined** by genes.
我們眼睛和頭髮的顏色都是由基因事先決定的。

? Quiz Time

依提示填入適當單字

1. 終點站 _____ station

2. 期中考 mid-_____ exam

3. 意志堅定的人 a _____ person

4. 法律術語 legal _____

5. 提早解約 early _____ of the contract

解答：1. terminal 2. term 3. determined 4. terminology 5. termination

和「事物」有關的字根 **27**

-the(o)-

▶god，表「神明」

🎧 mp3: 114

衍生字

theo + dōron = Theodore

徐薇教你記 -theo- 神明，dōron 希臘文表「禮物」。這個名字的意思是 gift of god「神的禮物」。最有名的迪奧多 Theodore 就屬美國的 Theodore Roosevelt 老羅斯福總統。他曾經在一次打獵時，因為拒絕殺害一頭小黑熊而獲得好評。這個有趣的小故事讓玩具商推出以他的暱稱 Teddy 為名的小熊絨毛玩具，後來一炮而紅成為現在全球知名的 Teddy Bear 泰迪熊。

Theodore [ˋθiəˏdɔr]（n.）迪奧多；希奧多（男子名）

例 **Theodore** Roosevelt was the 26th President of the United States.
迪奧多羅斯福是美國第二十六任的總統。

字首 + 字根 + 字尾

anti + the + ist = antitheist

徐薇教你記 anti- 反對，-the- 神明，-ist …的專家。theist 是研究神明的專家，就是「一神論者、有神論者」。antitheist 反對有神論的人，也就是「無神論者」。

anti-（字首）反對；抵抗；排斥
antitheist [ˏæntɪˋθiɪst]（n.）無神論者

例 At Christmas time, many **antitheists** feel left out.
在聖誕時節，許多無神論者都覺得被遺忘了。

舉一反三▶▶▶

初級字
　　-ist（名詞字尾）…的專家
　　theist [ˋθiɪst]（n.）有神論者；一神論者
　　例 Most **theists** believe in the afterlife.
　　大部分的有神論者都相信來世。

-logy（名詞字尾）學科
theology [θɪˋɑlədʒɪ]（n.）神學、宗教學

例 My first degree was in **theology**, as I was planning to become a priest.
我的第一個學位是神學，因為我計劃要當一名神職人員。

實用字

pan-（字首）全部；所有的
pantheon [ˋpænθɪən]（n.）諸神殿；眾神廟

例 You can still see some of the beautiful old Greek **pantheons**.
你仍能看到一些漂亮的古希臘諸神廟。

centric [ˋsɛntrɪk]（adj.）中心的
theocentric [͵θɪoˋsɛntrɪk]（adj.）以神為中心的

例 The USA is still a **theocentric** society, with Christianity as the number one religion.
美國仍舊是個以神為主的社會，基督教仍是第一大的宗教。

進階字

mono-（字首）單一的
monotheistic [͵mɑnəθiˏɪstɪk]（adj.）一神論的；一神教的

例 Christianity is one of the **monotheistic** religions with the most followers.
基督教是擁有最多信徒的一神教之一。

-ism（名詞字尾）表「制度、行為、狀態」
pantheism [ˋpænθiˏɪzəm]（n.）泛神論

例 Debbie used to be a Buddhist, but now subscribes to **pantheism**.
黛比曾是個佛教徒，但現在則相信泛神論。

? **Quiz Time**

中翻英，英翻中

（　）1. pantheon　　（A）泛神論　　（B）諸神殿　　（C）多神信仰

（　）2. 神學　　（A）theology　（B）theocentric　（C）theist

（　）3. monotheistic　（A）有神論者（B）神學的　　（C）一神教的

（　　）4. 以神為中心的 （A）theology （B）theocentric （C）Theodore

（　　）5. antitheist　　（A）無神論者 （B）一神論的　 （C）泛神論

和「事物」有關的字根 28

-urb-

▶city，表「城市」

🎧 mp3: 115

字根 + 字尾

urb + an = urban

　　-an（形容詞字尾）具…性質的

urban [ˋɝbən]（adj.）城市的

例 The house prices in the **urban** area are growing higher and higher.
城市的房價愈來愈高了。

字首 + 字根 + 字尾

sub + urb + an = suburban

徐薇教你記　比城市的位階次一個等級的，也就是「郊區的、近郊的」

sub-（字首）在…之下；次一等的

suburban [səˋbɝbən]（adj.）郊區的；近郊的

例 The megamalls in the **suburban** area attracted many people on weekends and caused terrible traffic jams.
郊區的超大賣場週末吸引了許多人並造成嚴重交通堵塞。

2

con + urb + ation = conurbation

徐薇教你記 所有城市都集中在一起，就成了「大都會，大都市圈」

con-（字首）一起；共同（= 字首 co-）

　　　-ation（名詞字尾）表「動作的狀態或結果」

conurbation [ˌkɑnɚˋbeʃən]（n.）由多個城鎮擴建連接而成的大都會，集合城市，大都市圈

例 The **conurbations** along the river are well connected with expressways, metros, and railways.
沿著河的幾個大都市圈彼此都有快速道路、捷運以及鐵路連接。

舉一反三▶▶▶

初級字	sub-（字首）在…之下；次一等級的 **suburb** [ˋsʌbɝb]（n.）城市外圍；近郊住宅區 例 Because of the high rents, they decided to move to the **suburbs**. 因為房租太高，他們決定搬到郊區去。
	-ize（動詞字尾）使…化、使變成…狀態 **urbanize** [ˋɝbənˌaɪz]（v.）都市化 例 The rural areas in this country have become **urbanized** since the new president took office. 自從新總統上任後，這個國家的農村地區都已開始都市化。
實用字	-ation（名詞字尾）表「動作的狀態或結果」 **urbanization** [ˌɝbənɪˋzeʃən]（n.）都市化 例 Rapid **urbanization** brought new problems to the country, such as pollution and crime. 快速的都市化為這個國家帶來新的問題，像是污染和犯罪。
	inter-（字首）在…之間 **interurban** [ˌɪntɚˋɝbən]（adj.）都市間的 例 They decided to build a new highway to facilitate the **interurban** communication. 他們決定建造一條新的高速公路以促進都市間的交通聯繫。

-ism（名詞字尾）…主義、…行為狀態

urbanism ['ɝbənˌɪzəm]（n.）都市生活

例 The goal of green **urbanism** is to shape more sustainable places and communities.
綠色城市主義的目標是要形塑能永續生活的地方和社區。

-ite（名詞字尾）與…有關的人

suburbanite [sə'bɝbənˌaɪt]（n.）郊區居民

例 Most **suburbanites** tend to find jobs close to their communities to avoid a long commute.
大部分郊區居民傾向找離住家不遠的工作以避免長時間通勤。

Quiz Time

從選項中選出適當的字填入空格中使句意通順

suburb / urban / urbanize / suburban / interurban

1. The new president decided to _____ the rural areas in the country.

2. Building a new highway will facilitate the _____ communication.

3. The house prices in the _____ area are growing higher and higher.

4. Because of the high rents, they decided to move to the _____s.

5. Megamalls are usually located in the _____ area.

解答：1. urbanize 2. interurban 3. urban 4. suburb 5. suburban

和「事物」有關的字根 29

-via-

▶way，表「道路；途徑」

via 原本就是拉丁文的「道路、途徑」，當介系詞時指「中間經過…地方、途經…」。這個字根也可轉換成 -vey- ，-voy-。

🎧 mp3: 116

字首 + 字根

con + vey = convey

徐薇教你記　大家都可以一起透過這個道路來「傳送、傳輸」東西出去。

con-（字首）一起（= 字首 co-）
convey [kən`ve]（v.）運送

例　I'm not sure if I have **conveyed** the importance of investing to you.
我不確定我是否有向你傳達這項投資的重要性。

字根 + 字尾

voy + age = voyage

徐薇教你記　會經過一連串道路和途徑，也就是「旅程」。

-age（名詞字尾）表「集合名詞、總稱」
voyage [`vɔɪdʒ]（n.）旅程

例　The maiden **voyage** of the Titanic was also the last.
鐵達尼號的處女航同時也是它最後一次的航行。

補充　Bon voyage!　送人出外旅行前跟人說：「旅途愉快！」

字首 + 字根 + 字尾

ob + via + ous = obvious

徐薇教你記　在路上對著你而來的狀態，表示在路上就看得到，衍生為「顯而易見的」。

ob-（字首）相對；全面
obvious [`ɑbvɪəs]（adj.）顯而易見的

例　It is **obvious** from looking at his face that Rick doesn't want to come with us.
瑞克不想和我們一起來，你從他臉上很明顯就可以看得出來。

初級字	-cle（名詞字尾）個體；做…的方法 **vehicle** [ˋviɪkl]（n.）交通工具；運載工具、媒介 例 Arthur has a collection of various **vehicles** from the 1950s. 亞瑟擁有從 1950 年代以來各式各樣的交通工具收藏。
	via [vɪə]（prep.）經由… 例 We went from Taipei to Hawaii **via** Tokyo. 我們從台北出發去夏威夷，途中經過東京。
實用字	de-（字首）離開 **deviate** [ˋdivɪˌet]（v.）越軌、脫離 例 Whatever happens today, do not **deviate** from our plan. 今天不論發生什麼事，都不要偏離我們的計劃。
	-duct-（字根）引導 **viaduct** [ˋvaɪəˌdʌkt]（n.）高架橋；高架道路 例 This **viaduct** is so long that it takes a few minutes to travel from beginning to end. 這段高架道路很長，所以從起點到終點要花幾分鐘才走得完。
進階字	**viaticum** [vaɪˋætɪkəm]（n.）旅行津貼、旅費 例 Thomas's father gave him ample **viaticum** for his voyage to America. 湯瑪士的爸爸給了他充裕的旅費到美國旅行。
	per-（字首）穿過；徹底 **pervious** [ˋpɝvɪəs]（adj.）能被穿過或透過的 例 The actor is **pervious** to criticism because he's always trying to get better. 這位演員可以接受各種批評，因為他總是想要有所進步。

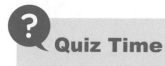

Quiz Time

依提示填入適當單字

直↓ 1. It's _____ that she doesn't like him.

3. Please do not _____ from our plan.

5. He tried to _____ how much he missed his father at the funeral.

橫→ 2. A _____ is something we use to transport people or goods on land.

4. A _____ is used to carry a road or railway over water, a valley, or another road.

6. He said "Bon _____!" to her when she left.

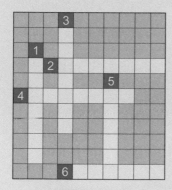

解答：1. obvious 2. vehicle 3. deviate 4. viaduct 5. convey 6. voyage

-arch-

▶chief, the most important，表「主要的；首要的」

arch 當名詞指「拱門」，一個城堡的拱門就是它主要的出入口。
-arch- 當字根時，便表示「最主要的」。

🎧 mp3: 117

字根 + 單字

arch + rival = archrival

rival [ˈraɪv!] (n.) 對手

archrival [ˈɑrtʃˈraɪv!] (n.) 主要競爭對手，勁敵

例 South High School is our **archrival**, so we try to beat them at everything.
南方高中是我們的勁敵，因此我們試著在每個項目上都擊敗他們。

字根 + 字根

arch + tect = architect

徐薇教你記 -arch- 主要的，-tect- 建造者。architect 主要的建造人，指「建築師」。-arch- 的 ch 是子音，-tect- 的 t 也是子音，兩者合起來時中間加上母音字母 i，拼成 architect。

-tect- （字根）建造者

architect [ˈɑrkəˌtɛkt] (n.) 建築師

例 I want to know who the **architect** of this beautiful building is!
我想知道這棟出色建築的建築師是誰！

字根 + 字根 + 字尾

matri + arch + y = matriarchy

徐薇教你記 以母親為主的體系，指「母系社會」。

-matri- （字根）母親

matriarchy [ˈmetrɪˌɑrkɪ] (n.) 母系氏族；母系社會

例 My family is like a kind of **matriarchy**, with my mother controlling all the power.
我們家就像是母系社會，由我媽媽全權掌控。

舉一反三▶▶▶

初級字	enemy [ˋɛnəmɪ]（n.）敵人 **archenemy** [ˋɑrtʃˋɛnəmɪ]（n.）主要敵人 **例** LeBron James and Kobe Bryant used to be **archenemies** on the basketball court, but good friends away from the game. 「小皇帝」詹姆斯和柯比布萊恩曾經是籃球場上彼此的主要對手，但在場外卻是好朋友。
	fiend [find]（n.）惡魔般的人；殘忍的人 **archfiend** [ˋɑrtʃˋfind]（n.）大魔頭；撒旦 **例** Don't sell your soul to the **archfiend**! 別把你的靈魂賣給惡魔！ **比** friend 朋友
實用字	-ure（名詞字尾）表「過程、結果、上下關係的集合體」 **architecture** [ˋɑrkəˌtɛktʃɚ]（n.）建築風格；建築物 **例** Checking the different **architecture** of San Francisco is an incredible experience. 觀賞舊金山一棟棟風格各異的建築物真的是令人難忘的經驗。
	mono-（字首）單一的 **monarchy** [ˋmɑnɚkɪ]（n.）君主政治，君主政體 **例** The United Kingdom still practices **monarchy** although the Queen no longer makes policy. 儘管英國女皇不再執政，但英國目前仍算是君政國家。
進階字	**Archeozoic** [ˌɑrkɪəˋzoɪk]（n.）始生代 　　　　　　　　　　　　（adj.）始生代的 **例** Humans could not have survived in the **Archeozoic** period due to excessive heat. 人類不可能在始生代生存，因為氣溫太高了。

-patri- （字根）父親
patriarchy [ˋpetrɪͺɑrkɪ] （n.）家長或族長統治；父權制
例 Most royal families are **patriarchies**.
大部分的皇室家族都是父權制度。

? Quiz Time

填空

( ) 1. 建築師：arch___ （A）tect （B）tecture （C）itect

( ) 2. 君主政體：___archy （A）mon （B）matri （C）patri

( ) 3. 勁敵：arch___ （A）fiend （B）rival （C）enemy

( ) 4. 父權制度：___archy （A）mon （B）matri （C）patri

( ) 5. 建築物：archi___ （A）tect （B）tecture （C）ture

解答：1. C 2. A 3. B 4. C 5. B

和「狀態」有關的字根 2

-cav-

▶hollow，表「中空的」

🎧 mp3: 118

衍生字

cave [kev] （n.）洞穴
例 A group of rescuers climbed into the **cave** to save the man.
一群救難人員爬進洞穴裡救那名男子。

字根 + 字尾

cav + ity = cavity

> 徐薇教你記　有中空的狀態就是「洞穴」，或是牙齒裡的「蛀洞」。

-ity（名詞字尾）表「狀態、性格、性質」
cavity [ˈkævətɪ]（n.）洞穴；體腔；牙齒蛀洞
例　The dentist filled my **cavities** with ceramics.
　　牙醫用陶瓷幫我填補蛀牙的洞。

字首 + 字根 + 字尾

ex + cav + ate = excavate

> 徐薇教你記　把東西挖空就是要一邊挖、一邊把挖出的東西往外丟，這個動作就是在「挖掘，開鑿」。

ex-（字首）向外、在外面
　　　-ate（動詞字尾）使變成⋯
excavate [ˈɛkskəˌvet]（v.）挖掘；開鑿
例　The workers started **excavating** the mountain to build a reservoir.
　　工人們開始挖山以建造水庫。

舉一反三 ▶▶▶

初級字

man [mæn]（n.）人類；男人
caveman [ˈkevˌmæn]（n.）穴居人；舉止粗魯的男人
例　Scientists found that the painting was created by the **cavemen** in the stone age.
　　科學家發現這個繪畫是由石器時代的穴居人所創作出來的。

cage [kedʒ]（n.）籠子
例　She keeps her guinea pigs in a huge **cage**.
　　她將她的天竺鼠養在一個大籠子裡。

cavern [ˈkævɚn]（n.）大洞穴

例 They found the stream ran into a small cave and then poured down into another **cavern**.
他們發現這條溪流流進一個洞穴，接著往另一個大洞窟裡傾瀉而下。

-or（名詞字尾）做…動作的事物
excavator [ˈɛkskəˌvetɚ]（n.）挖土機

例 The boys were fascinated with the toy **excavators**.
那些男孩們對玩具挖土機深深著迷。

con-（加強語氣字首）一起；共同（= 字首 co-）
concave [ˈkɑnkev]（adj.）凹面的

例 **Concave** lenses can be used in eyeglasses for nearsightedness.
凹透鏡可用於做成治療近視的眼鏡。

-ous（形容詞字尾）充滿…的
cavernous [ˈkævɚnəs]（adj.）洞穴狀的；凹狀的

例 The idol group's latest MV was filmed in a **cavernous** hall.
這個偶像團體最新的MV是在一個像洞穴一樣的大禮堂裡拍的。

? Quiz Time

拼出正確單字

1. 洞穴　　　_____

2. 牙齒蛀洞　_____

3. 開鑿　　　_____

4. 挖土機　　_____

5. 穴居人　　_____

解答：1. cave　2. cavity　3. excavate　4. excavator　5. caveman

-commu-

▶common，表「共同的」

🎧 mp3: 119

衍生字

common [ˋkɑmən]（adj.）共同的；普遍的
　　　　　　　　　（n.）公有地

例　Malaria is a **common** disease in some developing countries.
瘧疾在一些開發中國家是很常見的疾病。

字根 + 字尾

commu + ity = community

徐薇教你記　大家處在共同的狀態、有共同的性質，就是一個「社區、群體、團體」。

-**ity**（名詞字尾）表「狀態、性格、性質」
community [kəˋmjunətɪ]（n.）社區；群體；團體

例　The missile launched yesterday led to condemnation from the international **community**.
昨天發射的飛彈引來國際社會的譴責。

commu + ate = communicate

徐薇教你記　大家聚在一起做出讓彼此都有共同點的動作，就是在「溝通」。

-**ate**（動詞字尾）使做出⋯動作
communicate [kəˋmjunəˌket]（v.）交流；溝通；傳達；傳染

例　With the Internet, people can **communicate** with others anytime, anywhere.
有了網路，人們可以隨時隨地和任何地方的人溝通。

舉一反三 ▶▶▶

<table>
<tr>
<td rowspan="2">初級字</td>
<td>
-ation（名詞字尾）表「動作的狀態或結果」
communication [kə⸴mjunə`keʃən]（n.）溝通；訊息交流
例　The program is about the fun ways of animal communication.
這個節目主要是關於有趣的動物溝通方式。
</td>
</tr>
<tr>
<td>
-al（形容詞字尾）有關⋯的
communal [`kɑmjʊnḷ]（adj.）公共的；共有的
例　A condo has several individual units which are separately owned, and also some communal facilities that are jointly owned.
社區大樓有多個個別持有的獨立單位，也有大家共同持有的公共設施。
</td>
</tr>
<tr>
<td rowspan="2">實用字</td>
<td>
-ity（名詞字尾）表「狀態、性格、性質」
commonality [⸴kɑmən`ælətɪ]（n.）共通性
例　They tried to focus on their commonalities on this issue rather than on the differences.
他們試著聚焦在彼此在這個議題上的共通點而非相異處。
</td>
</tr>
<tr>
<td>
-ative（形容詞字尾）有⋯性質的
communicative [kə`mjunə⸴ketɪv]（adj.）健談的；交際的
例　Henry has become quite communicative since his son was born. He loves to share his paternal experiences with others.
亨利自從兒子出生後就變得很健談。他熱愛和別人分享他的爸爸經。
</td>
</tr>
<tr>
<td rowspan="2">進階字</td>
<td>
-ion（名詞字尾）表「動作的狀態或結果」
communion [kə`mjunjən]（n.）思想感情的交流；交融
例　He likes to camp alone in the wilderness, where he often falls in communion with nature.
他喜歡獨自一人在野外露營，在那裡他可以和大自然融為一體。
</td>
</tr>
<tr>
<td>
-ism（名詞字尾）⋯主義、⋯行為狀態
communism [`kɑmjʊ⸴nɪzəm]（n.）共產主義
例　Karl Marx and Friedrich Engels founded the philosophy of communism.
馬克思和恩格思創建了共產主義思想。
</td>
</tr>
</table>

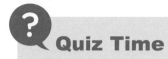

Quiz Time

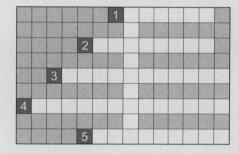

依提示填入適當單字,並猜出直線處的隱藏單字

1. Malaria is a _____ disease in some developing countries.

2. There are many _____ facilities in this condo.

3. Some animals, such as dogs and cats, _____ by sniffing.

4. Mom is very _____ and she enjoys sharing stories with others.

5. The Chen family lives in the Chinese _____ in San Francisco.

解答:1. common 2. communal 3. communicate 4. communicative 5. community

隱藏單字 communism

-jun-/ -juven-

▶young，表「年輕的」

🎧 mp3: 120

衍生字

June

> 徐薇教你記 古羅馬主掌婚姻的女神名為 Juno 朱諾，意思是 the young one（年輕的那一位）。六月是最適合結婚的月份，所以六月的英文就成了 June。

Juno [ˋdʒuno] (n.) 朱諾（古羅馬神名）

例 In ancient Rome, couples asked the goddess **Juno** to bless their marriage.
在古羅馬時期，伴侶們會祈求朱諾女神祝福他們的婚姻。

June [dʒun] (n.) 六月

例 **June** is a popular month for weddings.
六月是結婚的旺季。

字根 + 字尾

jun + ior = junior

-ior（形容詞字尾）拉丁比較級字尾，表「更…的」

junior [ˋdʒunjɚ] (adj.) 年少的、資淺的

例 In her **junior** year in college, she was elected captain of the cheerleading squad.
她在大三的時候被選為啦啦隊隊長。

字首 + 字根 + 字尾

re + junven + ate = rejunvenate

> 徐薇教你記 使重新返回年輕的狀態，也就是「回春、返老還童」。

re- （字首）再次；返回

rejuvenate [rɪˋdʒuvənet] （v.）回春；返老還童

例 Do you feel **rejuvenated** after your long vacation?
在休完長假後，你是否有重新恢復活力的感覺呢？

舉一反三▶▶▶

<table>
<tr>
<td rowspan="2">初級字</td>
<td>

young [jʌŋ] （adj.）年輕的

例 The woman looked too **young** to be working at a pub.
那名女子看起來太年輕，不能在酒吧裡工作。

補充 源自與 -juven- 同源的古印歐字根 *yeu-，原指「活力、年輕的精力」。
</td>
</tr>
<tr>
<td>

youth [juθ] （n.）青春；年輕

例 My father used to be a cook in his **youth**.
我爸年輕時曾當過廚師。
</td>
</tr>
<tr>
<td rowspan="2">實用字</td>
<td>

-ile （形容詞字尾）有…傾向，容易…的

juvenile [ˋdʒuvənḷ] （adj.）少年的
（n.）青少年；小孩

例 I won't date you again because you behave like such a **juvenile**.
我不會再跟你約會了，因為你的舉止太像青少年了。
</td>
</tr>
<tr>
<td>

-ful （形容詞字尾）充滿…的

youthful [ˋjuθfəl] （adj.）年輕的；青年的

例 Although Hal is seventy now, he still has a **youthful** spring to his step.
儘管海爾已經七十歲了，他走起路來仍能像年輕人一般蹦蹦跳跳的。
</td>
</tr>
<tr>
<td>進階字</td>
<td>

juvenile [ˋdʒuvənḷ] （adj.）少年的
（n.）青少年；小孩

juvenilia [ˌdʒuvəˋnɪlɪə] （n.）（1）年輕時期的作品；（2）青少年讀物

例 There will be an exhibit of Picasso's **juvenilia** at the end of the month.
這個月底將會有一場畢卡索年輕時期作品的展覽。
</td>
</tr>
</table>

和「狀態」有關的字根 -jun-/-juven-

> **-ent**（形容詞字尾）具…性的
> **rejuvenescent** [rɪdʒuvəˈnɛsənt]（adj.）返老還童的；新生的
> 例 The movie was a **rejuvenescent** triumph for Brad Pitt, who looked twenty years younger.
> 這部電影是布萊德彼特返老還童的經典之作，他看起來年輕了二十歲。

? Quiz Time

和「狀態」有關的字根 5

-lev-

▶light，表「輕的」

記 leave 離開。有一個人離開後，電梯就變輕了。

 mp3: 121

字根 + 字尾

(lev + ity = levity)

徐薇教你記　有輕的狀態或性質，衍生為不莊重的，也就是「輕浮的、輕佻的」。

-ity（名詞字尾）表「狀態；性格；性質」

levity [ˈlɛvətɪ]（n.）輕浮、輕佻；不穩定、多變

例 There isn't much **levity** to the daily school routine.
學校每天的例行工作沒有太多變化。

字首 + 字根 + 字尾 ▶

(**e + lev + ate = elevate**)

徐薇教你記 往外去使它變輕，也就是「拉起、抬起、提升」。

e-（字首）向外（= 字首 ex-）

elevate [ˈɛləˌvet]（v.）拉起、抬起、提升

例 We need to **elevate** this bed about one foot off the ground.
我們需要把床抬離地面一呎。

舉一反三 ▶▶▶

初級字	-or（名詞字尾）做…動作的事物 **elevator** [ˈɛləˌvetə]（n.）升降梯；電梯 記 可以把東西抬起來、拉高上升的東西，就是「升降梯、電梯」。 例 My building has an **elevator**, but Tom's does not, so he must take the stairs. 我的大樓有電梯，但湯姆的沒有，所以他必須爬樓梯。 比 escalator 手扶梯 -er（名詞字尾）做…動作的事物 **lever** [ˈlɛvə]（n.）機械操縱桿、槓桿 例 If you pull this **lever**, the machine should be turned on. 如果你拉這個槓桿，這台機器會被啟動。
實用字	al-（字首）朝向（= 字首 ad-） **alleviate** [əˈlivɪˌet]（v.）去減輕、使緩和；緩解 例 There is nothing you can do to **alleviate** this tense situation. 你是毫無辦法來緩和這緊張的情勢。

re-（字首）再次；返回
relieve [rɪˈliv]（v.）緩和；減輕
例 I need some medicine which can **relieve** my pain.
我需要一些可以減輕我疼痛的藥。

進階字

-age（名詞字尾）表「集合名詞；總稱」
leverage [ˈlɛvərɪdʒ]（n.）槓桿作用；影響力
例 We have certain information which gives us **leverage** to bargain with.
我們有特定的訊息可以讓我們有議價的操作空間。

-ate（動詞字尾）做…動作
levitate [ˈlɛvəˌtet]（v.）使升空；漂浮
例 The ghost seemed to **levitate** in the air above my bed.
那鬼魂似乎在我的床上方漂浮著。

Quiz Time

填空

（　）1. 槓桿：l___　　（A）ever　（B）evor　（C）evel

（　）2. 拉起：ele___　　（A）tate　（B）vity　（C）vate

（　）3. 減輕：re___　　（A）leave（B）leve　（C）lieve

（　）4. 緩解：al___ate　（A）lev　（B）levi　（C）leve

（　）5. 升降梯：___ator（A）elev　（B）escal（C）lev

解答：1. A　2. C　3. C　4. B　5. A

-liber-/ -liver-

▶free，表「自由的」

 mp3: 122

字根 + 字尾

(liber + ty = liberty)

徐薇教你記 處在不受拘束、很自由的狀態就是「自由」。

-ty（名詞字尾）表「狀態、性質」

liberty [ˋlɪbətɪ] (n.) 自由

例 Millions of visitors come to the Statue of **Liberty** every year.
每年有數百萬訪客參觀自由女神像。

字首 + 字根

(de + liver = deliver)

徐薇教你記 手鬆開讓東西自由地離開，就是「遞送出去」了。

de-（字首）離開

deliver [dɪˋlɪvə] (v.) 遞送

例 A bouquet of roses was **delivered** to Molly this morning.
今早有一束玫瑰被送來給莫莉。

舉一反三 ▶▶▶

初級字

-al（形容詞字尾）有關…的

liberal [ˋlɪbərəl]（adj.）開明的；自由的

例 Many young parents are more **liberal** than their own parents.
許多年輕爸媽比起他們自己的爸媽更為開明。

-ry（名詞字尾）技術；職業
delivery [dɪˋlɪvərɪ]（n.）(1) 配送；投遞 (2) 表演方式

例 You can get a free **delivery** if you spend more than $3000.
如果你購物超過三千元就可以免運費。

實用字

-ize（動詞字尾）使⋯化；使變成⋯狀態
liberalize [ˋlɪbərəˌlaɪz]（v.）放寬；使自由化

例 The country decided to **liberalize** the trade restrictions in the near future.
該國決定在不久的將來會放寬貿易限制。

-ation（名詞字尾）表「動作的狀態或結果」
liberalization [ˌlɪbərəlaɪˋzeʃən]（n.）自由化；自由主義

例 The keynote speaker will give a speech on the impact of economic **liberalization**.
那名主講人將講述經濟自由化的影響。

進階字

-equi-（字根）均等的
equilibrium [ˌikwəˋlɪbrɪəm]（n.）平衡，均衡

例 The biologists found a rare **equilibrium** between different species on the island.
這些生物學家發現這個島上不同物種間有著罕見的平衡。

il-（字首）表「否定」
illiberal [ɪˋlɪbərəl]（adj.）言論、思想不自由的；狹隘的

例 The leader of the major party has changed in attitudes to move the **illiberal** policies to a more liberal state.
該主要政黨領袖態度已有所改變，他要將獨斷的政策變得更開放一點。

? Quiz Time

填空

（　）1. 開明的：liber＿＿＿　(A) ate　(B) ty　(C) al
（　）2. 放寬：liber＿＿＿　(A) alize　(B) ate　(C) ator

（ ）3. 配送：de___y （A）liber （B）liter （C）liver
（ ）4. 自由：liber___ （A）ty （B）aty （C）ity
（ ）5. 狹隘的：___liberal （A）in （B）il （C）im

解答：1. C 2. A 3. C 4. A 5. B

和「狀態」有關的字根 7

-nat-

▶born，表「出生；天生的」

變形為 -nasc-

🎧 mp3: 123

字根 + 字尾

nat + ure = nature

徐薇教你記　大自然萬物都是被生出來的結果，一切都屬「自然」；人一生下來就有的東西就是一個人的「天性」。

-ure（名詞字尾）表「過程，結果、上下關係的集合體」

nature [ˈnetʃə]（n.）自然，大自然；天性

例　The girl is optimistic by **nature**.
那女孩天性樂觀。

nat + ion = nation

-ion（名詞字尾）表「動作的狀態或結果」

nation [ˈneʃən]（n.）國家

例　Many **nations** have imposed sanctions on the country because of the military threats.
許多國家因該國的武裝威脅而對其實施制裁。

inter + nation + al = international

inter-（字首）在…之間

international [ˌɪntɚˈnæʃənḷ]（adj.）國際的

例 The campaign has aroused **international** awareness of environmental protection.
這個運動喚起國際間對環境保護的認知。

字首 + 字根 + 字尾

Re + naiss + ance = Renaissance

徐薇教你記 re- 再次，-nat- 生出來，-ance 狀況，Renaissance 再次重新生出來的狀態，主要指十四至十七世紀源於義大利中部、最後擴展至全歐洲的文藝復興運動。此一時期開啟了歐洲日後在藝術、人文思想、科學、宗教到政治上的全面性改變。Renaissance 一詞源自法文的 la renaissance des lettres，意思就是「藝術的重生」。

re-（字首）再次；返回

-ance（名詞字尾）情況、性質、行為

Renaissance [rəˈnesṇs]（n.）文藝復興

例 The city of Milan was the center of the **Renaissance** from the 14th century to 17th century.
米蘭是十四至十七世紀文藝復興運動的中心。

舉一反三▶▶▶

初級字

-al（形容詞字尾）有關…的

natural [ˈnætʃərəl]（adj.）自然的
（n.）天生具有…才能的人；有…天賦的人

例 Though the country is rich in **natural** resources, the political chaos has damaged its economy.
該國擁有豐富的天然資源，但政治的混亂卻損害了該國的經濟。

-ive（形容詞字尾）有…性質的

native [ˈnetɪv]（adj.）土生土長的
（n.）本地人；當地人

例 Our English teacher is a **native** Canadian.
我們的英文老師是土生土長的加拿大人。

實用字

pre-（字首）在…之前
prenatal [pri`netl]（adj.）產前的
例 Many pregnant women took **prenatal** classes to learn how to take care of their newborns.
許多懷孕婦女參加產前課程以學習如何照顧新生兒。

post-（字首）在…之後
postnatal [post`netl]（adj.）產後的
例 The **postnatal** care center features 24/7 service and an on-site medical team to give mothers and babies the best care.
這間產後照護中心主打全年無休的服務以及駐點的醫療小組，提供媽媽和寶寶最棒的照顧。

進階字

-ent（形容詞字尾）具…性質的
nascent [`næsnt]（adj.）剛萌芽的；新成立的
例 The newly-released App has brought the **nascent** AR technology to a new stage.
這個剛發行的應用程式將新研發的擴增實境科技帶到另一個階段。

in-（字首）在…裡面
innate [in`net]（adj.）天生的，固有的；與生俱來的
例 The boy has an **innate** sense of justice.
那男孩有天生的正義感。

Quiz Time

依提示填入適當單字

直↓ 1. The policeman has an _____ sense of justice.

3. The country is rich in _____ resources.

5. They learned how to take care of their babies in the _____ classes.

橫→ 2. The girl speaks English just like a _____ speaker.

4. He wrote a song to appreciate the beauty of _____.

6. England was the wealthiest _____ on earth at that time.

解答：1. innate　2. native　3. natural　4. nature　5.prenatal　6. nation

和「狀態」有關的字根 8

-sen-

▶old，表「年長的」

🎧 mp3: 124

字根 + 字尾

sen + ior = senior

徐薇教你記　年紀更大的、更年老的，也就是「年長的、年資高的」或是指「年長者，資深的人，前輩」。

-ior（形容詞字尾）拉丁比較級字尾，表「更…的」

senior [ˋsinjɚ]（adj.）年長的；級別高的

（n.）年長者；上級；前輩；大學四年級

例　The city government offers many free services for **senior** citizens.
市政府為年長市民提供許多免費服務。

和「狀態」有關的字根 **-sen-**

2

(**sen** + **ile** = **senile**)

-ile（形容詞字尾）有關…的；有…特徵的

senile [ˋsɪnaɪl]（adj.）老態龍鍾的；老糊塗的

例 She spent most of her time taking care of her **senile** husband.
她花了大部分時間在照顧她年邁的老公。

(**sen** + **ate** = **senate**)

徐薇教你記　-sen- 年長的，-ate 表職位或群體的集合名詞，源自拉丁文 senatus 原意是「一群年長的人」。

-ate（名詞字尾）表「職位或群體的集合名詞」

senate [ˋsɛnɪt]（n.）參議院

例 The **senate** passed the bill with a two-thirds majority.
參議院以三分之二多數同意通過了法案。

舉一反三 ▶▶▶

初級字	**sir** [ˋsɝ]（n.）先生；閣下 例 What can I do for you, **sir**? 先生，我能為您效勞嗎？
	-or（名詞字尾）做…的人 **senator** [ˋsɛnətɚ]（n.）參議員 例 The **senators** voted on the new tax laws. 參議員們針對新的稅法進行投票表決。
實用字	-al（形容詞字尾）有關…的 **senatorial** [ˌsɛnəˋtorɪəl]（adj.）參議員的；參議院的 例 The banker announced that he would run for the **senatorial** race at the end of the year. 那名銀行家宣布他將參與年底的參議員選舉。
	-ity（名詞字尾）表「狀態、性格、性質」 **seniority** [sinˋjɔrətɪ]（n.）資歷；年資 例 The pay raise will be based on individual ability, not on **seniority**. 加薪會以個別的能力為基準，而不是年資。

-ity（名詞字尾）表「狀態、性格、性質」

senility [sə`nɪlətɪ]（n.）高齡；衰老；年老糊塗

例 Poor nutrition may lead to premature **senility**.
營養不良可能導致早衰。

-ence（名詞字尾）表「情況、性質、行為」

senescence [sə`nɛsn̩s]（n.）變老；老化

例 **Senescence** is an inevitable fate of all human and animals.
老化是所有人類和動物都無可避免的命運。

Quiz Time

拼出正確單字

1. 資歷　＿＿＿＿＿＿＿＿＿＿＿＿＿＿

2. 參議員　＿＿＿＿＿＿＿＿＿＿＿＿＿

3. 年長者　＿＿＿＿＿＿＿＿＿＿＿＿＿

4. 老態龍鍾的＿＿＿＿＿＿＿＿＿＿＿＿

5. 閣下　＿＿＿＿＿＿＿＿＿＿＿＿＿＿

解答：1. seniority 2. senator 3. senior 4. senile 5. sir

和「狀態」有關的字根 9

-simil-/ -simul-

▶like, resembling，表「相像的；相同的」

 mp3: 125

和「狀態」有關的字根 -simil-/-simul-

字根 + 字尾

simil + ar = similar

徐薇教你記　有相像特質的就是「相似的、近似的」。

-ar（形容詞字尾）有…特質的（= 字尾 -al）
similar [ˈsɪmələ] (adj.) 相似的；近似的

例　The man looks very similar to my father.
那個男的長得和我爸好像。

simul + ate = simulate

徐薇教你記　做出相似的動作，就是在「模仿、假裝」。

-ate（動詞字尾）做出…動作
simulate [ˈsɪmjəˌlet] (v.) 模仿；假裝

例　They used a new system to simulate the typhoon track and to evaluate potential damage.
他們用新的系統來模擬颱風路徑並評估潛在損害。

字首 + 字根 + 字尾

as + simil + ate = assimilate

徐薇教你記　去讓你成為和我們相同的人，就是「加入、融入、使同化」或是指「吸收」。

as-（字首）去；朝向（= 字首 ad-）
assimilate [əˈsɪmlˌet] (v.) 加入、融入；被同化；吸收

例　The new workers were completely assimilated into the company.
新來的同仁已完全融入公司了。

舉一反三▶▶▶

<table>
<tr>
<td rowspan="2">初級字</td>
<td colspan="2">-ion（名詞字尾）表「動作的狀態或結果」

simulation [ˌsɪmjəˈleʃən]（n.）模擬；仿真；假摔

例 People criticized Neymar for his **simulation** in the World Cup match.
人們批評內馬爾在世足賽裡的假摔。</td>
</tr>
<tr>
<td colspan="2">re-（字首）表「加強語氣」

resemble [rɪˈzɛmbl̩]（v.）像；類似

例 My brother **resembled** my dad in appearance.
我哥哥和我爸長得很像。</td>
</tr>
<tr>
<td rowspan="2">實用字</td>
<td colspan="2">as-（字首）去；朝向（= 字首 ad-）

assembly [əˈsɛmblɪ]（n.）集會；集合

例 The speech delivered in the morning **assembly** made all the students fall asleep.
朝會裡的演講讓所有學生都睡著了。</td>
</tr>
<tr>
<td colspan="2">-or（名詞字尾）做…動作的事物

simulator [ˈsɪmjəˌletə]（n.）模擬裝置

例 Foreign visitors who want to rent a car have to practice left lane driving on the car **simulators** first.
想要租車的外國訪客必須先在汽車模擬裝置上練習左線行駛。</td>
</tr>
<tr>
<td rowspan="2">進階字</td>
<td colspan="2">-ance（名詞字尾）表「情況、性質」

resemblance [rɪˈzɛmbləns]（n.）相似性；相貌相似

例 The man bears a very close **resemblance** to my idol.
那男人和我的偶像相貌十分相似。</td>
</tr>
<tr>
<td colspan="2">-ver-（字根）真實的
　　　　　-tude（名詞字尾）性質、狀態

verisimilitude [ˌvɛrəsəˈmɪləˌtjud]（n.）逼真；貌似真實

例 They filmed the movie at several historic sites, which brought more **verisimilitude** to the story.
他們在幾處古蹟拍攝這部電影，讓故事顯得更逼真。</td>
</tr>
</table>

Quiz Time

依提示填入適當單字

直↓　1. The two sisters are so _____ that it's really hard to tell one from the other.

3. To make cheap furniture, plastic is often used to _____ wood.

5. All pupils are expected to attend the school _____.

橫→　2. Don't expect immigrants to _____ into an alien culture immediately.

4. The driving _____ can be used for driver's education courses.

6. You _____ your father very closely.

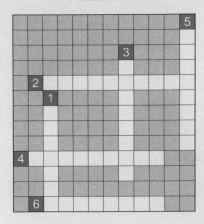

解答：1. similar　2. assimilate　3. simulate　4. simulator　5. assembly　6. resemble

字彙索引

徐薇影音教學書
英文字根大全（上）

作　　者／徐薇

發 行 人／江正明

出 版 者／碩英出版社

地　　址／台北市大安區安和路二段 70 號 2 樓之 3

電　　話／(02)2708-5508

傳　　真／(02)2707-1669

徐薇英文官網／http://www.ruby.com.tw

責任編輯／賴依寬

中文編輯／黃怡欣、黃思瑜

英文編輯／Jon Turner、Keith Donald

影像製作／陳致穎、蘇子婷

封面設計／葉律妤、侯怡廷

錄音製作／風華錄音室

網頁製作／山水雲林股份有限公司

總 經 銷／大和書報圖書股份有限公司　　電話／(02)8990-2588

地　　址／新北市新莊區五工五路 2 號　　傳真／(02)2299-7900

出版日期／2019 年 9 月

　　二刷／2020 年 7 月

定　　價／650 元

國家圖書館出版品預行編目（CIP）資料

徐薇影音教學書：英文字根大全／徐薇著 . --
臺北市：碩英，2019.09
　冊；　公分
ISBN 978-986-90662-5-9（上冊：平裝）. --

1. 英語 2. 詞彙

805.12　　　　　　　　　　108014259